BİLGİ YAYINLARI : 241
HALİKARNAS BALIKÇISI, BÜTÜN ESERLERİ: 1

ISBN 975 - 494 - 188 - 2
2001 . 06 . Y. 0105 . 1869

Birinci Basım 1976
İkinci Basım 1980
Üçüncü Basım 1983
Dördüncü Basım 1986
Beşinci Basım 1990
Altıncı Basım 1993
Yedinci Basım 1995
Sekizinci Basım 1997
Dokuzuncu Basım 1999

Onuncu Basım
Şubat 2001

BİLGİ YAYINEVİ
Meşrutiyet Caddesi, No: 46/A, Yenişehir 06420 / Ankara
Tlf : (0-312) 434 49 98 - 434 49 99 - 431 81 22
Faks : (0-312) 431 77 58

BİLGİ KİTABEVİ
Sakarya Caddesi, No: 8/A, Kızılay 06420 / Ankara
Tlf : (0-312) 434 41 06 - 434 41 07
Faks : (0-312) 433 19 36

BİLGİ DAĞITIM
Narlıbahçe Sokak, No: 17/1, Cağaloğlu 34360 / İstanbul
Tlf : (0-212) 522 52 01 - 520 02 59
Faks : (0-212) 527 41 19

www.bilgiyayinevi.com.tr • e-mail: info@bilgiyayinevi.com.tr

HALİKARNAS BALIKÇISI

Bütün Eserleri

1

Aganta Burina Burinata!

BİLGİ YAYINEVİ

kapak düzeni : fahri karagözoğlu

HALİKARNAS BALIKÇISI / BÜTÜN ESERLERİ

- * 1. Aganta Burina Burinata *"roman"*
- 2. Turgut Reis *"roman"*
- 3. Mavi Sürgün *"yaşamöyküsü"*
- 4. Merhaba Anadolu *"deneme"*
- 5. Uluç Reis *"roman"*
- * 6. Düşün Yazıları *"deneme"*
- * 7. Ötelerin Çocukları *"roman"*
- * 8. Anadolu'nun Sesi *"deneme"*
- * 9. Altıncı Kıta Akdeniz *"deneme"*
- * 10. Deniz Gurbetçileri *"roman"*
- * 11. Ege'den Denize Bırakılmış Bir Çiçek *"öykü"*
- * 12. Gençlik Denizlerinde *"öykü"*
- * 13. Sonsuzluk Sessiz Büyür *"deneme"*
- * 14. Anadolu Efsaneleri *"deneme"*
- 15. Anadolu Tanrıları *"deneme"*
- * 16. Hey Koca Yurt *"öykü"*
- 17. Parmak Damgası *"öykü"*
- 18. Çiçeklerin Düğünü *"öykü"*
- 19. Dalgıçlar *"öykü"*
- 20. Arşipel *"deneme"*
- 21. Bulamaç *"roman"*

- Halikarnas Balıkçısı ve Bir Duruşmanın Öyküsü *"anı"* Sadi Borak

Milli Eğitim Gençlik ve Spor Bakanlığı'nın 4.3.1987 gün ve 1832 sayılı yazılarıyla okullara tavsiye edilmiş; karar 23.3.1987 gün ve 2230 sayılı Tebliğler Dergisi'nde yayımlanmıştır.

baskı : cantekin matbaacılık yayıncılık ticaret ltd. şti.
telf : 384 34 35 - 384 34 36 - 384 34 37

HALİKARNAS BALIKÇISI
1890-1973

"Tarih sahibi" Sadrazam Cevat Paşanın kardeşi, tarihçi–yazar–vezir Mehmet Şakir Paşa Girit'te sefirken*, eşi İsmet Hanım, 16/17 Nisan 1890 gecesi bir oğlan doğurdu. Çocuğa, anasının o gece düşünde Musa Peygamberi görmesi dolayısıyla "Musa", amcasının ve babasının adlarından ötürü "Cevat Şakir" adları verildi.

Musa Cevat Şakir'in çocukluğu, babasının atandığı Atina/Faleron'da, beş yaşından sonra İstanbul/Büyükada'da geçti. Bu yıllarda resim yeteneğiyle dikkati çeken M.C. Şakir, bir yandan özel dersler alırken, bir yandan Büyükada Mahalle Mektebinde okudu. İngilizceyi hayli iyi kavradığı için, hazırlık okumadan Robert Kolej birinci sınıfına alındı. Bu okulu, ilk mezunlarından biri olarak pekiyi dereceyle bitirdi.

Kendisi, kendini bildi bileli denizci olmak istiyordu. Ama ailesinin ısrarı üzerine İngiltere'nin Oxford Üniversitesine gönderildi. Orada *"Yakın Çağlar Tarihi"* bölümünde öğrenim gördü. Bu arada, Oxford'un ünlü kitaplığından yararlandı.

---

* Meydan Larousse (XI / 710 - a) *"Resmo kumandanı...";* Osmanlı Tarihi (Enver Ziya Karal, VIII / 143) *"komiser"* diyor.

Yurda dönünce İstanbul'da, çeşitli gazete ve dergilerde yazılar yazdı, karikatür ve kapak resimleri çizdi.

Resimli Hafta dergisinin 13 Nisan 1925 günlü sayısında yayımlanan *"Hapishanede İdama Mahkûm Olanlar Bile Bile Asılmaya Nasıl Giderler?"* başlığı ve "Hüseyin Kenan" imzasıyla yayımlanan yazısı yüzünden üç yıl kalebentlikle Bodrum'a sürüldü. Cezasının son yarısını İstanbul'da geçirdikten sonra yeniden döndüğü Bodrum'da yaklaşık çeyrek yüzyıl kaldı. Bodrum'un Karia çağındaki adından esinlenerek *"Halikarnas Balıkçısı"* takmaadını kullanır oldu. Bodrum'un gelişmesine ve Anadolu uygarlığının tanınıp tanıtılmasına olağanüstü katkılarda bulundu.

Çocuklarının ortaöğrenimleri için 1947' de yerleştiği İzmir'de gazetecilik, yazarlık ve turist rehberliği yaptı. 13 Ekim 1973 Cumartesi günü saat 15.10'da İzmir'de öldü ve Bodrum'da, *"manevi oğlu"* Şadan Gökovalı ile birlikte seçtiği yerde gömüldü.

AGANTA BURİNA BURİNATA!

Rahmetli babamı anarlarken, "Nur içinde yatsın," ya da, "Toprağı bol olsun," demezlerdi. Çünkü, babam denizde boğulmuştu. Ama, boğulan yalnız o muydu? Soyumuzdaki erkeklerin çoğu, denizde kalmıştı. Anam, kaptan kızıydı. Babama varınca kaptan karısı oldu. "Babamı doyasıya göremedim. Evlendim, kocamla iki aycağız sürekli yaşayamadım" der, beni gösterir, "Buncağız da denizci olursa ne yaparım? Kaptan kızı, kaptan karısı olduğum yetmezmiş gibi bir de kaptan anası olmasam bari" diye eklerdi. Mezarlık servilerinin altında ninelerim, teyzelerim yatarlardı. Oysa, erkek akrabamın mezar taşları yoktu. Neredeydiler? İnsan çeşitli yerlerde ölür –ne bileyim, dağda, taşta, savaş alanlarında– ama, denizden başka her yerde bir izi, bir kemiği, dikili bir mezar taşı kalır. Denizde boğulan denizcinin ise, tıpkı bir hulya, bir rüya gibi, tam bir kayboluşu, bir silinişi vardır. Anam, "Ne olacak, toprak insanı topraktan, deniz insanı da sudan yaratılır. Topraktan olanlar toprağa dönerler, sudan olanlar akıp denize karışırlar" derdi.

Anam söylerken, babam da yanık sesiyle, "Sakın ha, denizci olayım deme!" diye söze karışırdı. Ama, kasabanın bütün sokakları, her ne kadar sağa sola sapsalar, eninde sonunda denize çıkıyorlardı. Öteki çocuklar, mahalle aralarında topaca kamçı sallar, çatal dala lastik bağlar, dut ağaçlarından dut toplarlarken, ben deniz kıyısına kaçardım. İşte bu yüzden, biraz ötemizdeki çıkmaz sokaktan başka her yer bana yasak edilmişti.

Çıkmaz sokağın ağzında bir çeşme, bir de hayvanları sulamak için yalak vardı. Elime geçen çerçöple özene özene oyuncak bir kayık yaptım. Kayığım yalaktaki suyun üzerinde yüzünce dünyalar benim oldu. Onu elimle dürttüm olmadı. Yanağımı suya değdirerek başımı kayık düzeyine eğdim; tatlı sert tütün paketinin kâğıdından yapılma yelkene üfledim. Gemim suların üzerinde kaydı. Hemen yalağın öte tarafına koştum. Kayık bana doğru geliyor, yani ilerliyordu. Siftah olarak ileriye gitmek ve gerilerden ayrılmak sevincini tadıyordum. Kayığı seyre öyle dalmıştım ki kayık burnumun üstünde baştan kara etti. Onu hemen döndürdüm. Durmamacasına üfledim. Başım fırıl fırıl dönüyor, kulaklarımda yüzlerce ziller çınlıyordu. Gemim bütün yelkenlerini doldurmuş açık denizlerde koskocaman bir kelebek gibi kayıyordu. O sırada güneş battı. Ortalık karardı. Sokaklardan el ayak çekildi. Farkında olan kim? Kendimi lodos rüzgârının ta kendisi sanıyordum. Yanaklarımı körpe ciğerlerimin bütün gücüyle şişirip sağanak sağanak esiyordum. Pruva direği, sözü küçümseyerek dalgın eda ile işaret veren bir el gibi sağa sola eğiliyordu. Direk ucu yıldızdan yıldıza gidip geldikçe içimde yeni yeni uyanan bir musikiye tempo tutuyordu. Koca gemim, sendeleyen yıldızlar arasında kapkara bir uçurum kadar mağrur ilerliyordu. Ne var ki artık soluğum tükeniyordu. İşte bunun için, "Rüzgâr kesiliyor! Artık camadanları çözünüz!" diye ciyak ciyak bağırdım.

Birdenbire, derin bir mağaranın bağrından çıkıvermiş gibi kalın bir ses, "Hangi rüzgâr kesiliyor?" diye sordu. Amcamın sesini tanıdım. Donakaldım. Başım, göğsüm sırsıklamdı. Amcam yanaştı: "Mahmut sen misin?" dedi. Durgun sesinde dayak tehdidi yoktu. Beni kucağına kaldırdı. Soluğu evdeki ispirto kaminetosu gibi sert sert içki kokuyordu. "Burada bu saatte ne yapıyorsun?" dedi. Ona elimdeki kayığı verdim. Görmek için batı göğünün alacakaranlığına karşı tuttu onu. "Bu gemi değil, salapurya!" demesiyle de bizim kalyonu yere çarpıp ayağının altında çatır çutur ezmesi bir oldu. Kemiklerim kırıldı sandım. Ama amcam "Yarın sana bir kayık yapayım da gör" deyince dünyalar yeniden benim oldu. Şaka değil, amcam serdümen Davut, bana bir gemi yapacaktı.

Uyurken amcam kalkıp gitmesin diye uyumamaya çalıştım. Uykumu dağıtmak için gözlerimin içine parmağımla tükürük koydum. Gözlerim yanıyordu. Gözlerime uyku girmiyordu. Ama bir aralık dalmışım. Gözlerimi açınca şafağın sökmekte olduğunu gördüm. Aşağıya koşup, amcamın yere serili döşeğinin başına çömeldim. Uyanınca, "Sen misin?" dedi. Kayığı unutmuştu. Hatırlattım. Giyinmeye başladı. Ben çabuk olmasını istiyordum. Amcamın beline sardığı denizci kuşağı bana sonsuzluk kadar uzun geldi. Anamdan iplik iğne, babamın eski donundan da bir parça bez aldı. Onları, tabakası, çam çubuğu ve denizci bıçağını –bıçağını demircide dövdürdükten sonra çeliğin suyunu, su ile değil, damarını açıp kendi kanı ile vermişti– kuşağının önüne sıkıştırdı. Kahveye doğru yol aldık. Onu kaçırmamak için, yanında sanki midye içinde yürüyordum. Kahvede, birkaç gemici yelkenlerini dizlerinin üzerine almış yamıyorlar, iki üç balıkçı da ağlarının gözlerine çıplak ayaklarının baş parmaklarını sokarak onları geriyor ve mekikle deliklerini örüyorlardı. Amcam alçak bir iskemleye oturdu. Önüne bir dama masası alarak, üzerine kayığın yapılmasında kullanılacak öteberiyi dizdi. Gel keyfim gel... Kayığa başlayacağına, "Aklım başıma gelsin" diye bir kahve ısmarladı. Yavaş yavaş bir sigara tellendirdi.

Kahvedeki gemici ve balıkçılar denizin salamurasında adamakıllı pişmiş, kaskatı denizcilerdi. Onlara hep hayran hayran bakardım. Ama o gün onlara çok kızdım. Amcamı hep lafa tutuyorlardı. Lostromo kırklık Kara Hüseyin tasalı gibi görünüyordu. Demir Ağa, yanıbaşında gemici Karamanoğlu'na, "Nesi var?" diye sordu. Karamanoğlu da, "Yüreği o kadar ağır ki, kayığına safra almayacak. Yüreğinin ağırlığı yetişecek" diye cevap verdi. Öteki, "Neden?" dedi. Karaman da "Hani o iş yok mu? İşte ondan!" dedi. Demir Ağa, "Ha!" diyerek Kara Hüseyin'e döndü. "İnsan kadın kısmı için dertlenir mi? Boş ver gitsin. Tam otuz yıl oluyor, tohuma kaçıyorsun artık, evlen, dediler, ben de 'Hay hay' dedim. Martı adlı büyük bir golet vardı ya, onunla sefere çıkacaktım. Parayı avcuma, tiring tiring peşin saydılar. Ben de kadıya turfanda hıyar yetiştiriyormuşum gibi, paraların topunu kaldırıp bizim gelin hanıma toka ettim. Vallahi evin iki odasını, daha yeni döşetmiştim. Kırmızı kaplı iki sandalye, bir koltuk ve bir de minder vardı. Avuç avuç para dökmüştüm onlara. Karada giydiğim yeni elbisemi, bir gömlek, bir de kırmızı kuşağı eve bıraktım. Ha! Durun: Bir çift de kundura vardı. Denize açılırken kayıktan battaniyemi salladım; pencereden bakan kaltağı selamlıyordum. Biz ilk burnu kavanço edip gözden kaybolunca, o da pılı pırtıyı topladı mıydı, evden hemen dümen kırmış; benim aldıklarımı da götürmüş. Kırmızı kaplı sandalyelere hâlâ yanarım. Yaylıydılar da. Yumuşaklıklarını ardımda duyunca, üstlerinde sanki zenginmişim gibi kurulurdum. Canım yandı." Molla Efendi, "Vicdan azabı çekiyorum," dedi. Karamanoğlu, "O da neymiş ki?" diye sordu. Öteki, "İnsanların içinde vicdan denilen bir şey varmış, arada bir sancırmış. Diş, dalak ağrısından betermiş. Koltukları kaybedince işte o acımaya başlamıştı" dedikten sonra lostromo Kara Hüseyin'e döndü, "Sen kaç sandalye, koltuk kaybettin ki vicdanın azap duyuyor?" diye sordu. Kara Hüseyin dik dik, "Ben koltuk moltuk kaybetmedim. Hem kes artık lafı" dedi. Öteki, "Öyleyse yüzün niye yeli kesilmiş yelken gibi sarkıp duruyor" diye sordu. Kara Hüseyin cevap vermedi. Demir Ağa, "Bana çivi çiviyi söker, yine evlen, dediler. Yağma mı var? Artık maymunun gözü açılmıştı. İnsan bir kere şapa oturur. Vicdan sızısının da ilacını buldum. Anam babam! Rakıyı verip veriştirdim, kara dünya günlük güneşlik oldu. Cebimde bir yarım okkalık var. Bir iki tane parlatıverelim. Sözlerime aldırma, kafam dumanlı" dedi. Şişeyi Kara Hüseyin'e uzattı. Hüseyin gülümseyerek şişeyi dudağına götürdü. Öte yanda yelken yamamakta olan Zımba Yusuf yaka silkerek, Hüseyin'e, "Karı mı? En iyisinin Allah belasını versin. İnsanın başına her gün bir iş çıkarırlar. Bugün kapının menteşesi sökülür, haydi koş marangoza. Ertesi günü poyraz eser, ocak buram buram tüter; onu düzelteyim derken, karşıma dikilir, sanki bir müjde veriyormuş gibi, kazan delindi, der. Geçen gün kahveden dönünce, 'Yağ bitti, salataya yağ yok' dedi. 'Önceden söyleseydin' dedim. 'Yağ bitmediydi ki söyleyeyim' dedi. Benden hınç mı alıyordu ne? Seferden gelince, kafamı şöyle bir dinlendireyim, evin barkın tadına vararak bir keyif çatayım, derim. Ne mümkün? Üç dört güne varmaz, ah yine sefere gitsem de kurtulsam diye denize can atarım" dedi. Sonra amcamı göstererek, "Bak Davut hiç evleniyor mu? Kurnazdır o" dedi. Amcam, "Ne olacak? Uzak sefer denizcisiyiz. Çoluk çocuğu kırk yılda bir görecek; belki de hiç görmeyecek olduktan sonra, onlara da kendime de ecel terleri döktürmenin anlamı yok" dedi. Ama, bunu söylerken sesi âdeta kırıldı. Demir Ağa sözü değiştirerek, "Bu evlat, bizim Süleyman'ın sıpası mı?" diye sordu. Amcam, "Evet" dedi. İşini bitiren gemici ve balıkçılar masamıza gelmişlerdi. Amcamla öteki denizciler böyle mi konuştular, yoksa ben mi böyle konuşmuş olduklarını tasarlıyorum; aradan uzun yıllar geçtiği için pek bilmiyorum. Ama, aklımı yoklayınca bu sözler hatırıma geliyor. Her neyse ben dokuz doğuruyor ve amcamın gözlerinin içine bakıyordum.

Gerçekten bu denizcilerin on parmağında on çeşit ustalık var. Bana bir oyuncak yapılacağını öğrenince, birisi yelkeni kesti, öteki direkleri yonttu, amcam güzel bir tirhandil teknesi oydu; bizim koca kayık gözle kaş arasında yapılıp çatıldı. Bu, yalakta yüzecek tekne değildi, büyük denizlerde sefer edecekti. O kayıkla birkaç ay oynadım. Gece yatakta, onu yatağımın üstüne kordum. Bir sabah uyanınca kayığın sır olduğunu gördüm. Yavrusunu kaybetmiş ana kedi gibi, onu ağlaya ağlaya aradım. İkinci bir kayık yaptırmak umuduyla babama anama, amcamı sordum. Ama amcamı kime sordumsa, yüzü durgunlaşıyor, onun uzun, pek uzun bir sefere çıktığını ve inşallah dönünce bana daha güzel bir kayık yapacağını söylüyor, beni okşuyordu.

Babam, kaybolan oyuncak kayığımın yerine bana bir kuzu aldı. Ne edeyimdi ben onu? Budala, denizden hiç hoşlanmıyor, boyuna ot yiyordu. Ben kuzu ile hiç oynamıyordum. Balıkçı Ateşoğlunun evinin biraz ötesinde bir ev yıkıntısı keşfettim. Ayakta kalmış dört duvarının arası, mavi ve serin gölge ile dolu, gizli bir yerdi. Orasını tersane edindim. Balıkçı Ateşoğlunun kızı Fatma'nın, annesi bir yıl önce öldüğü için babası balığa gittiği zaman evde bir başına oturmaktan sıkılır, babasının ağ ipliklerinden ve kayığının boya artıklarından alıp bana getirir, kayık yapmakta bana yardım ederdi. Onun yeşil değilse mavi, mavi değilse yeşil gözleri, derin deniz akıntıları gibi şimdi koyulaşır, şimdi açılırdı. Büyüyünce farkına vardım. Babası gözünü budaktan sakınmaz bir adamdı. Eski püskü ve her yanı lumbarlarla yamalı bir kayığı vardı. Bir avuç balık tutmak için, fırtınanın kara bulut zemininin üzerinde bir beyaz mendil gibi sallanan yelkenini görenler, "Ateşoğlu yine başının belasını arıyor" derlerdi. Oysa başının belasını değil, çocuğunun nafakasını arıyordu. Fatma ile yaptığımız kayıklar, amcamın yapmış olduğunun yanında hiçbir şeye benzemiyordu. Babam bir iş peşinde Milas'a gidecekti. Deniz seferi değil, kara yolculuğu idi ya, beni de aldı. Bodrum'dan siftah çıkıyordum. Çocukluğumu hatırladıkça bu yolculuk hep gözümün önüne gelir. Babam ata eşeğe binmezdi. Çünkü ayağına hiç üşenmezdi. Ben de ona çekmişim. Bacaksızın biri olduğum halde çok yürüktüm. Yola düzüldük. Bodrum'dan yokuş yukarı tırmandık. Yokuşbaşı denilen tepeyi aşınca, denizi arkamızda bıraktık. Ama biraz sonra deniz yine önümüze çıktı. Çünkü yarımadanın öteki yüzüne varmıştık. Sali Adaları mavi bir buğu gibi denize uzanıyorlardı. Adaların genç ve masum bir halleri vardı.

Denizde birkaç beyaz yelkenli rüzgârsızlıktan duraklamış, sanki tatlı bir şekerleme kestiriyorlardı. Akdeniz'in güzel bir gününün gülümseyen büyüsüyle büyülenip kalakalmışlar mıydı ne! Buranın da savaşlı, hastaneli, hapishaneli, zulüm ve işkenceli, yalanlı dolanlı dünyanın bir parçası olduğuna inanılamazdı, ta o kadar uzak bir masumiyet vardı. Babamsa denizi görür görmez, ona karşı zehir zıkkım tükürmeye koyuldu. Yürüdüğümüz kuru derenin iki yanındaki incirliklerde al şalvarlı köylü kızları gülüşe çığrışa kuru incir devşiriyorlardı.

Babam bana denizi göstererek:

– Oğlum, sakın bunun bu haline aldanma. Kim bilir kaç gemiyi boğmayı tasarlıyor. Seni de boğuncaya kadar, aç, çıplak ve yoksul bırakır. Sen toprağa bak, dedi ve iki yanımızdaki incir harımlarını göstererek,

– Benim çocukluğumda buraları hep yabanlıktı, toprak değil mi ya, deniz gibi insana baş kaldırmaz, onun emeğine yatışır. Ben on yaşımda iken buraların çalısı çırpısı, taşı ayıklandı. Toprakları sabanla uysallaştırıldı. Bunları yapan kuşak artık benim gibi ihtiyarladı. Görüyorsun ya, bahçelenmiş topraklarında şimdi yan gelmiş, çocuklarının gülüşe oynaşa yemiş toplayışlarını seyrediyorlar. Gel gelelim deniz uysallaşır mı hiç? Değil yalnız benim, ama dedenin ve dedenin dedesinin denize verdiğimiz emeği şu toprağa harcasaydık buralarını çoktan cennete çevirmiş olurduk. Şimdi sürer, eker, biçer yan gelir, yerdik. Toprak kadına benzer, bağrına attığın tohumu sana çiçek ve yemiş diye yetiştirir. Allah kısmet ederse kayığı satıp bir iki tarlacık alacağım. Ölürken gözüm açık gitmesin. Sen de fırtınada, dümen başında, arkamdan lanet okumazsın. Ama tarla seni ondurmayacakmış, deniz gibi seni bozmaz a! diyordu.

Ben hem dinliyor, hem de çevreme bakınıyordum. Torba denilen dere, denize kavuştu. Oradan sonra yolumuz, kendini bir türlü denizden koparamıyor, kıyı boyunca kıvranarak denize yoldaşlık ediyordu.

Uzanan dalları ve kollarıyla dalgalara gölge salan çam ağaçlarının altından, çakılları şakırdatarak geçerken, o koskoca çamlara hayranlıkla bakıyordum ve içimden:

– İşte bunlar burada çocukluklarından beri deniz rüzgârlarıyla savaşmasını öğreniyorlar, bir gün başlarını dal budaktan sıyırıyor, yay gibi serenler takınıyor, bulut gibi yelkenlere bürünerek gemilere direk oluyor ve kasırgalara meydan okuyorlar. Onlara ne mutlu diye düşünüyordum.

Babam homurdanıyordu:

– Kahrolasıca deniz, dedelerinin, atalarının, soy sopunun kaçının başını yedi biliyor musun? diyordu.

Babam böyle söyledikçe denizden korkacağıma, inadına özlemim kabarıyor, onun zorluklarıyla boy ölçüşmek istiyordum.

Böyle konuşa düşüne sekerek, çiftçi evlerine vardık. Sonra ver elini Zeytinli kahve ve Sıralık. Yolda kimseye rastlamadık. Babam arasıra:

– Yoruldun mu? diye soruyordu.

Ben daha yorulmamıştım. Güvercinlik'te, Çardakaltı kahvesinde mola verdik. Bir iki köylü peykelere uzanmış horluyorlardı. Çıplak ayakları üzerine sinekler fazlaca üşüşünce ayaklarını sarsıyorlar, uyanmıyor, sadece horlama temposunu değiştiriyorlardı. Anamın yol kumanyası diye pişirmiş olduğu köfteleri orada yedik. Babam kahvesini içince deniz kıyısından ayrıldık. Dik bir yokuşa tırmandık ve biraz sonra Varvil Ovasına indik. Babam çalataban, ben de yanında tin tin giderek, ışıklı yıldırıyan ovada taban tepiyor, yol alıyorduk. Güneş tepemize dikilmişti. Kar yağarken olduğu gibi sanki üzerimize lapa lapa alev parçaları iniyordu. Ova, sazlığıyla sonsuz uzanıyordu. Yolun kıyısında kovalık sazları arasında tembel eşinen bir eşekle, uzakta sürülen bir deve katarından başka ortalıkta in cin yoktu. Eşeğin de, sazlığın da, üstelik bütün ovanın da, sıcaklıktan harlayıp duman olmadığına şaştım. Solumuzda tepemsi bir kalıntı üzerinde birkaç kerpiç köy evi, ateşte pişen tuğlalar gibi kızarıyordu. Babam, "Kara kış fırtınaları denizdekileri, ölüm dirim savaşında gırtlak gırtlağa getirirken, sen gürül gürül yanan çınar kütüklerinin karşısında ocak keyfi çatarsın" diyordu. Bense yutkundukça, dilimi damağımı zımpara kâğıdı sanıyordum. Ocak keyfi hulyasıyla değil, geride bıraktığımız deniz serinliklerinin anısıyla hayalen gargara ediyordum.

Biz yürüdükçe ovanın iki yanındaki dağlar, sağlı sollu yanaşıyordu. Sonunda iki yandaki dağların arasında sıkışan ova, Karakaya Boğazı denilen yerde boğazlandı. Ötesi "Akyol" adını alıyordu. Gerçekten de yol o kadar aktı ki, göz alıcı ışığı göz açtırmıyordu.

Çölün artık hakkından gelmiştik. Soluyor ve ayağımı sürtüyordum. Babam yüzüme baktı, "Pişmiş istakoza dönmüşsün" dedi. Oracıkta, zeytinliklerin gölgesinde, biraz dinlendik. Rüzgâr esmeye başladı. Kalkıp iki cigara içimi ötedeki kahveye vardık. Ağaç değil, kat kat orman sanılacak koca bir çınarı, serin rüzgârlar püfür püfür yelpazeliyordu. Ağacın altında bir pınar vardı. Onun üzerine benek benek düşen ışık parçalarıyla yaprak gölgeleri, sanki duru ve çırçıplak suların serinliğiyle ürpererek tir tir titriyordu. Ağaç gölgesinde değil, denizin yeşil derinliğinde gibiydik.

Babam kahvesini içiyor, ben de akan suya bakıyor ve babamın Bodrum'dan beri söylediklerini aklımdan geçiriyordum. Hayatını uzak sularda, başak başak yıldızların altında geçirmiş, başka başka denizlerde nöbet beklemiş olan bir adamın, denizle ilintili sözleri işte bunlardı. Ne var ki, asıl tuhafı, babamın o kadar övdüğü o toprak adamları bile, boş vakitlerinde Bodrum'daki kıyı kumsalına gelirler ve bir iki saat önce ufkun ötesinde kendi kendine hışıldayıp durmuş olan dalgalar, açıklıkların engin ıssızlığını kıyıya yayarken, taş kesilmiş nöbetçiler gibi, saatlerce kımıldamadan, denizi seyre dalarlardı. Bu kara insanlarının seyredecekleri yeşil çayırlık ve çimenlikleri, serinleyecek bahçe gölgelikleri, –ne bileyim?– havuz safaları yok muydu ki başıboş vakitlerinde kıyıya gelip put gibi oturuyorlardı! Denizcilere gelince, ihtiyar deniz kurtlarından tutunuz, genç acemilere kadar hepsi de babam gibi konuşuyorlardı. Kahvelerde nargilelerini tokurdatarak, başlarını yaslı yaslı sallar, iç çekerler ve:

– Artık denizde ekmek kalmadı. Sağlam toprakta birkaç limon ve zeytin ağacım olsun, denize dönüp bakanın Allah canını alsın... derler ve denizin suratına tükürüyorlarmış gibi aşağılayarak yere tükürürlerdi.

Ama ne bileyim; bu sözler, bazı cigara içenler gibi içten değil dudaktan söyleniyordu. Çünkü, bahçe satın alacaklarına, gidip gidip olanca paralarını denize harcıyorlardı. Daha büyük, daha hızlı ve yakışıklı bir kayık edinebilmek, daha önce kaptan olmak için birbirleriyle yarışa tutuşuyorlardı. Bana dedikleri başka, ettikleri başkaydı. Babam:

– Kalk oğlum, yolcu yolunda gerek! dedi, yine yürümeye koyulduk.

Sabahtan beri birbirine kapı komşusu olmuş; taban tabana zıt iklimlerden geçmiştik. Yolumuzun burasında Cenevizlilerin şatosu kararmış, ortasında bir Selçuk kulesi ağarmıştı. Bir yerde de eski bir Yunan yıkıntısının, yüzyılların rüyasına dalgın, güneşte uyumakta olduğunu görmüştük. Kuş uçmaz, kervan geçmez yerlerde kalmış bu taşlara yüzyıllar mı sinmişti ne? Onlarda ancak zamanın, gelmiş geçmiş şeylere verebileceği bir yücelik ve güzellik vardı. Ben o zaman çocuktum, insanları yaşlarına göre hep babalarım, analarım, kardeşlerim sayardım. Kendimi de dünyada bir sığıntı, bir çile çekici değil, beklenen bir konuk, dünyayı da cennet sanırdım. Gördüklerimi aç bir süngerin suyu içtiği gibi, hep içime çektim.

Akşam oluyor, ışık şive değiştiriyordu. Yol bir iki sağa sola çalkandı, sonra bizi bir ovaya daha döktü. Ovanın kenarındaki tepenin birinde Peçin Kalesi yükseliyordu. Ovaya yayılan loşluk üzerinde kale bir meşale gibi kıpkızıl yanıyordu. Güneş batarken, kararan sular yükseldi. Kale cıız diye söndü. Babam:

– Artık Milas'ta sayılırız, dedi.

Yolun iki tarafındaki zeytinliklerin arasından başka yolcular geliyorlardı. Rençperler heybe, çapa ve belleri omuzlarında, kadınlar da çocuklarını sırtlarında taşıyorlardı. Çoluk çocuk gürültüsü, deve ve keçi çanlarının çıngırtısıyla Milas'a girdik. Kimi kadınlar, yamru yumru kaldırımlar üzerinden, altları yenmiş takunyalarla ayakları burkula burkula yürürlerken, ellerindeki kirmanla ip eğiriyorlardı. İçlerinde omuzlarında uzun su testileri taşıyan boylu posluları da vardı. Rençperler ayakkabılarının kabaralarını çatırdata çatırdata yürüyorlardı. Gündüzün ortalık günlük güneşlikken, akşamleyin Milas'ın ün almış ayazı bastı. Anadolu'nun güneyi değil mi ya, yedi sekiz saatlik bir yürüyüşle, üzüm asmaları, zeytin, harup, portakal, limon yetiştiren yerlerden, bin metrelik uçurumları, uzakta görünen karlı dağları, kızıl güneşle yanan ovaları birbirine karman çorman karıştıran bir bölgeden geçmiştik. Burada yaban, orada uysal birbiriyle uzlaşmış bu iklimler türlüsü, aklıma damgalandı, kaldı.

Kargacık burgacık yollardan, birbirine yaslanmış barakamsı evler arasından yürüyerek bakkal Fehmi'nin dükkânına vardık. Anama sık sık sözünü edişinden, babamın bu adamı çok sevdiğini anlamıştım. Bakkal Fehmi vaktiyle kaptanmış. Denizlerde otuz kırk yıl süren tuzlu bir yolculuktan bıkmış, Milas'a gelip bir dükkân açmıştı. Birbirini görür görmez:

– Vay Süleyman!

– Vay Fehmi! diye kucaklaştılar.

Sonra Fehmi iki elini babamın omuzlarına dayadı. Çoktan beri görmediği arkadaşının, yüzündeki değişiklikleri görmek için başını arkaya attı:

–Yahu Süleyman, hasta mısın? Nerede o gözlerinin içi gülen, insan azmanı Süleyman, nerede sen! dedi.

Babam:

– Yoook! Aman Fehmi, ne iyi ettin de buraya gelip şu dükkânı açtın, darısı hepimizin başına! diye cevap verdi.

Öteki, babamın koluna girdi. Onu dükkânın dibine çekti:

– Birbirimizi görüşümüzün şerefine bir iki kadeh parlatalım! dedi.

Babam:

– Hayır olmaz, rakıyı çoktan bıraktım, diyerek ayak diriyor, ötekiyse hiç kulak asmıyordu.

Raftan bir şişe alıp açtı. Dükkândaki zeytinler, leblebiler ve peynirlerden gazete kâğıdı parçalarının üzerine mezelikler korken:

– Yahu, dedi, kardeşin Davut ne âlemde? Mademki denizcilikten bıktın, sen de onun gibi çobanlık edip koyun, keçi üretmeye baksana!

Babamın benzi attı ve birbiri arkasına birkaç kadeh yuvarladı. Gözleri yuvalarından fırlayacak gibi oldu. Rakı başına vurdu. Kasırga gibi konuşmaya başladı:

– Sen Davut'u çoban diye tanıdın. Ne oldu bilemedik, birdenbire çobanlıktan vazgeçti. Nedenini söylemedi. Sorduğumuz zaman, canı sıkılır, cevap vermezdi. Önceleri tuzu, katranı yadırgadı. Ama, deniz kanındaydı galiba. Ona, "Sen bunca yıldır kendini çobanlığa verdin, hiç çobandan denizci olur mu?" derdik. Fakat çok geçmeden denizcilikte hepimizi geride bıraktı. Bilirsin a, sözü kıttı. Tenha bir yer bulamazsa, kayık bastonuna oturur, bacaklarını sağlı sollu sarkıtır, pruvanın denizleri nasıl yardığını seyrederdi. Bize, "Ben buradan rüzgârı ilk elde soluyorum, siz arkadakiler solunmuş hava soluyorsunuz!" derdi. Orada kavalını çalardı, boş durmazdı. İşi olmayınca güvertede ileri geri yürürdü. Ona; "Yürü de yürü yoksa güverteyi arşınlaya arşınlaya kaplama tahtalarının damarlarını, budaklarını, zift taşıntılarını mı ezberliyorsun?" diye takılırdık. Aldırış etmez, yürürdü. O kayıktayken karaya yanaşmaktan korkardım. Gemi demirledi, o da karaya ayak bastı mı; soluğu dosdoğru meyhanede alırdı. Sızıp da boylu boyunca yola serilinceye kadar, ceplerindekileri dört bucağa saçardı. "Bayat para iyi değildir!" derdi. Neyse, onu limanda arar bulurdum. Ayaklarının üstüne kaldırır ve koluna geçtim mi bana: "Sıkıntı çekme, ben kendi kendime yürürüm" derdi. Onu kırmamak için elimi koltuğundan çekerdim. Sendeleye sendeleye gemiye girerdi. "Liman suyu pis oluyor, gemilerin altları çürüyor, pislenip midyeleniyor. İnsanın içi de öyle oluyor. Baksana şu halime!" derdi. Ertesi günü şafakleyin vardiyası geldi mi gider, uyandırırdım. Dimdik ve dipdiri kalkardı. Denizde ağzına bir damla içki koymazdı. Eli hiç titremezdi. Dümen suyuna bir göz atınca onun dümende olduğunu anlardık. Şu Kara Ali Kaptanın baltabaş kayığını hatırlar mısın bilmem? Ne aykırı yelkenleri vardı onun. Dümenci yekeyi birazcık sağa sola kaçırsa, yelkenler ürpertiler geçirir, tuttukları rüzgârları döküverirlerdi. Serdümenin bir saniyelik dalgınlığıyla hemen rotadan sapardı. Ama Davut dümendeyken, hiç rüzgâr mı kaçırırdı? Alimallah dümen suyu denizde, cetvel tahtasıyla çizilmişmiş gibi ufka kadar düpedüz uzanırdı.

Bakkal Fehmi:

– Yahu, Davut'a bir şey mi oldu yoksa? diye sordu.

Babamın sesi harharalandı. Hani ya, bilinmeyen denizlerde, bilinmeyen bir sığın tepesini sıyıran kayığın "hırrr!" edip geçmesi gibi:

– Onun ölümüne ben sebep oldum, dedi.

İkisi de bir süre göz göze sustular. Uçan bir sivrisineğin vızıltısı duyuldu. Sonra Fehmi,

– Nasıl oluyor yahu? dedi.

Kadehler epeydir boş duruyordu.

Babamın sesi yine canlandı:

– Davut cezaevinden henüz üç gün önce çıkmıştı. Zavallı ihtiyar Kozanoğlu Hüseyin yok mu?

Öteki tanırım demeye gelen bir biçimde başını salladı.

– İşte onun oğlu geminin muçosuydu, gemi limana varınca kaptanın cep saatini çalıp satmış, parasını da limanda yemiş. Veysel Kaptanın ne aksi, ne cimri herifin biri olduğunu bilirsin. Saati çalınır da, çalana hayır dua mı okur? Davut çocuğu çağırdı, tokatladı; "Bir daha böyle bir halt işleyeyim deme, baban arkadaşımdır. Herife ihtiyar yaşında inme iner. Ben zaten damda yatmışın biriyim. Param yok. Saati ben çaldım diyeceğim, cezasını çekeceğim. Bana koymaz" dedi. Oğlan hüngür hüngür ağladı. Davut da sabıkalı olduğu için birkaç ay yattı.

Öteki şaştı:

– Yahu, Davut ne yaptı sabıkalı oldu? diye sordu.

Babam:

– Bitişik komşumuz yapıcı Veli Usta vardı, Davut onu çok severdi. Yeni cezaevi yapılacaktı. Veli Usta, "Ben insanın oturacağı evin duvarlarını yaparım, cezaevi duvarı yapıp hapsedilen insanların ahını alamam" diye çalışmamıştı. Adamın yetişkin bir kızı vardı. Baştan çıkarmışlar, ihtiyarcağız utancından evine kapandı, kahrından öldü. Avukat Karakaşların Ferit Efendinin oğlu var; onu tanırsın. Şu alyanak terzi Muhsin, birkaç mirasyedi arkadaşıyla birlikte kafaları tutmuşlar, gelip Veli Ustanın penceresini taşlamışlar. Üstelik bir de sokakta gazel okumaya kalkışmışlar. Bizi seferde sanıyorlardı. Davut onlara: "Savulun, defolun mefolun" demiş, aldırmamışlar. Taş atıp bir cam kırmışlar. Davut da Muhsin'in kafasını yardı. Bunun için ona iki yıl yüklediler. Kodesten çıktığının akşamı, benim bulunduğum kayığa tayfa yazıldı. Ertesi günü denize açıldık. O da, ben de, sabah postasındaydık. Skarcıya vardiya saati geldi. Rahatça olan posta, başaltına gelip bizi uyandırdı, güverteye çıktık. Gül gibi bir gündü. Güzel bir meltem esiyordu. Gabya ve maestraları kargafunda ettik. Skotaları koyuverdik. Dolu yelken gidiyorduk. O gelin havasında bir kıyametin kopacağı kimin aklına gelirdi? Hepimiz de işleri gevşek tuttuk. Ben art randa maçosunu sıkıfıkı bağlamasını unuttum. Bir iki saat sonra maçonun ölüm orağı gibi kardeşimi öldüreceğini nereden bilecektim? Oysa, benim gibi kırk yıllık kart denizcinin, denizde en ufak şeylere bile aldırmamanın büyük tehlikeler doğuracağını bilmesi gerekmez miydi? Girit'in Mirabello kıyıları, tepelerden ağaran köyleriyle pruvamızda yükseliyordu. Sirnos ve öteki adalar uzaklaştıkça, maviler de şekerler gibi eriyorlardı. Deniz, baştan başa masmavi bir gülüştü. Biz de gülüşüyor, şakalaşıyor ve türküler söylüyorduk. O güzel günün acı ile biteceğini nereden bilecektik? Deniz, pruvamızda çağlayan gibi şarıldıyor, güverteye kat kat köpükler yayılıyordu. Sert bir rüzgârın savurduğu badem çiçekleri gibi çark etmekte olan beyaz martı bulutları içinden geçiyorduk. Deniz balık bolluğu ile âdeta dipdiriydi. Yeşil mavi Yunus balıkları, dev kırlangıç kuşları gibi sancak ve iskelemizde uçuşuyor, gemi ile yarışıyor, havaya fırlayıp top gibi gümlüyerek denize düşüyorlardı. Davut'un gözü ufukta, kulağı şıpırdıyan denizdeydi. Damdan çıkalıdan beri, Davut'un siftah güldüğünü görmüştüm. Hem de hiç âdeti olmadığı halde dümendeyken lafa karışıyordu: "Şu havaya bak! İnsanın içinde kötülük mü bırakır?" diyordu. Güneş biraz dikilince, o gelin havasından kontra papafingo yelkeninde esrarengiz bir çığlık koptu; sonra patır patır diye tuhaf bir yapraklanma... Topumuz da göz kulak olduk. Sert bir rüzgârın yüksekte direk uçlarını çöp gibi kırıp götürürken, güvertede bir kibriti söndürecek kadar bile üflemediğini bir iki defa görmüştüm. Gözlerimiz ve ağızlarımız açık, direk ucuna şaşkın şaşkın bakarken, ansızın Girit'in Mirabello Dağları olukladı. Rüzgârın öylesine rüzgâr mı denilir? Bir elma kabuğunu soyarmış gibi yeryüzünün derisini yüzmeye çalışan bir bıçak salışıydı o. Direkler acı acı haykırdı, çarmık ipleri katıla katıla ağlıyormuş gibi oldular. Kasalarını koparan ip uçları, havada kamçılar gibi şaklıyordu. Bütün yelkenler öyle bir asıldılar ki, direği ve güverteyi takımıyla söküp götüreceklerini sandık. Göz yumup açacak kadar bir zamanda, yelkenler yırtılarak, alev parçaları gibi göklere savruldular. Direkler bostan korkuluğuna döndü. Kendimizi iplerden korumak için, hepimiz yamyassı güverteye yattık. Yalnız Davut dümeni bırakmadı. Dimdik duruyordu. Orsa alabanda etti ve gemiyi kurtardı. Kurtardı ama, ölümü pahasına. Dönüp ona baktım.

Bir de ne göreyim? Randa maçosu sepetlemesine salınan bir pala gibi Davut'un çene ve boynuna vurunca kafasını uçurdu. Bağıra bağıra ona koştum. Başsız gövde göğsüme düştü. Beni okşuyormuş gibi parmaklarını bir sıkıyor, bir açıyordu. Ayrı kayıklarda sefere çıkarken birbirimizle böyle helallaşırdık. Kanları sıcak sıcak boynuma akıyordu. Birbirimize sarılı, yuvarlandık. Beni ondan kopardılar. Kaptanın sesi: "Dümene geç!" diye bağırdı. Ancak karadakiler kana kana hıçkıracak vakit bulurlar. Hepimiz işlerimizin başına koştuk. Kaptana: "Girit yakın, kıyıya doğru gidelim de, Davut'un cesedi kuru bir mezar yüzü görsün. Ölüsünün nerede olduğu belli olsun!" dedim. "Pekiyi!" dedi. Yedek yelkenleri geçirerek Girit'in bir kumsallığına doğru dümen kırdık. Rüzgâr birdenbire kesilmez mi? Deniz galiba Davut'u istiyordu, onu karaya vermiyordu. Erimiş kanlı kızıl ateşten bir deniz üzerinde, koca kayık, yanık kömür olmuş, yerinde çakıla kalmış kapkara bir yas parçasıydı. Denize yumruğumu sıktım: "Ulan sana onu vermem!" diye bağırdım. Geminin küçük sandalına birkaç arkadaşın yardımıyla Davut'u indirdik. "Esmezse karaya kürekle götürürüz," dedik. Kıyıya varmamıza pek az kalmıştı. Rüzgâr yine aldı. Ama, tam kıyıdan esiyordu. Öyleki, çamları, dik yamaçlardan koparıp, denize fırlatıyordu. İleri çekiyorduk kürekleri. Öfkeli sularsa bir ders gibi üstümüze akıyor, bizi geriye sürüyordu. "Arkadaşlar! Bıçaklarımızı dişlerimizin arasına kısalım da küreklere kırasıya dayanalım!" dedim. Tam on sekiz saat deniz kazıdık. Arkadaşlar: "Süleyman, bu rüzgâr değil bizi, öküzün boynuzlarını bile başından uçuracak. Gemiye dönelim de karaya doğru volta vuralım bari" dediler. Haklı söze ne denir? Gemiye döndük. Güverteye çıkmamızla rüzgârın bıçak gibi kesilmesi bir oldu. Davut sıcaktan kokuyordu. Arkadaşlar: "Deniz Davut'u istiyor" dediler. Davut'u beyaz kotrakontrin yelkenine, direğin en yüksekteki yelkenine sararken, onun göklerin beyaz bir parçasına büründüğünü sanıyorduk. Ayağına zincir parçasını ben bağlayamadım. Arkadaşlar bağladı. Göklerin beyaz parçasına sarılı denizciyi, bağrının zindan karanlığına çekmeyince denizin susayışı kanmayacaktı. Kardeşimi denize attık. Üzerine deniz kapandı. Martılar köpükler üzerinden çark ettiler. Dibe giden nâşın ağartısı yavaş yavaş soldu. Gözlerimizin önünde denizin yalnız yekpare mavisi kaldı. Deniz Davut'u unutmuştu artık.

Babamın sesi donuklaştı. Sesini sanki karanlık bir sis sarıyordu; konuşması da durdu sonra. İkisi de göz göze sustular. Babamın başı yavaş yavaş göğsüne düştü. Fehmi'nin ağzının köşesinden cigara dumanı sızıyordu. Babamın, iki parmağı arasında unutulmuş cigarasındansa, yukarıya doğru çetrefil bir duman süzülüyordu ve bu duman gözler hizasında bir sis tabakası meydana getirerek yavaş yavaş dalgalanıyodu. Sanki deniz sessizce kopup gelmiş, dükkânı yarı yerine kadar doldurarak ölü dalgalarıyla kabarıp iniyordu. Soluk yüzler denizde boğulanları hatırlatıyordu... Deniz sanki boğulmuş ölüleri geri veriyordu. Öyle bir sessizliğe daldılar ki; düşündüklerimi işitecekler diye korktum. Amcamı, neden çoktandır görmediğimi, onun ne kadar uzun bir sefere çıktığını, oyuncak kayığımın niçin ortadan kaybolduğunu, babamın da hangi sebep yüzünden denizci olmamı istemediğini hep birden anladım.

Babamın sesi beni dalmış olduğum düşüncelerden çekip çıkardı:

– Seferdeyken, diyordu, insan, gece gündüz dümende bir insan görmeye alışır. Limandayken dümeni yapayalnız görünce, hele iğnecikleri üzerinde sağa sola kayarken "cııık!" edişini duyunca, insana acı bir gariplik gelir. Bana ise dümeni Davut'suz görmek bir işkence oluyor. Limanda demirliyken kayığa ayak basamıyorum.

Sigarasını, bir soruşta baştan başa içecekmiş gibi çekti:

– Deniz... dedi.

Küfür mü edecekti ne; ama, öteki değişik bir sesle:

– Adalar Denizi adaları yine eskisi gibi yerlerinde duruyorlar mı? diye sordu:

Sonra bu soruyu soran o değilmiş de, uzaktan gelip dükkânın içine giriveren, bir yabancıymış gibi şaşaladı; durdu:

– Hele sorduğuma bak! Adalar yerlerinden fırlayacak değiller a! dedi ve yine durdu.

Biraz sonra yorgun ve argın bir sesle:

– Artık hayata yeni baştan başlayacak çağ çoktan geçti. Buradan çıkınca gideceğim yer mezarlıktır. Buradan çıkıncaya kadar da yapacağım şey, ördüğü ağ üzerinde sineği bekleyen örümcek gibi müşteri beklemektir. Bilinir a; müşteri gelecek, ben de üzerine çullanacağım. Ondan sonra yalancıktan gülümsemeler, temennalar. Müşteri, yakalanan bir sinek gibi "cıız, bıız" ederek kurtulmaya çabalarken kâr diye onun bir parçasını koparıp yemek, yani geçimi sağlamak. Başın sağ olsun Süleyman, Davut'a çok acıdım doğrusu! O sana şimdi öfkelenebilseydi, ölümü için değil, maçoları tam bir denizciye yakışacak surette sağlam bağlamadığın için kızardı. Ne olacak a canım! Hepimiz ya bir kaza ile ya da kazasız olarak cavlağı çekeceğiz. Ama ne bileyim; ölmeden önce insan yaşar a. Bu dükkânın içinde sürdüğüm hayata yaşamak mı denir? Bu yaşamak değil, uzun ölüm. Denizde gezenler ne mutlu insanlar ki, böyle bir bakkal dükkânında karaya vurmuş balıklar gibi boğulup gitmiyorlar, dedi.

Babam, sözün hiç istemediği bir yola çelindiğini görünce bana dönüp:

– Artık yatsan iyi olur oğlum! dedi...

Fehmi, beni dükkânın arkasındaki odada oturmakta olan karısına gönderdi. O da beni yatağa götürdü. Böylelikle babamla Fehmi'nin sözlerinin alt tarafını işitemedim.

O gece amcam o ibrişim sarı saçlarıyla düşüme girdi. Masmavi gözleri vardı onun... Ben zaten onu öylesine severdim ki onu ya göklerin, ya denizin koynunda doğmuş sanırdım, içimden:

– Gökten indiyse gök mavilerini, denizden doğduysa, yüze gelirken, deniz mavilerini, gözlerine toplaya toplaya gelmiştir, derdim.

Düşümde, uzun sarı saçlı başının çevresine bir gelin kuşağı dolamıştı,

– Korkma, babanın söylediklerine bakma. Ben denizin içindeyim. Sen de bir deniz oğlusun. Seni de deniz alacak, diyordu.

*

Ertesi günü aynı yoldan Bodrum'a döndük. Birkaç gün sonra babam:

– Boş gezenin boş kalfası gibi ortada dolaşıp durmak olmaz, dedi.

Beni eskici Kirpi Halil Ustanın yanına çırak verdi. Dükkân, gün yüzü görmez bir mağaraydı. İçeri girince, birdenbire gündüzden çıkıp geceye daldığımı sandım. Yüreğim daraldı. İçeriden dışarıya bakınca, açık duran kapı, geceyle çerçevelenmiş dört köşeli bir gündüz parçasıydı. Bahçıvan Nusret Ağa ile, emekli gümrük ambar memuru Kasım Efendi dükkânın demirbaş konuklarıydı. İkisi de dükkân açılır açılmaz gelirler ve kapanıncaya kadar kalırlardı. Nusret Ağanın iki gözü de körelmiş olduğu için dükkânın karanlığının pek farkında değildi. Kasım Efendiyse dükkânı, rutubeti ve loşluğu dolayısıyla alışkın olduğu gümrük ambarına benzetirdi. Bunun için oraya gelirdi. Ama dükkânın tek çekiciliği gümrük ambarına benzemesi değildi. Kasım Efendinin, düşünmemiş, büyük bir keder ya da büyük bir sevinç duymamış olanlara vergi bir belleği vardı. Örneğin, yirmi şu kadar yıl, şu kadar ay ve gün önce ne kadar maaşla, nerede ve ne memurlukta bulunduğunu, daire arkadaşlarının kimler olduğunu ve nereye becayiş edildiklerini hep hatırlar ve bilirdi. Hatırladığı bu şeylerden konuşmaya başladı mıydı da, sözleri dinleyicilerini bir dişçi törpüsü ve matkabı gibi etkilerdi. Kendiyse sözlerinin tepkisinin pek farkında olmaz, hep dinleyici arardı. İnsanlar ona söz dinletmeyi, karşılarına bir gramofon alıp gramofonla konuşmaya benzettikleri için, ondan kaçarlardı. Son ve sadık dinleyicisi Nusret Ağaydı.

Nusret Ağanın kulağı pek ağırdı. Değneğini yere, çenesini de değneğinin sapına dayar, başını Kasım Efendiye çevirmeden dinlerdi. Onun sesinin donuk gümbürtüsü duraklayınca, tümcenin sonuna nokta koyarmış gibi derin bir, "Hıııım!" ederek, Kasım Efendiye, gereken onaylayıcı gürültüyü sağlardı. İşte bu yüzden, Kasım Efendi, Halil Ustanın dükkânından vazgeçememişti.

Kasım Efendinin ne dediğini işitseydi bile Nusret Ağa muhakkak itiraz etmeksizin inanırdı. Çünkü, Nusret Ağa kafasında olası ile olasızı, gerçek ile yalanı birbirine öyle karıştırmıştı ki, onları artık ayırt edemiyor, "Bu da olur muymuş?" diye hiçbir şeye şaşmıyor, her şeye inanıyordu. Anlattıklarına göre, bir gün bahçesinin kıyısında, denizde gusül aptesi alıyormuş; o yeri ıssız biliyormuş ve cenabetlikten kurtulmak için, burnuna su çekiyor, ağzını çalkalıyor ve "Çık ya cenabet!"

diye cenabetliğe konuşuyormuş. Kaya arkasına gizlenen alaycı bir çocuk, "Çıkmam!" diye bağırmışmış, Nusret Ağa da cenabetliğin dile geldiğini sanarak, "Sen ister çık ister çıkma, bu soğuk suda üşüdüm artık, ben çıkıyorum!" diye cevaplayıp çıkmış.

Dârı dünyada; Nusret Ağaya kendi dolap beygirinden başka bir iyilik eden olmamıştı. Bir vakit başında peydahlanan bir ur, yavaş yavaş ceviz kadar, sonra da domates kadar büyüyüp kızarmıştı. Beygiri dolaba koşarken, hayvan bir tekme savurmuş ve çalımına getirerek, bahçıvanın kafa tasını patlatmadan uru nalıyla tam kökünden tıraş etmiş, karşıdaki dut ağacının gövdesine şakkadak yapıştırmıştı. İster başarılan bu ameliyattan, ister yıllarca dolabı döndürdüğünden olsun, Nusret Ağanın yüreğinde bütün hayvanlara, ama asıl beygirine karşı bir sevgi doğmuştu. Bu sevgiden mi, yoksa beygirlere karşı duyduğu yakınlıktan mı; her nedense, Nusret Ağanın gözlerinde kimi yaşlı beygirlerde rastlanan bakış vardı. Çok görülür a, sokakta yaşlı ve cılız bir atın ayağı kayar, düşen hayvan bir türlü kalkamaz; arabacısı gelir, kamçılar, gelen geçen kuyruğuna, yelesine asılıp çeker, sağrısını tekmeler; o atın gözlerinde bir bakış vardır, işte Nusret Ağa da tıpkı öyle bakardı.

Böyle bakmasının belki daha derin bir nedeni vardı. Çünkü kocayan emektar dolap beygiri nalları diktiğinde, Nusret Ağanın bir ikinci beygir alacak parası yoktu... Yaz gelince bahçe az kalsın kuruyacaktı. Elâlemin –çünkü dost var, düşman var– "Bak, Nusret Ağa kendisini de, karısını da beygir yerine dolaba koştu" diyerek ayıplamalarından korktuğu için, geceleri gizlice karısıyla birlikte dört saat dolabı çevirirlermiş. Belki yıllarca bir beygirin işini görmüş olduğu için, gözlerinde yaşlı beygirlerin yoksul bakışı kalmıştı.

Beygir öldükten biraz sonra, Nusret Ağanın çocuğu hastalandı. Dolabı karı koca çevirirlerken Nusret Ağa, arasıra karısına, "Git de oğlana bak" dermiş. Kadın gider, bakar, döner, kocasının yanında yerini alınca, "Çocuk yine çok hasta, öksürüyor, terliyor" dermiş. O zaman Nusret Ağanın boynu, yorgun beygirlerin yaptıkları gibi önüne düşer, soluya soluya yine, "Hintyağı vermeli" dermiş. Çünkü biricik oğlu hastalanıp da uzun zaman iyileşmeyince bahçıvan, doktora başvurmuş; doktorsa fıkara Nusret Ağadan vizite parası yerine zerzevat almayı istemediği için,

"Çocuğun midesi bozulmuş, müshil ver," diye baştan savmış. Nusret Ağa soluğu aktar Badibadi bacakların Hüsmen Efendide almış. Aktar, "Müshil çok" diye gaz tenekesinden bir kaba, bir okka Hintyağı akıtmış. Nusret Ağa çocuğa zorla içirmiş, çocuk kusmuş. Ama babası yine içirmiş, çocuk ertesi gün biraz iyileşmiş, daha ertesi günse öksürük büsbütün azıtmış. Konu komşu, "Çocuk sakın ince hastalığa tutulmuş olmasın" diye Nusret Ağanın kulağına bir şeyler çıtlatmışlar. Bahçıvanın tüyleri diken diken olmuş, öfkelenmiş:

– Dün daha turp gibi dinç çocukta hiç öyle şey mi olur? Ağzını hayra açsana. Doktor bir şeyciği yok, zoru karnında dedi, ilaç verdi, diye çıkışmış.

Eve dönünce çocuğun "İstemem" diye bağırıp çağırmasına kulak asmadan ağzına yine zorla Hintyağını dayamış, çocuk fenalaşmış, karısı:

– Artık içirmesek iyi ederiz, demiş.

Kocası:

– İyi mi ederiz? Çocuk ölür be! Hem doktora mı, konu komşuya mı inanayım? Baksana bütün aklı başında zenginler bile doktor ne derse onu yapıp iyi oluyor. Sen merak etme, yavrucak yakında düzelir, diyerek, çocuk öksüre öksüre yüzü mosmor kesilse de, katılsa da, kussa da yine ve yine Hintyağı verirmiş.

Öyle olmuş ki artık çocuk çöp gibi kalmış; cılız kollarını, bacaklarını oynatamaz olmuş. "İç yavrucuğum!" denince, hiç ses çıkarmadan ağzını açar, o yorgun koca gözlerini kaparmış.

Bir gün, böyle ilaç içerken öksürüğü tutmuş, Hintyağı ile beraber bol bol kan kusmuş ve son nefesini teslim etmiş. Tabutu bahçe damından çıkarken, Nusret Ağa, "Ah pamuk yavrucuğum, seni böyle öldürecek miydik?" diye, ömründe siftah olarak o koca sesiyle hüngür hüngür ağlamış.

Çocuk kandil gecesi, yani Leylei Mi'raç arifesinde öldüğü için ertesi günü mescitte vaaz verilirken müftü Abdülvahap Hoca, Hazreti Peygamberin Düldül atıyla cennete gitmiş olduğundan söz etmiş. Acıdan sarsılmış olan Nusret Ağa da hayalinde, çocuğun belki ölmüş olan dolap beygirine binerek cennete gitmiş olduğunu düşünmüş. Bana bunları anlatırken:

– Ne olacak a oğul, cahiliz, beygirlerin cennete gidip gitmediklerini bilmiyorum. Ama gittikleri içime doğmuştu. Abdülvahap Hocaya sordum. Yüzüme hayretle baktı: "Şu senin nalları diken dolap beygiri için mi soruyorsun?" dedi. "Hayır, çocuk için soruyorum" dedim. Hoca güldü: "Hiç girmez olurlar mı, girerler ya!.. Örneğin, Ashabı Kehf'in Kıtmir adlı köpeği, Musa Aleyhisselamın bazen 'Asa' diye kullandığı engerek yılanı hep cennete girdiler" dedi. Hemen koşup, senin rahmetli bacına müjdeledim. Ona: "Artık ağlama be karı, yavrucak cennette yalnız kalmaz, bizim dolap beygiri de orada. Abdülvahap Hoca davul kadar sarığıyla yalan söylemez a. Hatırlıyor musun? Yavrucak sağken, ot yolardı da, gider elceğiziyle beygire tutar, yedirirdi. Orası dünya değil, cennet be yahu! Orada bizim gibi kötü ve günahkâr insanlar yok!" dedim.

Çocuğu öldükten bir yıl kadar sonra, Nusret Ağanın karısı da ölmüş. Geceleri dolabı yapayalnız çevirirken, hayalinde ihtiyar dolap beygirini, beygirin üstünde Hasan'ı ve yanıbaşında anasını görür gibi olurmuş. Çocuk bari öksüz kalmaz, anası da yanında diye düşüne düşüne, farkında olmadan, dolabı şafaklara kadar döndürürmüş. Ama o sıralarda bahçe kötüleşmiş. Nusret Ağaya dükkânlar, bakkallar, veresiye yiyecek, giyecek vermez olmuşlar. O da bahçeyi satmak için Nallıların Hacı Ağaya başvurmuş. Vur aşağı, tut yukarı uyuşulduktan sonra, Hacı Ağa:

– Mademki bahçeyi satın alıyorum, dolap beygirini de sat! demiş.

Nusret Ağa dolabı kendi çevirdiğini söyleyince, Hacı Ağa da:

– Pekâlâ, sen bahçenin dilinden anlarsın. Başkasını ortakçı alacağıma seni alayım. Beygirler şimdi ateş pahasına; beygir alıncaya kadar sen dolabı döndürekoy, demiş.

Nusret Ağa bu teklifi sevinçle benimsemiş.

Kasım Efendi, bir gün Nusret Ağaya, vaktiyle memur olmadığına çok fena ettiğini anlattı:

– İnsanı kolundan tutup sokağa atmazlar. Emekliliği, şusu busu vardır. İnsanı çoluk çocuğu ile beslerler. Hacı Ağa, seni neden ortakçılıktan çıkardı? diye sordu.

Nusret Ağa:

– Nasıl çıkarmasın? Kör oldum, dedi ve sözüne devam etti; önceleyin, karşıdaki koca İstanköy Adasını görmez oldum. Hacı Ağaya: "Gözlerim dumanlanıyor, adayı seçemiyorum" dedim. "Adayı görüp neyliyeceksin? Toprağı görüyorsun a" dedi. Doğru söze ne denir? Sonra bahçenin ayazma burnunu, daha sonra bahçe duvarlarını seçemez oldum. Şimdi önümdeki deveyi bile göremiyorum. Ama çok şükür, geceyi gündüzden ayırt edebiliyorum. Hacı Ağa bana, "Çık!" deyince yalvardım yakardım. "Kulun kurbanın olam" dedim, olmadı. Zaten daha ne kadar yaşayacağım? Çok şükür gün gördük, artık yolculuk sırası geldi.

Kasım Efendi, "Bin üç yüz beş senesi cemaziyülâhırının on yedinci günü Şamı Şerif ziraat memuru..." diye bir şey söylüyordu. Vapurda yolculuk edenler, birkaç gün sonra makine gürültüsüne alışırlar, onu hiç duymuyormuş gibi olurlar. Ben de Kasım Efendinin söylediklerini işitmez olmuştum. Oysa Halil Ustanın bir sözünü değil, bir göz kırpışını bile kaçırmazdım.

Halil Usta Giritliydi. Benim ilk denizcilik öğretmenimdi. Gençliğinde, bir gün yelken sararken direk tepesinden güverteye düşmüş, bir bacağını kırmış. Kötürüm kalınca istemeye istemeye işi eskiciliğe dökmüş. Kayıkta kötürüm kaldığı için, babam Halil Ustayı da kendisi gibi denize diş biliyor sanırdı. Bahçıvan Nusret'le, Kasım Efendi gibi gemiyi resimde, suyu da ancak bardakta görmek isteyenlerin dükkâna gidip oturmaları, babamın bu düşüncesini destekliyordu. İşte bu yüzden Halil Usta bir çırak arayınca babam:

– Eskicilik de olsa, zenaat altın bileziktir, diyerek beni yanına verdi.

Denize bakacağına, yıllarca çeşit çeşit ayakkabıların taban ve topuklarına dikatle bakmak zorunluluğu, Halil Ustanın gönlünde, karalara ve topraklara karşı zehir gibi bir kinin peydahlanmasına yol açmıştı. Aynı zaman damarına basan pabuç tabanları deniz özleyişini baskılaya baskılaya, o özleyişe bir aşk şiddetini vermişti. Örneğin yanıbaşındaki bir kovadan, zımba işlesin diye ıslayıp yumuşatılmış bir deri parçasını önüne koydu muydu, ona, "Hep karada yürüyeceksin ha!" demişçesine çatık kaşlarla bakar, onu kanına susadığı bir düşmanının yüreğine saplıyormuş gibi öfkeyle zımbalardı.

Hele çekicini mutlaka, "Al sana!" diyerek olanca kuvvetiyle vurur ve çiviyi bir vuruşta çakardı. Ama ötesi berisi çentilmiş, kirlenmiş eskici masasının üstünü "güverte" adıyla şereflendirdiği zaman, kargacık burgacık gövdesinde tıkıla kalmış ateşli canlılığının, gözlerinde bile sevinçle kontakt yapıp parladığı görülürdü. Hatta masanın kenarını "kenar" gibi karaya ait bir sözle anmaz, ona "Masanın alabandası" der, bana, "Sağa sola dön!" diyeceğine "Sancağa, iskeleye dümen kır!" diye bağırırdı.

Anladığıma göre, önceleri Halil Usta Kasım Efendi ile hiç konuşmaz, işine bakarmış. Ama, ben geldikten sonra iş değişti. Bana, "Sancağa dümen kır!" diye bağırması çok hoşuma giderdi. Denize ve denizciliğe ait sözler, birkaç yıl önce deniz kıyısı kumlarının üzerinde deniz böceklerinin sedefli ve pırıltılı kabuklarını ilk bulduğum zamanki kadar beni sevindiriyordu. O sözleri içimde evire çevire tekrarlıyor, müziğine doyamıyordum. Örneğin, "Cunda yelkenleri" sözü –yani asıl yelkenler– gönlümde bayağı deniz mavilerini öttürüyordu. Halil Ustadan, bu sözler hakkında, korka korka bilgi isterdim. Söyledikleriyle içten ilgilendiğimi görünce, kaşlarının çatıklığı hızla çözülürdü. Zamanla çevik çekici, tabanlara acele acele çivi çakan, bir öç aracı olmaktan çıktı. Artık o, kafama, denize ait bilgiyi perçinliyor, babamın içimde yaratmak istediği kara ve toprak dostluğunun nalına da, mıhına da pasa vuruyordu.

Bir kerpeteni ya da bir kösele parçasını bulmak üzere, kötürümlüğünün atikliğiyle topallaya topallaya öteyi beriyi karıştırırken bile sözünü kesmez, aradığını bulunca sağlam ayağının üzerinde rüzgâr gibi çark ederek gözlerimin içine bakar, can kulağı ile dinleyip dinlemediğimi orada okumaya çalışırdı. Ustamın çenesinin birdenbire çözülüvermesi, Kasım Efendinin hiç de hoşuna gitmiyordu. Önceleri sözlerine geniş bir alan bulduğu o dükkânda, ilaç için olsun, içine bir maaş, bir becayiş lafı katılacak boş bir sükût parçası kalmamıştı. Hele Nusret Ağa kime, "Hıııım!" diyeceğini şaşırarak, artık rastgele "hıııım"layıp duruyordu.

Ustam, işlemesem de aldırmazdı. Alabildiğine açık, iri çocuk gözlerimin, pür dikkat kendisine bakmakta olduğunu görünce gönlü tutuşur, "Kör Halit'in hanına git de Murat Dayıya söyle, bize üç kahve getirsin" der; Murat Dayı üç kahveyi askıda getirirdi. Murat Dayı kendisi gibi topal ve kötürüm olduğu için mi ne, ustam onu çok severdi. Murat Dayı kahveler içilinceye kadar dükkânda bekler, söylenenlere benim kadar göz kulak olurdu. Ustam çekicini, sanki beni aydınlatacak bir meşaleymiş gibi kaldırır ve: "Şimdi senin aklına mıhlamak istediğim nokta; bu ayakkabıya çakacağın çividen çok daha önemlidir" diyormuş gibi, yüzüne bir ciddiyet vererek:

– Baktın ki sert bir sağanak deniz yüzünde karara karara geliyor. Ne yaparsın? diye sorar; ben de:

– Yelkenleri mayna ederim! dedim miydi?

– Hah! Aferin!... diye bağırır ve çaat, diye çekici çiviye vururdu.

Kasım Efendi:

– Evet, yelkenleri muayene etmeli, Antalya'da gümrük ambarında çürüyen bazı yelkenler... diye bir şeyler demeye kalkışırdı.

Ama onu dinleyen kimdi? Sonra, örneğin ustam:

– Peki oğlum, leva ne demektir? diye sorardı.

Hiç konuşmak ve kendini dinletmek fırsatını bulamadığı için artık patlayası gelen Kasım Efendi, ortaya atılır:

– İlahi Halil Usta, bir levayı bilmeyen mi var? Tam bin üç yüz iki senesinin haziranının beşinci günü sayei şahanede Merzifon'a tayin edildim. Haziranın altıncı günü Hacı Lütfullah Paşa oraya leva kumandanı olarak... demesine kalmaz, ustam:

– Dur be Kasım Efendi; bu senin bildiğin levalardan değil. Söyle bakalım Mahmut? derdi.

– Leva etmek, kaldırmak, örneğin demir kaldırmak, derdim.

Ustam:

– Hah şöyle! diye köseleye can ve gönülden yeni bir çivi mıhlar, Nusret Ağa da birkaç kere "hıım"lardı.

Denizcilik derslerini şaşarak dinleyen topal Murat Dayı, çekine çekine ustamdan:

– Benim Aliş bunları öğrenmiş midir? İyi kötü bir habercik bile alamadım. Acaba boğuldu mu?... Diri olsun da varsın yazmasın, derdi.

Ustam da:

– Bir şeyciği yoktur. Kara haber tez gelir, şimdi gürbüz bir denizci olmuştur, derdi.

Murat Dayının, ustam ve benden başka bir insanın sözlerine kulak verdiğini hiç görmedim. Sözü kıt bir adamdı. Gözlerinin uzaklara dalgın bir bakışı vardı. Hani, kafese kapatılmış kuşlar, cezaevinde de demir parmaklıklar ardından bakan mahpuslar vardır, size cam gibi saydam imişsiniz de ötenizde ta uzaklarda bir ufku görüyorlarmış gibi bakarlar; işte tıpkı öyle. Murat Dayı sanki önümüzdeydi, aynı zamanda da uzaklardaydı. Onunla, "Kendisine söylenen sözleri dinlemez, o ancak çıngırağını dinler" diyerek alay ederlerdi.

Ağızlarda dolaşan bu çıngırak acaba nedir, diye merak ederdim. Ama alay makamında söyledikleri için, onun ne olduğunu Murat Dayıya sormaktan çekinirdim.

Ustamın dükkânından çok hoşlanırdım. Ondan sonra Kör Halit'in kahvehanesinden. Oraya, ustam kahve ısmarladıkça giderdim. Ama durabilen kim? Biz çocuklar yaşlı başlıların arasında oturmaktan korkardık.

– Defolun piç kuruları! diye kovulurduk.

Oysa beni cennete sokan melek, Murat Dayı idi. Bana arasıra, "Çeşmeden kahvenin su küpüne su taşıyıver, o zaman körün gözüne girersin" derdi.

Çeşmede teneke ve testilerini doldurmak isteyenler pek kalabalık oldukları için, nöbet bekleyeceğime, tenekeyi orada bırakır, gelir, kahvehanenin kapısında dururdum.

Kahve duvarında asılı resimler sağdan sola şöyleydi: Çerçevesinin camı kırık bir doğulu dilber; çevresine altınlar dizilmiş bülbül yuvası hotozunu çapkıncasına bir başının üzerine eğmiş, kısa sırmalı yelek aralığından pembe tüllerle buğulanmış memelerini kapatarak, "Ah!" dermiş gibi mahmur bakışlı gözlerini süzer; ben ona,

– Haydi oradan! dermişçesine kaş çatar, öteki resimleri arardım.

O resmin yanıbaşında rafa dizilmiş bir sıra nargilelerin tunç başlıkları arasında, Mesudiye zırhlısı görünürdü. Doğu dilberinin sağ memesine ön toplarıyla ateş ederdi. Ben ona:

– Hah şöyle! derdim.

Bu resmi kalede mahpus bir deniz subayı yapmış.

Ondan sonra altın sarısı kâkülünü gerdanına döşemiş, kırmızı giyinmiş, al kuşanmış, takmış takıştırmış, sürmüş sürüştürmüş bir doğu dilberi daha!... Mindere yan gelmişler ve bir elde yelpaze, bir elde karanfil, gözlerini bayılta bayılta kahvedekileri davet etmektedir. Ondan sonra tuhaf elbiselerle kuzguni bir Arap, kan çanağı gözlerini fıldır fıldır döndürerek pembe ve gök mavisi döşeklere uzanmış, buğday benizli ince bir kızı boğmaktadır. Limanımıza uğrayan bir şilep kaptanı bu herifin "Otello" adlı ve Venedikli olduğunu söyledi. Kadını niçin boğduğunu bir türlü anlayamadık.

Bu resimden sonra çivilere kulplarından küpeler gibi takılı duran bir dizi kahve fincanı gelirdi. İşte o fincanlardan sonra gelen resme saatlerce baksam doymazdım. O resim bir gemicinin yaptığı bir gemi resmiydi. En küçük ayrıntısı bile unutulmadan her ipi kapkara bir mürekkeple birer birer çizilmişti. Makara sapanlarından tutunuz da, mataforalara, hem de yelkenleri çevreleyen gradin halatlarına varıncaya kadar –bir resimde olduğu gibi değil, bir plandaki gibi– birer birer gösterilmişti. Bu gemi, birbirinin eşi, hendesi dalgalar üzerinde kayıp gidiyordu. Ustamın anlattığı her şeyi o resimde gidip buluyordum. Ustam öğretmenim idiyse, işte burası da dersanemdi.

Ondan sonra kuzguni Arabın urbalarına benzeyen elbiseler giymiş, tatlı yüzü yaşlıca bir adamın resmi geliyordu. Geminin direğine zincirlerle bağlanmıştı. Geminin çatık suratlı tayfaları çevresini sarmış, onu yumruklarıyla tehdit ediyorlardı. Limanımıza uğrayan şilepin kaptanı yok mu? İşte o, bu adamın Kristof Kolomb olduğunu ve Amerika'yı keşfettini söylerdi. Anlattığına göre Kristof Kolomb İspanya'dan ayrılalı günler geçtiği halde, hâlâ karaya rastgelmedikleri için tayfası, onu geri dönmeye zorlamaktaymış. İşte bunu duyduktan sonra, kendimden geçkin, Kolomb'un yüzüne hayranlıkla uzun uzun bakardım. İçimden:

– Koca denizciyi görüyor musun? derdim.

Ona öfkeyle saldıranlara öfkelenirdim. Geminin omuzları üzerinden Atlas Okyanusu göz alabildiğine masmavi yayılıyordu. Ona bakakaldıkça her şey gözlerimden silinirdi; hatta müşterilerin seslerine, tavla tıkırtılarına, iskambil gürültülerine, kahvecinin, "Okkalı bir, orta şekerli iki!" diye ocağa haykırışlarına kulaklarım sağır, çevremden, elbiselerimden, gövdemden soyunur, çırçıplak bir gönül, bir istek olarak Amerika kâşifiyle birlikte aynı gemide bulunmayı isterdim de içimi özlemli özlemli çekerdim. Ama Kör Halit'in:

– Ulen küpü hâlâ doldurmadın mı? Baksana çeşme başında kimsecikler yok! diye omzumdan sarsması, beni hayal göklerinden tepetakla gerçek –yani kahvehanenin yamrı yumru çam tahtaları– tabanına indirirdi.

Dükkâna dönünce ustam neden geciktiğimi sormazdı. Herhalde sebebini Murat Dayı ona anlatmıştı.

Bana verilen denizcilik dersleri dolayısıyla söz sırası bulamayan Kasım Efendi, ustamın bana boyuna denizden söz ettiğini, gidip babama fitlemiş. Bir akşam eve dönünce, babamın bir karış surat astığını gördüm. Yutkundu, yutkundu:

– Seni okula vereceğim, dedi.

Dünya gözüme zindan kesildi. Üç dört gün sonra topal hocanın mahalle mektebine gidecektim.

Dükkâna gittiğim son gündü. Ustam selam verdikten sonra:

– Okula giderken arasıra dükkâna uğra! dedi.

O gün de her gün gibi akşam oldu. Kasım Efendi ile Nusret Ağa ayrıldılar. Ustamla yalnız kaldık. Ustam bana vermekte olduğu son dersin tamamen tadına varabilmek için beni, biraz ötemizde sokak köşesinde Muğlalı aşçı Yaşar'a, bir şişe rakı ve mezelik izmarit balığı almaya gönderdi. Aşçı Yaşar, "Bizimle birlikte dünyanın böylesinde yaşıyorlar, yazık zavallıcıklara" diyerek irili ufaklı, kör topal elli altmış kadar kedi ve köpek beslediği için, dükkâna güç bela girdim. Dükkânının bana göre asıl çekiciliği, kurutulup yaldızlanmış ve tavana asılmış, açık kanatlı bir uçar balıktı. Yaşar kısa ve şişmandı, yağlı yüzü pırıl pırıl yanardı. Soluk benizli çocuğu, zerzevatı soyar, ateş yakmak, pişirmek ve bulaşık yıkamakta babasına yardım ederdi. İşte o çocuk –yani Hamdi– bana izmaritlerin en kocamanlarını seçti. Rakıyı ve bir gazete parçasının üzerinde de izmaritleri dükkâna getirdim. Ustam şişenin kıçına avcuyla vurup tıpayı attı. Karşı karşıya oturduk. Kadehi doldurdu. İçti. Sonra gözlerini bana dikti. Sesi kırılır gibi oldu:

– Bak şimdi, sanki geçmişle gelecek karşı karşıya oturuyoruz, dedi.

Başı bir süre önüne düştü. Sonra kaldırıp:

– Seren altı makaraları nasıl donatılır? diye sordu.

Ben:

– Çımaları filadur kasalı tek sapandan, iki makara hamailinin iki tarafına konulur. Seren üzerinden filadura bağı ile bağlanır, diye bir solukta cevap verdim.

Halil usta "şaaak!" diye avcunu dizine vurdu.

Mezeliğinden bir kızarmış izmarit verdi. Ama bütün gayretine rağmen neşelenemiyordu. Bir yorgunluğu argınlığı vardı. Birkaç kadeh daha içti. Sonra bana:

– Tutalım ki gemi orsaalabanda edecek, ne gibi emirler verilir ve o emirler verilince neler yapılır? Sırasıyla söyle bakalım, dedi.

O manevranın bir kayıkta yapıldığını görmek sevincinden ben de, ustam da yoksunduk. Ama onu sözle haykıra haykıra anlatmanın sevinci vardı ya! Dudaklarımı ıslattım ve hemen anlatmaya başladım:

– "Alestaa tira mola!" deyince hepimiz, yani denizciler –hepimiz deyince onların arasına kendimi de kattığım için göğsüm kabardı– yerlerimize koşar ve hazır ol vaziyetinde alesta dururuz. "Laçka skuta orsaalabanda!" denince, flok skutalarını ve trinket skutalarını koyuveririz. Dümenci de dümeni orsaalabandaya basar. Maestra yelkeninin rüzgârı boşanır. Yelken gök gürültüsü gibi gürleyerek, yapraklanır. Kaptan, "Mola kontra, issa punya!" emrini verir. Punyaları basar, papafingo burinalarını mola eder, maestra prassiyasını alesta ederiz. O zaman rüzgâr geminin başından gelmeye başlar.

Ben bunları sırasıyla söylerken ustamın yorgunluğu geçti, gözleri vahşi bir tasdik ateşiyle yanmaya başladı.

– "Mola burina grandi tira mola maestra!" diye ünlenende, biz de söylenenleri yapınca geminin başı rüzgârdan açılmaya koyulur. İşte o zaman burinaları mola, trinket yelkenini tumba ederiz. Bazılarımız pruva serenlerini prassiya tokaya alır. Dümenci dümen yekesini ortaya getirir. "Aganta skuta flok!" denince flok skutalarını çeker, kasarız. Artık bütün yelkenler rüzgârla dolmuştur. İşte o zaman, son emir, yani, "Aganta burina burinata!" kumandası verilir. Kayık şarıl şarıl rüzgârın gözüne işler.

Ben bunu söyleyince, elinde kadeh beklemekte olan Halil Usta, kadehi parlattı. Bana:

– Son olarak verilen kumandayı olanca sesinle gene bağır, dedi.

Ben de ciğerlerimi doldurarak olanca sesimle: "Aganta burina burinata!" diye haykırdım. O zaman, pek eski bir denizcilik âleminden hız alan ustam, sanki beni ünlü bir deniz geleceğine fırlatmak istiyormuş gibi, dağları temellerinden sarsan bir dinamit patlayışı şiddetiyle:

– Aganta burina burinata! diye gürledi.

Pabuççular ve eskiciler, sanki birbirine, "Aman arkadaşlar, durup dinlenmeyelim, çünkü açlık, dağ başında tenha yolcuyu kovalayan bir kurt gibi peşimize düşmüş bulunuyor. İşte bundan dolayı, biz de koşarcasına habire çalışalım ki, açlık ensemize yetişip bizi parçalayamasın" diyerek, birbirini çabuk olmaya kışkırtıyorlarmış gibi, işlerinin üzerine abanmış, acele acele takır tukur çekiç salarken, "Aganta burina burinata!" diye evrene meydan okuyan çağırışımızı duyunca işlerinin üzerinden doğruldular. Birdenbire çekiç takırtıları sustu. Hatta, özbeöz kara adamı olan aşçı Yaşar bile, sesini kapıp koyuverdi ve eskicilerle beraber, "Aganta!" diye bastı narayı. Neşenin seslerimize, seslerimizin neşeye verdiği sonsuz özgürlükte içim hız aldı. Eski püskü karanlık dükkân, "Yallah!" diye sanki yerinden kopup havalandı; bulutlar arasında dolu yelken orsaya savrulan koca bir kalyon oldu da yelkenlerin gölgesi, –yüksek ıssızlıklardaki uçan kartal kanadının gölgesi gibi– buluttan buluta aştı. "Aganta" emri de –tıpkı böylece– dükkândan dükkâna, insandan insana angılandı. Bilmiyorduk neden; hepimiz bir kurtuluş sevinci ve hazzı duyduk. Şaka değil, "Aganta burina burinata!" ünleyişi, gönülden kopuyordu, kara bir dünyada.

ÇINGIRAĞIN SESİ

Artık, "Aganta!" çağırısı bayağı bir parola oldu. Birçok insanlar sokakta birbirlerini, "Aganta!" diye selamlıyorlardı. Bir gün Kör Halit'in kahvesindeydim. Meydandan geçen birkaç kişi birdenbire, "Aganta!" diye bağırdılar. Kahvede nargile tokurdatanların birkaçı, orada oturmakta olan topal Murat Dayıya, "Halil Usta aklını oynattı galiba. Sen ne duruyorsun burada? Ahıra git de çıngırağını tıngırdat bari" dediler. Murat Dayının yüzüne bir yasın gölgesi düştü. Onlara dönüp bakmadan topallaya topallaya ahıra çekildi. Benim yüreğim cız etti. Peşisıra ahıra gittim. Onu bir ot yığınının üzerine oturakomuş buldum. Çekingen çekingen yanına iliştim. Elini omzuma koydu, bana:

– Aliş senin akranındı. Birbirinize kardeş gibi benziyorsunuz! dedi, içini çekti ve ekledi; şu heriflerin şu halimde bana sataşması, içimde Aliş'in hasretini uyandırırdı. A evlat çok kere Allah çocukların ağzından konuşurmuş. Sen ne dersin? Aliş sağ mı, yosa boğuldu mu? Haniden beri haber yok...

Cevabımı can kulağıyla bekledi. Ben ateşli ateşli, "Sağdır!" dedim. Yüzü bayağı aydınlandı. Kesik kesik öksürdü. Yüreğinden kaynayıp gelen bir şeyi bir insana anlatmak, içini açmak ihtiyacında olduğu besbelliydi. Bekleyişle bakan gözlerimi görünce anlatmaya koyuldu:

– A oğul, eskiden çobandım. Epeyce kara keçim vardı. Sütleri yayık ayranı gibi koyuydu. Dağ başlarında gezer, çalardım kavalı. Derken sayım vergisi ağır bastı; davarları teker teker sattım. Son tekeyi satarken çıngırağı boğazından çıkarıp cebime attım. Ne yapayım a evlat, çıngırak sesine alışmıştım. Çıngıraksız bir dünya içinde garipsiyordum. Küçük bir tarlam vardı. Onu ekip biçeyim, dedim. Oysa duralak bir yaşamdan sıkılıyordum. Hem de rençberliği yadırgadım. Bizim bacı tarla işine benden istekliydi. Başımı alıp gezinmeye alışkındım. Neyse; ekmekten katıktan arttırarak bir eşek satın aldım. Çıngırağı eşeğe taktım. Buradaki memurlara Belen köyünden su taşır, yapılar için köşe taşı, kayrak taşı, ince kum ve karıncabaş kum getirir, mırıldana mırıldana ve çıngırağı dinleye dinleye işimi gücümü görürdüm. Tanrı rahmet eylesin; bizim zavallı bacı dört çocuk doğurmuştu. İkisi yaşadı. Beşincisini doğuracaktı. Bana; "Pılı pırtımız kalmadı; çocuk için biraz bez al" dedi. Çocuklarla dağa çıkarak, turp otu, sıra otu filan toplayıp demetledim. Pazar günü olunca eşeği yükleyip buraya dah ettim. Neyse, otları satıp savdım. Birkaç arşın da bez alabildim. Eşeği, nah ta şuracığa, bu ahıra bağlamıştım. Gelip semerini taktım. Fıkaralık ya bu, yemlikte kalan samanı kıl torbaya koyayım dedim. Hayvan kim bilir neden huylandı. Kulaklarını dikince bir tekme savurdu. Ayağımı kırdı. Canım yandı. Bizim oğlan betimin, benzimin attığını görünce, bağırmaya koyuldu. "Bir şey değil, git çeşmeden biraz su getir, Kör Halit'e de söyle buraya geliversin, bana yardım etsin" dedim. Halit bezli çomakla nargile şişesini temizliyormuş. Oğlana, "Allah Allah, yine ne oldu? Bana bir dakika rahat vermezler" diye çıkışmış. Ta neden sonra, "Hayrola amcaoğlu, sana ne oldu?" diye ahıra geldi. Elimle ayağımı gösterdim. "Hele bakayım" diyerek ayağımı yavaşça tutup kaldırdı. Ama bacak, dizin biraz aşağısından sanki benim değilmiş gibi sarkakoydu. Onu usul usul yere bıraktı. Yerde hayvan sidiği birikintisi vardı. Kör Halit, "Bu benim bileceğim iş değil, Danacıların Hanife'yi çağırmalı," dedi. Ali, "Baba! Baba!" diye hıçkırmaya başladı. Sağdan soldan saman, ot toplayarak ayağımın altına koydu. Akşam oldu. Hanife kadın bir türlü gelmez. Bir yandan bacağım sızlar, bir yandan da çocuk, "Baba! Baba! Ölüyor musun?" diye ağlar. Ona, "Sus bire oğlan, bir şey değil, geçer şimdicik! Bacağımın zoru yetmiyormuş gibi bir de sen üzüyorsun" dedim. Gece oldu. Çocuk hıçkıra hıçkıra gübre kümesinin üstünde uyuyakaldı. Koca bir lağım faresi, uyuyan bir tavuğa sataştı, tavuk cıyak cıyak ederek bacağımın üstüne hopladı. Canım yandı. "Vay anam!" dedim. Çocuk uyandı. Yine ağlamaya koyuldu. Tam o sırada kapının kıyısına bir ışık çalındı. Dışarda Danacıların Hanife'yle Kör Halit'in canlı canlı fiskos ettiklerini duydum. Mallarımı bilmez miyim, mutlaka başıma bir çorap örüyorlardı ve yürekler acısı durumumdan yararlanarak, benden para koparacaklardı. Arasıra "Eşek" sözü kulağıma çalınıyordu. Neyse kısık sesler kesildi. Kör Halit, "A cadaloz, hanidir sana adam saldık. Yoksa zamparalara köçek mi aramaktaydın?" diye gümbürdeye gümbürdeye, elde fener, içeri girdi. Danacıların Hanife de ardısıra...

Hanife mosmor bir tuluma dönen bacağımı görünce iki avucunu şak diye kalçalarına vurarak, "Abuu! Abuu!" diye çığlıklar saldı. "Bunu doktor görürse hemen bacağı keser" diye ekledi. Kör Halit'e: "O zaman tut Murat Dayının geri kalan bacağından, vur duvara!" diye bağırdı. Hanife, "Ben bunu iyi iderim emme, bu iş çoğa mal olur. Sen masarufun altından kalkabilin mi?" diye bağırdı. Gözü para hırsıyla cayır cayır yanıyordu. Hele Kör Halit'in o çıkasıca tek gözü, Danacıların iki gözüne de taş çıkarırcasına parlıyordu. İkisinin de başı –semeriyle birlikte eşeği de yutarcasına– eşeğin üstüne toplandı. Kör Halit, "Hanife karı, böyle işte paranın sözü mü olur? Murat Dayının parası yoksa, biz dostları neylemeye dururuz?" dedi. Bunun üzerine Hanife eteklerini yellendire yellendire, ilaçları hazırlamaya gitti. Çok geçmeden içeri yağlar ve toprak gibi tozlarla dolu kutularla geldi. Tozları ağzında çiğnedi, çiğnedi, bacağıma tükürdü. Yağları da sürdü. Canım yandı. Alnımdan terler döküldü. Oğlan da durmuyor, habire ağlıyordu. Danacıların kızı dışarıya çıkınca Kör Halit'i çağırıp bir şeyler fısıldadı. Kör Halit geri döndü ve söylemeye sıkılıyormuş gibi ezile büzüle, "Danacıların Hanife, ben fakir bir kadınım, ilaçlara etek dolusu para döktüm. Murat Dayı iyi olur da paraları vermezse mahvolurum, diye para istedi" dedi. "Aksi şeytana bak ki bu sıralarda benim param yok" diye ekledi. Eşeği satmaya karar verdik. Pazar dönüşünde atlı, eşekli ya da yaya köylüler, köy yolu üzerinde giderken –söz kıtlığından olacak– başıma gelen kazayı dillerine dolamışlar. Yolda bire bin katmışlar, köye varınca dosdoğru bizim karıya giderek, "Vah vah, başın sağ olsun, ömrün uzun olsun" diye ona öldüğümü anlatmışlar. Kadının sancısı tutmuş ve sabahı diri çıkarmamış. Felaketler yalnız gelmezlermiş, bir tane değil, insanın başına birkaç tanesi birden yığılırmış. Doğrudur evlat. Köyde kalan oğlanı da Foçalıların Hüseyin yanına almış. Bunları ben çok sonra duydum. Ertesi günü şafakla birlikte, Kör Halit'le Danacıların Hanife, kelepir eşek müşterilerini, kafile kafile ahıra getirmeye başladılar. Kör Halit, gelir, eşeği gösterir, "Yaşını mı bilmek istiyon? Bak dişine" demesine kalmaz, Hanife başka bir kafilenin başında içeri sökün eder ve o diş kamaştırıcı cırlak sesiyle, "Görmüyon mu a Memiş Dayı, tüyü kara, burnu beyaz, maşallah eli ayağı düzgün, istediğin kadar yükle, üzerine de korkma kendin bin" diye çığlıklar salar, çıkar giderdi. Ardı sıra başka müşterilerle Kör Halit dalar, "Yollu olmasına yolludur ha! Durmuş Ağanın kır atını Karaköy Boğazında alimallah yaya bıraktı, hem de bir sepetçik samanla idare olur" diye gümbürder. Böyle yaparak eşeği pahalı satmak istediklerine sözde beni kandırıyorlardı.

Birisinin törpü gibi ince ve sivri sesi; ötekinin kalın kalın homurdanması, bende sessizliğe karşı öyle bir özleyiş uyandırdı ki, çoban olarak bir başıma gezerken duyduğum sessizliği hatırladım. Dağda taş yalan söylemiyor, ben katıyım diye doğrusunu söylüyordu. O dağ ve ovasının sessizliğini arasıra anmak için, Aliş'e, eşeğin boynundaki çıngırağı çözüp bana getirmesini söyledim. Çocuk öyle yaptı. Dördüncü günü akşamı, Kör Halit yanıma geldi. Eşeğe semeriyle birlikte üç liradan fazla veren olmamış. Halit, hiç eşeğe ihtiyacı olmamasına rağmen, dostluk hatırı için ve sırf bana iyilik olsun diye eşeği üçyüz on kuruşa alacağını söyledi. Bende, "Hayır" diyecek hal mi vardı sanki. O paralar sözde Danacıların Hanife'ye sayıldı. Sözü uzatmayalım, allem ettiler, kallem ettiler, sonunda bizim eşeği deve ettiler. A evlat, yemez içmez bir Allah! Ben de, oğlan da Allah olmadığımız için, yiyip içiyorduk. Kör Halit'e borcumuz da kabardıkça kabarıyordu. Körün suratı asıldıkça asılıyor, ahıra somurtarak giriyor, ahır süpürgesini, başıma çalıyormuş gibi öteye beriye çarpıyor, ahırda birisine rastlasa, kızım sana söylüyorum, gelinim sen dinle yollu, "Dostluk kantarla, alışveriş miskalla" diye haykırarak ağzımıza koyduğumuz lokmayı bize zehir ediyordu. Karımın ölüm kara haberi bize ulaşmıştı. Ecel geldi cihana, baş ağrısı bahane, diye köy evini ve tarlayı satılığa çıkardık. Ne yapalım, başka türlü olmayacaktı. Ama üç evlek kıraç tarla, dört kuru duvar eve on iki liradan fazla veren olmadı. Yine Kör Halit, elini ovuştura ovuştura, "Sırf dostluk hatırı için" diyerek on iki buçuk lira teklif etti. Benden hayatını sakınmazmış, ama tam o sırada hiç de taş tutmuyormuş. Evle tarla da eşeğin yolunu boyladı. Evi sattıktan birkaç gün sonra ahıra bir gemici uğradı, kayığına küçük bir muço gerekliymiş. Aliş oğlanı istedi. Aliş'le son sefer olarak koyunkoyuna yattık. Sabaha doğru oğlanı uyandırdım. Kör Halit on iki buçuk liranın iki buçuğunu borca alıkoymuştu. Kalan on lirayı Aliş'e verdim. Sıkı fıkı kuşağına bağlattırdım. Kimseye belli etmemesini ve kayığından alacağı parayı da arttırmasını söyledim. Güneş doğarken oğlana, "Haydi oğlum, yolun açık olsun" dedim. Oğlanın dudakları titriyordu. Neredeyse ağlayacağını anladım. Benim de ağzım eğri büğrü olacakmış gibi oluyordu, içim fena karışıyordu. Oğlan bir ağlasaydı, ben de dayanamayacak, -başıma gelen neydi hey Allahım!- hüngür hüngür ağlayacaktım. Ama, oğlanı ağlatmamak için yüreğim burkulurken, kaşlarımı çattım. Yavrucak elimi öptü. Kapıdan çıkıyordu; oncağıza gözlerim takıla kaldı. Boynu büküktü. Son olarak çocuğun çıplak ayağının kapı kıyısından çekildiğini gördüm. Ondan sonra, kapı tam bir boşluğu çerçeveledi. Orada bir tavuk çöpleniyordu. Bittiydi artık. Saman kümesi üzerine kıvrılarak bu yaşımdan sonra hıçkıra hıçkıra ağladım. O gün bugün oğlanı bir daha görmedim. Zaten çocuk ayrılırken, onu bir daha dünya gözüyle göremeyeceğim içime doğmuştu. Şimdi iki yıl oldu. Kimi zaman düşümde Aliş'i denizde yapayalnız boğulurken görürüm. Bana, "Baba!" diye bağırır. Kan ter içinde sıçrarım. Elverir ki boğulmasın, yaşasın, onu görmeden ölmeye razıyım. Ayağım iyi olup kalkınca, bacağımi, nahacık -eliyle sağ bacağını gösterdi- bir karış daha kısa, hem de yana bakar buldum. Öteki oğlan, köyde... Allaha emanet. Onu çok göresim geldi. İşinden kalmamak için gelemiyor, diyorlar. Köylülerden onu sorar dururum, baştan savma bir cevap verdikten sonra, bana buğday ve göveri fiyatlarını sorarlar. Aradan bir ay mı, iki ay mı geçti ne, Kör Halit, han müşterilerinin atlarını, eşeklerini ayda bir mecide, ahıra bağlamakta ve yemlemekte olan çocuğa yol verdi. Onun yerine -bir iyilik olsun diye- beni seyisliğe kayırdı. Karın tokluğuna, yani aşçıdan müşterilere gelen yemek artıklarına... Görüyorsun a, yakın müşterilere kahve götürmeden başka ahırdan çıktığım yok.

Oysa çoban ve sürücüyken dünyaları dolaşırdım. Bazen koynumdan çıngırağı çıkarır, çıngırdatırım. Çobanlıkta başımı alıp dere tepe gezdiğimi, çocukların süt diliyle bana konuştuklarını hatırlarım. Geçmiş iyi günler acı acı gözümün önünden geçer.

Topal Murat Dayı bu çıngırak işini öyle bir duygu fazlalığıyla anlattı ki, sözleri söz değil, birer gönül parçalarıydı. Hele çıngırak! Okulda topal hocanın gümbürtülü sesini dinletmezcesine, kulağımda çınlardı.

MAHALLE MEKTEBİNDE

İşte o mahalle mektebinde Amme cüzünün bütününü ve Tebareke'nin yarısını zar zor ezberledim. Şöyle böyle okumak da öğrendim. Ama elime tutuşturulan tecvit ve ilmihalde öğrenmesine can attığım şeylerin hiçbiri yoktu. Sultan Osman'dan başlayarak bütün sultanlar ve Hazreti Âdem'den tutturarak bütün peygamberlerin adlarını öğrettiler. Ben elime birkaç parça sicim alırdım. Balıkçı Ateşoğlunun kızı Çakır Fatma'nın arkasına çömelirdim. Boylu boslu bir kızdı, gövdesiyle topal hocanın beni görmesine engel olurdu. Sicimlerle, "Bu dülger bağı, bu kazık bağı, bu barbarişka bağı, bu kamçı bağı" diye bağları bağlayıp çözerek kendi kendime meşk ederken ve Murat Dayının sanki açıklıkları sese getiren çıngırağının angısı içimde çın çın öterken, hocanın Nuh Aleyhisselam, Yakup Aleyhisselam diye peygamberleri saydığını duymazdım.

Bir gün topal hoca beni ayağa kaldırdı:

– Peygamberleri say bakayım, dedi.

Oysa o anda bütün aklım fikrim papafingonun margarita bağındaydı. Bildiğim adları, Çakır Fatma'nın fısıldadığı adlarla tamamlayarak, selametle sonuncu peygambere vardım. Vardım ama sonu çapanoğlu çıktı. Sıra Nebi mi, yoksul Veli mi oldukları belli olmayan, Uzeyr, Lokman ve

Zülkarneyn'e geldi. Bunlara, "Bazıları dedi Nebi, bazıları da dedi Veli" diyeceğime, aceleyle, "Bazıları dedi Veli, bazıları dedi deli" demişim. Vay sen misin öyle diyen? Topal hoca geçmişimden başlayarak geleceğime dek küfürler bastıktan sonra, al aşağı etti beni, vurdu falakaya, "Hazreti Âdem Aleyhisselam" diye bağırarak, çat diye sopayı tabanlarıma çaldı. Bütün peygamberleri tabanlarımda bitirdi. Benim öğrendiğime göre bilgi başta olur. Bize ise bilgiyi sopayla tabanlarımızdan tıkıyorlardı. Sopa tabanlarıma indikçe dişlerimi sıktım, inat ya bu, gık bile demedim. Falakadan kalkınca hocanın elini öpmek âdetti. Öpmedim ve öpmedim vesselam. Çocuktum ama, Çakır Fatma'nın gözlerinin mavi alevlerle cayır cayır yanışından, topal hocaya fena kızdığını, bağırıp ağlamadığım için de bana hayran kaldığını gördüm. Fatma'nın bakışı âdeta bana, "Aşkolsun!" diye bağırıyordu. Topal hoca, her gün işkence ve cefalarını sayıp tüketemediği cehenneminde de beni yakıp kül etse, o bakışın ışınlarında kaldıkça, kendimi cennette sanır, ses çıkarmazdım. Topal hoca beni dövdü, dövdü, sonunda yoruldu, bıraktı. Ama artık beni adamakıllı zıddetmişti. Eve dönünce babama, anneme şikâyet ettim. Güldüler ve "Hocanın vurduğu yerden gül biter" dediler.

Bana öğretilen bu sultanları ve peygamberleri ben neyleyecektim? Bunlar benim akranım değillerdi. Sultan Bayezıdı Veli ile çelik çomak oynayamaz; Süleyman Aleyhisselamla da deniz kıyısı boyunca kayık yüzdüremezdim.

Haydi Yunus Peygamber, Nuh Peygamber neyse. Hiç olmazsa birisi balık karnında, öteki de bütün hayvanlarla, arkın içinde denizcilik etmişlerdi.

Topal hocaya bir gün Nuh arkının, mavuna mı, duba mı, şat mı, yoksa salapurya mı olduğunu sordum. Topal hoca, suratına derin bilgiye yakışır bir anlam vererek –mutlaka saydığım teknelerin en uzun ve tumturaklı isimlisi olduğu için– "Salapurya!" diye cevap verdi. Mektebin deniz tarafındaki pencerelerinden birinin dışında uzun bir kahkaha çınladı. Sanki bu saçma cevaba deniz gülüyordu. Neşe, çocukları alev gibi sardı. Dersanenin siniri mi tuttu ne, makaraları salıveren salıvereneydi... Meğerse Kalafat Ahmet Usta, dışarıda bir tekneyi kalafatlamaktaymış. Soruma topal hocanın cevabını duyunca kendini tutamamış. Topal hoca bizi güç bela susturdu. Ertesi günü bir bahaneyle beni falakaya yatırdı ve hıncını aldı. Hocanın her vurduğu yerde bir gül biterse, bu gidişle, aradan çok geçmeden tepemden tırnağıma kadar güllük gülistanlık kesilecektim!

Kalafat Ahmet Ustayı bildirmeden geçmeyeceğim. O benim denizcilik hayatımın bir direği idi. Teneffüslerde, yanına gider, onu işlerken seyrederdim. Bir doktorun, parmakla vurup hasta göğsü dinlemesi gibi, kayık gövdesini pruvadan kıça kadar vura vura dinlerdi. Mektepte çok dövüldüğümü görerek bana acırdı. Gördüğü işle ilgilendiğim için, çalışırken bana, "Bu kaplama tahtasına kurt işlemiş, ateş vermek ister; bu çivi gevşemiş, perçin ister; bu enseri erimiş, yenisini çakmalı; şu kaplama aralığı han kapısı gibi açılmış, armozu tıkamalı" diye gözlerini işinden ayırmadan, anlatır dururdu. Kimi vakit her ufacık çiviyi uzun uzun yoklayışından usanırdım da, "O küçük çividen ne çıkar?" derdim. Sönerek alt dudağında yapışakalmış cıgarasını çıkarmadan, "İşte o küçük çivi, kötü havada kayığın batmasına ve içindekilerin boğulmasına sebep olur. Deniz bu! Kara değil ki aldırmayasın. Ölenlerin günahı boynuma kalır. Deniz temiz ve sağlam iş ister" derdi.

Ahmet Ustanın, elindeki kaba saba tokmağından, kunt yapılı demir kakacından, tahtanın hayatını dinleyen bir duyuş, tahtanın içine işleyen bir sezgi inceliğine sahip olduğu hiç düşünülemezdi. Zavallı, denizde boğuldu. Kayığı fırtınada devrilince denizin yüzünde bir kendisi, bir oğlu ve ancak bir kişiyi kurtarabilecek kadar büyük bir tahta parçası kalmışmış. "Oğlum, ben yaşımı başımı aldım, tahtayı sen al. Karaya doğru çabala. Sağ çıkarsan anana arkadaşlara söyle, haklarını helal etsinler" diye bağırmış. Oğlu; "Baba tahtayı al" diye yalvarmış, oysa kalafat dalmış. Ondan sonra kalafatı ne gören, ne de işiten olmuş. Ölüsü bile bulunmamış.

Kalafat Ahmet Ustanın okuması yazması da vardı. Bana Ahmet Rasim denilen bir yazarın "Turgut Reis" adlı bir kitabını, bir de "Esfarı Bahriyei Osmaniye" adlı bir başka kitabı verdi. İlk kitapta Turgut Reisin Bodrumlu, yani bir hemşerimiz olduğunu okuyunca, koltuklarım kabardı. O sıralarda okumayı iyice öğrenmemiş olduğum halde, deniz adamlarını tanımak merakıyla geceyi gündüze kattım. Bir taraftan okuduklarımı anladıkça eteklerim sevincimden zil çalıyor, öte yandan da hiç farkına varmadan, topal hocanın yıllarca öğretemediği okuma yazmayı iyice öğreniyordum. Bu kitaplardan sonra Kalafat Ahmet Ustadan, resmi Kör Halit'in hanında asılı duran Kristof Kolomb hakkında bir kitabı olup olmadığını sordum. Bana, kalede –ki o zaman hapishaneydi– yatan bir deniz subayından aldığı bir tarih kitabını getirdi. Kör Halit'in hanında asılı Mesudiye zırhlısının resmini işte bu subay yapmışmış. O tarih kitabında Kolomb'un gemi bulmak için yabancı illerde yıllarca nasıl gezdiğini, üç gemiyi bulunca, Kadiz limanından denize nasıl açıldığını ve dümdüz sanılan dünyanın bilinmedik koca sularında yol alarak, Okyanusu nasıl aştığını ve Amerika'yı keşfettiğini kendimden geçkin, heyecan içinde okudum. Limanda Mehmet Ali Kaptanın, Modrovan Mustafa Kaptanın ve daha başka kaptanların yüz ellişer tonluk kayıkları vardı. Kolomb'un "Pinta"sı ve "Santa Maria"sı da yüz ellişer tonluk gemilerdi. Hem Kolomb'un gemilerinin güverteleri yoktu, oysa bizimkiler güverteliydi. Neden Mehmet Ali Kaptanla öteki kaptanların bir bilinmeyen yeri keşif için denize açılmadıklarına şaşardım. Hiç insanın kayığı olur da, hep bin kere uğranılmış bir limanla bin kere uğranılmış başka bir liman arasında bezdirici ve usandırıcı bir gidip gelişle ömür mü tüketir? Para kazanmak için sağdan sola, soldan sağa palamut, pirina taşıyıp duruyorlardı. Onların zavallı gemileri gemi değil, ama denizde yüzücü birer bakkal dükkânıydı.

İnsan, keşfetmek, öteye varmak, yeniye açılmak özleyişiyle ceviz kabuğu kadar bir tekneye biner, iki buçuk arşın bez parçasıyla göklerin rüzgârını çalar da, elâlemin muhakkak ölümdür, deliliktir diye bağrışıp ayak diremelerine kulak asmadan açılır gider ve yeni dünyalar, yeni âlemler bulur. Ne biçim dünyaya doğmuştum ben? "Güzel" diyordum, güzel dediğime dönüp bakmıyorlardı bile. "İyi" diyordum, omuz silkiyorlardı. Birisinin dobra dobra dosdoğru söylediğini duyuyor, heyecanlanıp, "Doğru!" diye bağırıyordum. "Aman sus!" diyorlardı. Hele "Deniz!" deyince, bütün kaşlar çatılıyor, "Sakın ha!" diyorlardı. Güzele bakma, iyiye aldırma, doğruya kulak asma, denizi anma; peki öyleyse ben ne edip ne söyleyecektim? İşte bunu büyüklerime sorunca, bana düpedüz bir cevap vermiyorlar, ama dolambaçlı ve sağa sola savsaklayıcı sözler söylüyorlardı. Ne var ki; kafama sokulan bütün bu sözleri, gönlümün ateşinde yakınca ve bunların söz olan fireleri duman olup uçunca, kalakala kafamda şu kaba Türkçe gerçekler kalıyordu: Önce, "Hiç kimseye hiçbir şey vermeyeceksin, herkesten koparabildiğin kadar koparacaksın ve gözünü paradan ayırmayacaksın!"

İyi ama, ben parayı görünce, yaradılıştan öz düşmanı olan bir hayvana rastgelen bir başka hayvan gibi, tüylerim nefretle diken diken oluyordu. Benim özlediklerim, hiç de onların özledikleri değildi.

Topal hoca öğrettiği tatsız tuzsuz şeyleri bir eşekarısı gibi zırıldatıp dururken ben pencereden mavi göğü görür ve uçan kuşların, esen rüzgârların özgürlüğünü tadardım. Denizden gelen dalgalarsa, kalabalık umutlarla zengin bir denizci yaşamıyla geleceğini muştulayan seslerle dopdoluydu. İşte o zaman demir parmaklıklar ardında kurtuluşu ve özgürlüğü gören mahpuslar gibi, gönlüm uzar, uzardı da, onun kendini denize verişi, âdeta bir yalvarış, bir dua olurdu.

Bir gün göklere ve denizlere dalgın kalmıştım. Murat Dayının ıssız dağ başlarında çıngırdıyan çıngırağını duyar gibi olmuştum. Küt! diye başıma bir yumruk vuruldu. Başımı kaldırınca, tepemde topal hocanın çatık suratını gördüm.

– Ülen, gözlerini fal taşı gibi açmış, dışarıya ne bakıyorsun? Önünde karabaş tecvidi açık. Onu bellesene! diye haykırıyordu.

Ben şaşkınlıkla:

– Göğe bakıyorum! demişim.

Yine:

– Ülen, boş gökte bakacak ne var ki? Haydi kalk! Git de duvara dinel! Yüzünü duvara çevir. Ben sana boş göğe bakmayı gösteririm! dedi.

Beni üç saat ayakta tuttu. Hem de neredeyse burnum duvara değecekti.

O gün mektepten çıkınca Halil Ustanın dükkânının yolunu tuttum. Oraya henüz varmıştım ki, İmdadın Halil koşarak geldi:

– Aman gelin de görün, Murat Dayı aklını büsbütün oynatmış. Bir aralık küçük su dökmek için hanın ahırına girdim. Murat Dayıyı saman kümesinin üzerine yan gelmiş, kulağına bir çıngırak takmış, yüzü de nah işte böyle sırıtıyor gördüm, dedi.

Nasıl sırıttığını göstermek için, iki elinin baş parmaklarını, ağzının karşılıklı iki köşesine sokup ağzını kulaklarına doğru gerdi. Gözlerini burnunun ucuna dikerek şaşılattı. Doğrusu benim de gülesim geldi. Ama gülerken içimi bir acı sıkıyordu. Belki zavallı Murat Dayıya gülüyorum diye... İmdadın Halil:

– Handaki müşterilere söyledim, hepsi de seyre koştular. Aman gidin de görün, diye ekledi.

Halil Usta İmdadın sözlerini hiç işitmemiş gibi, gözlerini perçinlemekte olduğu kunduranın tabanından ayırmadı, ama bana:

– Git de bak, zavallı ihtiyara ne oldu? dedi.

Kasım Efendi, "Ben de gidip göreceğim" diye ayağa davrandı. Söylendikçe, "Hıım!"larını sağlayan demirbaş dinleyicisini bittabi geride bırakmak istemedi. Nusret Ağayı, sineği tutan bir örümcek gibi sürükledi. Yolda Nusret Ağaya:

– Fethiye kaymakamlığı başkâtibi de aklını tıpkı böyle oynatmıştı. Ona çok namuslu derlerdi. Oysa namus başka, resmi muamele başkadır. Resmi muameleyi noktası noktasına tamamlamayınca namus mamus para mı eder? 1315 senesi sefer ayının yirmi üçüncü günü ben oraya iki yüz yetmiş sekiz kuruş maaşla gümrük ambar memuru tayin edilmiştim. Aradan iki ay geçince oraya ilk mülkiye müfettişi geldi. Biri gümrük müfettişi, öteki de kaymakamlığa gelmiş. Gümrük müfettişi, vazifemi hiç ihmal etmeden bitamamiha ifa ettiğimden dolayı beni takdir etti. "Senin gibi memurlarla iftihar ederim" dedi. Çünkü müfettiş gelmezden bir hafta evvel, Yunan adalarından, yılan oynatarak ve parsa toplayarak geçinen bir yılancı gelmişti. Az kalsın yılanın hasta olmadığına dair baytar şahadetnamesi göstermeden, yılanı gümrükten geçireceklerdi. Muayene memuruna, "Yahu siz deli misiniz? Aklınızı mı oynattınız? Resmi muamelede hiç ihmal ve terahi olur mu?" dedim. Ah Nusret Ağa, resmi muamele domates, patates yetiştirmeye benzemez. Alimallah Sırat köprüsü gibidir. Kılıçtan keskin, kıldan incedir. Kılı kırk yarmak lazımdır. Yılan canlı bir mahluktur, sıhhatlisi olur, hastası olur. Ya Allah göstermesin hasta olur da hastalığı memleketin bütün yılanlarına geçirirse! Onlara, "Yılanı baytar raporu olmadıkça gümrükten geçirmek nizam ve kanuna muhaliftir. Yoksa nizamı âlemi altüst mü edeceksiniz?" diye gürledim. Yılanı gümrük ambarına hapsettim. Bütün arkadaşlar, "Doğru!" dediler. Yılancı ha bire gelir: "Aman etmeyin, eylemeyin. Ben yılanı oynatıyorum da ekmek paramı zar zor çıkarıyorum. Yılan ambarda, ben de dışarıda açlıktan öleceğiz. Kötürüm bir adamım. Çapa kürek sallayamam. Ayaklarını öpeyim, çocuklarınızın başı için yılanı bana verin" der, yalvarır ağlar. Bittabi biz de: "Hayır, olmaz da olmaz!" deriz. Herif istida yazdı. Baytar yılanı muayene etti. Başka yılanlara geçecek hastalığı olmadığı hakkında rapor verdi. Böylece yılan burnundan kuyruğunun ucuna kadar muamelei resmiyeden geçirildi; ondan sonra yılanı serbest bıraktım. Müfettiş bana: "Aferin, dedi, memur dediğin vazifesini böyle yapmalı..." Oysa öteki müfettiş kaymakamlık başkâtibi Akif Efendinin odasına girmiş. Akif Efendinin masası üzerine dağ gibi kâğıtlar yığılmışmış. O da üzerlerine abanmış, boyuna yazıyormuş. Başını kaldırmamış, odaya girenin kim olduğunu görmemiş. Müfettiş öksürmüş. Akif Efendi başını kaldırmadan: "Ne istiyorsunuz?" diye sormuş. Koca bir müfettiş bu! Hiç öyle mi karşılanır? Yerlere kadar selam verip el pençe divan durmalı. Müfettiş bu hale fena kızmış. Defterlerini, kayıtlarını kuyutlarını karmakarışık bulmuş, adamakıllı paylamış. Ertesi günü müfettiş bey yine başkâtibin odasına girmiş. Bir de ne görsün? Akif Efendi masanın üzerine çıkıp çömelmiş, "İllallah, illallah!" diye yakasını silke silke evrakı resmiye üzerine def'i hacet etmekte! Düşün bir dakika Nusret Ağa! Evrakın üzerlerinde nal gibi tuğralar var. Ah bire Nusret Ağa, tuğra bu, lahana tarlası değil ki, su götürsün. Hem Akif Efendi tam üç yüz on bir kuruş maaş alıyordu. Asıl aklından fikrinden olması bir sey değil, fakat maaşla tekaüdiyesinden oldu. Asıl o fena! diyerek sözü kesti.

Çünkü artık ahırın kapısının önüne gelmiştik. Ahırın önünde biriken kalabalık gülünç bir şey görüyorlarmış gibi gülmüyorlardı. Tersine yüzleri enikonu yaslıydı. İmdadın Halil:

– Ne o? diye sordu.

Bir iki kişi dönüp:

– Adamcağız ölmüş, dediler.

Gerçekten de Murat Dayı ahırın bir köşesine kıvrılıp ölmüştü. Bir eliyle çıngırağı kulağının yanında tutuyordu. Gözleri açıktı. Uzak bir yere bakıyormuş gibiydi. Dünya gözlerinde kararırken mutlaka koynundan çıngırağı çıkarıp çalmıştı ve arta kalan bütün canını kulağına toplarcasına dinleyerek, güneş ışığıyla ağaran patika üzerinde eşek nalının tıkırdadığını ve yanıbaşında ıslık çalárak koşan Aliş'in yalın ayaklarının patırdadığını ve kendisinin ev dönüşü, "Hey hey!" diye tutturduğu türküyü belki hep birden işitmiştir.

Handan çıkarken hanın asıl sahibi Katırcıların Muhsin Ağa nargile marpucuyla Kör Halit'i göstererek:

– İyi ki şu adam, Murat Dayıya öz kardeş gibi baktı. Yoksa Murat ayağından değil, asıl açlıktan ölecekti, diyordu.

Kör Halit sözde Murat'a ettiği iyilik dolayısıyla yüzüne karşı insafsızcasına övünenlere yakışır bir utançla başını önüne eğiyordu. Katırcıların Muhsin Ağa, hanı ayda altmış kuruşa, bir de handa bağlanan hayvanların gübrelerine ve her gün içeceği üç kahve ve iki nargileye karşılık kiralamıştı. Her fırsat düştükçe kiracısı onu, o kiracısını pehpehlemekten geri kalmazlardı.

Murat Dayının ölmüş olduğunu gidip Halil Ustaya haber verdim. Başını işinin üstüne eğdi ve telaşlı telaşlı işlemeye koyuldu. Halil Usta acı ile burkuldu muydu, mutlaka gemi direğinden nasıl düştüğünü anlatırdı. Bana:

– Söylediklerim kulağına küpe olsun. Baban denizci olmanı istemiyor, ama ben denizciyi gözünden tanırım. Sen bir denizci oğlusun. Gemide direğe, öteye beriye tırmanırken gözünü dört aç. Yoksa bir düşer de kötürüm kalırsan halin yaman olur. Şu Murat Dayı ile bana bak. O, Kör Halit'in hanına, ben de bu mağara gibi dükkâna boğazımızdan bağlı kaldık. Doğum, hastalık, Allahın emri. Anladık! Ama ne bileyim, özlediğin bir işte çalışmadan, içine doğduğun şu dünyanın ötesini berisini hiç görmeden, taş üstüne bir taş koymadan, bir ağaççağız olsun dikmeden, bir günceğiz olsun şunun bunun eteğini öpmeden yaşayamamak ve böylece dünyadan defolup gitmek de Allahın emri değil a!... diye bağırdı ve elindeki çekici tezgâha öyle bir vurdu ki, tezgâhın –Halil Ustanın tabiriyle– alabandasını, yani kenarını parçaladı.

Ben çocuktum ama, bu toprak adamıdır, şu deniz adamıdır diye çok söz işitmiştim. Topal Murat Dayı denizci değildi, ama enginin özbeöz evladı bir deniz adamıydı. Anladım ki denizde gezen çok kara insanı ve karada gezen de çok deniz adamı vardır. Artık çıngırak dendi miydi, o munis bakışlarıyla Murat Dayı gözümün önüne gelecek ve ellerini bana doğru uzatarak, "Bak, beni ne hale soktular" diye bağıracaktı.

Bir gün topal hoca beni yine falakaya çekmişti. Yine gık demedim. Fatma'nın bakışı üzerimdeydi. Onun gözleri yeşil değilse mavi, mavi değilse yeşildi. Ama kız bana bakarken gözleri derin deniz akıntıları gibi koyulaştı, kirpikleri titredi ve alt kirpiklerinde pırlantalar gibi parlayan gözyaşları gördüm. O ağlasın diye dayak yemiyordum a. İçim kan ağladı.

Okuldan çıkarken bana yanaştı:

– Babama söyleyeyim de babandan izin alsın, balığa gittiğimiz zaman sen de gel, dedi.

Babamdan izin almak kolay değildi. Ama kızın yalvarışı o kadar candan ve yakıcı olmuştu ki, izni koparmış. Okula giderken koşa koşa bana geldi. Gözleri birbirine çarpılan yeşil cam parçaları gibi sevinçle çıngıldıyordu. Bana muştuyu vermeden önce, onun içleri gülen gözlerinden duydum. Kumsallıkta, havada iki kere dönmek üzere perende attım. Fatma'ya sarılıp şapır şupur öptüm.

– Sen iyi perende atamıyorsun, diye o da kumlar üzerinde taklalar kıldı.

Artık okula kim gider! İkimiz de baş aşağıya olduk. Ayaklarımız havada, ellerimiz üzerinde yürüyerek Ateşoğlunun kulübesine vardık. Fatma, halasına:

– Yarın balığa gidiyoruz, dedi.

Yaşlı kadın:

– Bunda sevinecek ne var? diye bize şaşkın şaşkın baktı.

Ertesi günü şafakleyin kayığa bindik. Kayıkta Ateşoğlu, onun hısım akrabasından iki delikanlı, Fatma'nın küçük Halil dediği bir çocuk ben ve Fatma vardık. Sanki göklerin pencereleri açılıyormuş gibi tan yeri uyandı. Kayık pupa yelken karga funda fırlıyordu. Bodrum'un evleri, ta uzakta görülen martı kuşları gibi dizilmişti beyaz beyaz kıyıya. Cıva gibi oynak denizin mavi ateşinde uçuyorduk. Çevremiz alabildiğine bir sevinç çıldırışıydı. Çıplak çıplak çırpışan sulardan üzerimize pırlantalar, yıldızlar, gökkuşakları yağıyordu. Sevincimden Fatma'nın sarı saçlarını çektim. Gülüyordu. Bana:

– Haydi parakete yemlerini çarçabuk takıp takıştıralım, dedi.

Parakete sepetini aramıza aldık. Fatma'nın nasıl yem taktığına bakarak, oltaları yemlemeye koyuldum. Rüzgâr Fatma'nın saçlarını savuruyor, onları arasıra yanaklarıma çarpıyordu. Bir okşayıştı o.

Ateşoğlu iki delikanlıya:

– Bugün inşallah avımız bereketli olur da yüzümüz biraz güler, yine eski halimizi buluruz. Elgün kapılarını suratımıza kapamaz, dedi; sonra Fatma'yı göstererek, belki de çocuğun madrabaz Kazayak Hamit'e rehin bıraktığımız gümüş bileziğini de kurtarırız. Bunca eş dost arasında yalnız Ümmüşan Ana insan çıktı. Kara günümüzde bile selamı sabahı kesmedi, dedi.

Delikanlının biri:

– Derler a, kaptanın iyisi fırtınada, dostun gerçeği de fıkaralık, hastalık ve hapishanede belli olurmuş, diye mırıldandı.

O sonsuz mavi derinleyişe gök kubbesi demek gülünç olurdu. Öteki delikanlı ellerini boynunun altına almış, kayığın baş tarafından sırtüstü uzanmış, bakışını ta yükseklerde yapayalnız çark eden bir martıya takmıştı. Dudaklarından usul

usul bir denizci türküsü telleniyordu. Ateşoğlu açık göğe bakınca, yeryüzünde, yüzüne karşı kapatılan kapıları unuttu galiba ve:

– İnsanın parası olmalı da, çoluğu çocuğu koca bir kayığa doldurmalı; bugün bu koya demir atmalı, yarın öteki koya palamar bağlamalı. Çoluk çocuk biraz dünya yüzü görsün bari, dedi.

Küçük Halil de:

– Ateşoğlu amca, deniz neden şimdi mavi, şimdi yeşil, şimdi mor oluyor da, bardaktaki su gibi hep beyaz kalmıyor? diye sordu.

Ateşoğlu sakalını sıvazladı:

– Allahın hikmetidir evladım. Balıkçıların havayı anlamaları ve ne zaman denize açılabileceklerini ve ne zaman karada kalacaklarını bilmeleri için renkler değişir, diye cevapladı.

Birbirinden güzel burunlar ve koyların önünden geçiyorduk. Ama her ne kadar dazıra dazıra yemliyorduksa da paraketeler yemlenmekle bitmiyordu. Dile kolay, bin iki yüz iğne yemlenecekti. Bir süreden beri Ateşoğlunun telaşlı telaşlı, "Ha davranın! Elinizi tez tutun!" deyişinde, "Yem işi vaktinde bitmezse avlanamayız, o zaman açlık ensemize yapışır" yollu acı bir kaygı vardı.

Ben çabuk olayım derken sapıtmaya başladım. Neyse Fatma, el çabukluğu marifet, hatalarımı bir çırpıda düzeltiyordu.

Artık sular kararıyordu. Bir buruna yanaştık. Kıyıdaki çamlar, kanatlarını yumup uykuya varan kuşlar gibi birbirinin koynuna sokulup kapanıyorlardı. Salamastralar gıcırdıyor, her itişte üç balıkçının çıplak ayakları çat diye farsların üzerine vuruyor, cam gibi durgun denizi bir saatin tik takı kadar düzenli "fişyu fişyuuu"larla öttürürken, arkada da halka halka yayılan çemberler bırakıyordu. Halkalar çamların uyuyan yanlarına değince onlar da uyanıyor ve "fişyu"ların temposuna uyarak tepelerinden ayak uçlarına kadar salınıyorlardı.

Ateşoğlu, paraketenin ilk şamandırasını denize attı ve paraketeyi bir ucundan suya salmaya başladı. Üç bin kulaç uzunluğundaki parakete dibe inerken bembeyaz ahtapot yemlerinin aralıklı dizisi cami mahyalarının sıra sıra kandilleri gibi, kara derinliklere pırıldıya pırıldıya çöküyordu. Akşamleyin tek tük pırıldıyan yıldızlara karşılık kalabalık bir kıpraşmayla kaynaşma vardı. Geceyi engin dolanışıyla samanyolu kuşamıştı. O an, Ege balıkçıları artık şuralı ya da buralı değildik; evrenin dokunuşunu denizlerimizde duyuyorduk; evrenliydik artık. Denizlerle, dağlar taşlar ve yıldızlarla birlikte hep çocuktuk...

Farkında olmadan Fatma'ya:

– Nedir acaba bu yıldızlar? diye sordum.

– Göklerde mısır buğdayı patlatıyorlar galiba, dedi.

Yıldızlarda, annemin evde patlattığı mısır buğdayı kokusunu andıran bir sıcakkanlılık vardı. Sanki göklere avuç avuç mısır taneleri savrulmuştu. Güney gecesinin ateşli koynuna değen taneler, neşe ve ateşle patlayan yürekler gibi çat pat çakıyorlardı. Fatma'ya:

– Gerçekten öyle galiba, dedim.

Paraketelerin döşenmesi bitince kayığın güvertesine bağdaş kurduk, favamızı ve yemden artmış olan ahtapot parçalarını yedik. Ateşoğlu ile öteki delikanlılar birer sigara sarıp tellendirdiler. Ateşoğlu:

– Artık vakit oldu, paraketeyi kaldıralım, dedi.

Bismillah diyerek ilk şamandırayı kaldırdı. İpi sağa sağa kayığın içine almaya koyuldu. Hepimiz Ateşoğlunun yüzüne bakıyorduk. Balıkçı paraketeyi değil, sanki kader ipini çekiyordu. Birdenbire:

– Balık vuruyor, dedi:

Hepimiz göz kulak kesildik. İlk balık iki okkalık bir mercan kırmasıydı. Ateşoğlu, "Çocuklarımın ekmeği" diye şakkadak balığın kırmızı yanağını öptü. Yirmi otuz olta sonra bir tane ve biraz ötede de birkaç tane balık daha çıktı. Ateşoğlu:

– Çok şükür Allaha, ekmeğimiz çıkıyor, dedi.

Yüzü gülüyordu. Arasıra, "Ya nasip!" diye naralar atıyordu.

Fener, ambar içini, aydınlatıyordu. Orası, çırpınan mercan kırmalarının kırmızısı, şarapnellere benzeyen vlahos balıklarının parlak çelik mavisi, lipsosların şafak aydını pembesiyle dipdiriydi. Derken zminera denen bir yılan balığı geldi. Biz gibi sivri ve delici gözleri, kaplan sarısı üzerine mor hareli gövdesiyle ürkünç bir ölüm parçasıydı. Ateşoğlu onu tez elden ambara attı. Balık, kayığın tahtalarını çatır çutur kopardı, kızdı kıvrattı, kendi kuyruğunu ısırdı. Büsbütün kudurarak başını kaldırdı ve her tarafı fırıl fırıl dolaşarak –tövbe tövbe– Hazreti Allah gibi her yerde hazır ve nazır olmaya kalkıştık. Ben, Fatma ve küçük Halil elimize geçirdiğimiz yek ve sopalarla hakkından geldik.

Bu sırada Ateşoğlu:

– Parakete ağırlaştı, dedi.

Alnından şıpır şıpır ter damlıyor, derin derin soluyordu. Gövdesinin bütün gücüyle ipe asılıyor, kayık küpeştesini denize renk getiriyor, ama ipi ancak karış karış alabiliyordu. Avuçları kanadı. Bir küfür savurdu.

– Zaten o cenabet çıkınca paraketenin takılacağını anlamıştım, dedi.

O cenabet dediği, yılan balığı idi. Balık parakete ipini yüz seksen kulaç dipteki kayalara dolaştırmış ve dibe tutturmuştu.

Ateşoğlu:

– Olmayacak, simidi getirin, dedi.

Simit, on okkalık bir demir halka idi. Paraketenin ipi simidin içine geçirildi. Simide de ayrı bir ip takıldı. Simidin ipini Ateşoğluna verdiler. Simit dibe gidip taşları kıracak ve parakete ipini kurtaracaktı. Ateşoğlunun bir elinde parakete ipi, bir elinde simit ipi, sıra ile birisini koyuverip ötekine asılıyordu. Parakete kurtarılmazsa geçim aracı da dipte kalmış oluyordu. Ateşoğlu ipleri sarsıp, çekip, sağa sola, ileri geri gidip gelirken birdenbire sevinçli sevinçli, "Kurtuldu!" diye bağırdı.

Hepimizin yüzü güldü. Birkaç balık daha aldık. Ama biraz sonra parakete gene takıldı. Gene simit salındı. Ateşoğlu:

– Bu sefer fena tutuk. Dipte de bin beş yüz kulaç ip daha var. Çattık mı belaya! Balıklardan vazgeçtim, ipleri bir kurtarsam! Daha iplerin parasını Kazayağa ödemedik. Allah belasını versin böyle zenaatın! diye inliyordu.

İpleri yukarı aşağı kaldırıp salıverdikçe ipler testere gibi hır hır ederek küpeşteyi kesiyorlardı. Birdenbire Ateşoğlu:

– Şimdi ne halt edeceğiz? Simit de dibe takıldı, dedi.

Rüzgâr almaya başlamıştı. Yitirilecek zaman yoktu. Bir saat kadar uğraştılar. Ateşoğlu:

– Ne yapalım, alnımızın kara yazısıymış. Bari ipleri dipten koparsak da, onların dipten yüze kadar gelen kısmını kurtarsak, dedi.

İki ipi kayığın bir babasına bağladılar. Hepimiz güvertenin ortasına dizildik. Bir sağa bir sola eğildikçe kayık bir sancak, bir iskele tarafına yılıyordu. İpi böylece dipteki kayaya sürte sürte koparacaktık. Hepimiz sanki dile gelmez bir işkenceye tutulmuş, kıvranıp dövünen altı gölge halinde saatlerce uğraştık, ama tambura teli gibi gerilen ipler bir türlü kopmuyordu. Ta neden sonra, Ateşoğlu, kırık bir sesle:

– Burada sabaha kadar hoplayıp duracak değiliz ya. Vaktinde yetişmezsek paraketeden olduktan başka, balıkları da korkutacağız. Dip kayalar keskin değil, ya da yosunla örtülü, ip kopmuyor işte. Takın kürekleri! dedi.

İki genç, kırarcasına küreklere dayandılar. Ama kayık yerinde bağlı kalıyordu. Sanki dipler, paraketeyi tutmakla kalmıyor, kayığı da istiyorlardı. Kaptan, "Verin bıçağı!" diye bağırarak güverteden ambara atladı. Sanki kendi damarlarını kesiyormuş gibi ipleri kesti. Acele ile öteki şamandıraya gittik, ama işimiz orada da pek kötü gitti.

Karadan mersin dalları kesip kayığa getirdik. Rüzgâr öndendi. Volta vurmakla Bodrum'a vaktinde yetişilemezdi. İki delikanlı tek küreklere dayandılar. Ateşoğlu, "Hak tüüh!" diye iki avcuna tükürerek, onların arkasında durdu ve daha kısa olan çift küreklere yapıştı. Bodrum'a kadar, yani otuz beş mil kürek çekeceklerdi.

Onlar yaradana sığınarak ha bire denizi kazırlarken Fatma:

– Bana bak da ne yaparsam yap, dedi.

Ambara bağdaş kurup feneri aramıza aldık. Balıkların ağızlarını ve kulaklarını açıp tuz serpiyor ve ağızlarla kulakların açık kalmaları için oraya mersin dalcıkları sıkıştırıyorduk; sonra da balıkları baş aşağıda kuyruk yukarıda, güverteye yan yana istif ediyorduk.

Bu iş bitince oturduğumuz yere kıvrıldık. Gözüme uyku girmiyordu. Gök ve deniz baştanbaşa bir pırıltı ve çalkantı idi. Yıldızlar kıpır kıpır kıpırdadıkça, köşeleri kırpılmış parıltı kırpıntıları milyon kere milyarca şakrayan yağmur damlaları gibi harıl harıl boşanıyor ve denize düşüyorlardı. Ne güzel evrendi bu! Ama kayıkta kan ağlayan insanların yanıbaşında, bu güzelliği tatmak değil sezinlemek bile onlara karşı işlenmiş bir suç duygusunu veriyordu. Ne var ki daha çocuktum. Çoğu büyüğüm olan insanlarda bir güzellik, bir iyilikle bir doğruluğun bulunduğuna inanıyordum. Her nedense arada ben de, kayıktakilerin çekmiş oldukları güçlükleri ve işkenceleri hep dünün ve bugünün gel geç kötülükleri, çirkinlikleri ve gecenin kâbusu sayıyordum. Yarınınsa mutlaka göklerde ve denizlerde gördüğüm güzelliğe denk güzellikte ve iyilikte olacağına –zincir kemiğime bel bağladığım kadar– inanıyordum. Gördüğüme nasıl inanmazdım ki, gördüğüm güzellikler, bu dünyayı habis bir ruhun yaratmadığını bana, göz göre göre doğruluyordu. Böyle düşünceden düşe düşten düşünceye vara gele uyuyakalmışım. Arasıra uyandıkça üç balıkçının kapkara yükselen gölgeleri üzerinden yıldızların kıvılcımlar gibi arkaya akmakta olduklarını gördüm. Üç dev heyula geceyi yara yara yıldızlar arasında yarına ilerlemekteydiler. Gene uykuya dalmışım.

Ne kadar uyuduğumu bilmiyorum. Birdenbire beni, acı bir çığlık uyandırdı. Söz ve bilinçten yırtılarak ayrılmış kapkara bir yasın bağrışıydı o. Yüreğim kıyıldı, tüylerim ürperdi. Kayık bir-burnu kıyılıyordu. Bağırış oradan geldi. Bir kadın sesiydi:

– Balıkçılar! Kara bahtlı balıkçılar! Hah hah hah! diye karanlıkları yırtıyordu. Kayıktakilerin hiç aldırış etmediklerine şaştım. Hepsi de:

– Deli Zehra, dediler.

Fatma bana anlattı. Bu Zehra, gelin olacağı gece kocası olacak adam çok sarhoşmuş, arkadaşları onu gelin evine sokarken, göreneğe göre, şaka olsun diye yumruklamışlar ve "Kılıbık!" demişler. Herif kan çanağına dönen gözlerle ve içkiyle yamrı yumrulaşarak kenarlarından salya sızan bir ağızla içeri dalınca, gelin tutamadığı bir tiksintiyle oturduğu yerden irkilmiş. Teller ve duvaklar bir çağlayan gibi, fişş ederek ayak ucuna akmış. Herif: "Vay, sen beni kılıbık sanıyor da ilk görüşünde bana meydan okuyup irkiliyorsun ha?" diyerek olanca gücüyle Zehra'nın alnına bir yumruk indirmiş. Kız yere devrilmiş ve delirmiş. Köylülerde bir görenek varmış. Birisi delirince, onu dağlarda serbest bırakırlarmış. Köylülerin fikrince, kuzular, koyunlar, keçiler, hatta karaca, geyik, dağkeçisi ve başka tatlı bakışlı hayvanlar deliye yavaş yavaş alışıyor, ona sokulup çevresinde toplanıyor ve onunla kardeşmişler gibi yaşıyorlarmış. O hayvanların tatlı bakışlarının deliler üzerinde sakinleştirici bir etkisi oluyormuş. İşte bu yüzden Zehra'yı başıboş bırakmışlar. O da gece gündüz dere tepe gezer, arasıra da bağırırmış.

Ben yine dalmışım. Ne kadar daha uyuduğumu bilmiyorum. Derken, Ateşoğlunun perişan bir sesle Fatma ile konuştuğunu duydum:

– Kızım kalk, sen de Halil de küreğe yardım edin, diyordu.

Fatma ile ben, bir tek küreğin deniz yanına, Halil de arttaki tek küreğe ellerimizi dayadık. Büyüklerin güçlü itişine kendi çocuk gücümüzü katıyorduk. Kaptan arasıra doğuya bakarak dişleri arasından, "Neredeyse gün doğacak, daha da altı milimiz var", diye mırıldanıyordu. Ona göre, doğacak olan gün değil cehennemdi. Bir saat kadar kürek çektik. Rüzgâr dindi. Yeni günün muştucusu yeşil bir ağartı peyda olunca, kıyı kuşları günün eşiğinde cıvıldaşmaya koyuldular. Tanyerinin üstünde sabah yıldızı çil çil gülüyordu. Sabah rüzgârı da serin serin aldı. Kaptan, "Mola kürekler, issa yelken" dedi. Çok geçmeden kalenin kapkara kayaları ardından, Bodrum limanı feneri ve kıyısındaki evlerin tek tük ışıkları gözüktü. Ateşoğlu:

– Bak, fırıncı Şalvaroğlu, fırın ağzını açıp kapadıkça ateş kıpkırmızı yanıp sönüyor, dedi.

Delikanlının biri:

– Herif erkencidir. Madrabaz Ragıp Ağa ile Kazayak da öyleydiler a! Yelkenimizin Ayazma Burnundan çıktığını görünce küfeleri alıp deniz kenarına koşmuşlardır. Şimdi, sen alacaksın ben alacağım diye boğaz boğaza kavga ediyorlardır, dedi.

Öteki delikanlı ekledi:

– Gözü doymaz herifler! Birbirinin gözlerini oymazlarsa hatırım kalır. Asıl cinime giden şey, değme sıkıntı ile tuttuğumuz balıklardan, bu heriflerin bizden fazla kâr etmesidir.

Ateşoğlu da:

– Ne yapalım evlat, dedi, dünya böyle kurulmuş. A canım sen de, bunun iyisi de, kötüsü de eğreti şeyler dedi ve başını salladı.

Kaleyi geçince yelkenleri boğduk. Gümrüğe pratika verdik. Mirisinin alınması için, balığın yirmi iki okka olduğu, dört beş deftere yazılıp çizildi. Karantinaya uğrayarak, hasta olmadığımızı defterler ve belgelerle ispat ettik.

Kol ve bacak kemiklerimiz yorgunluğun sızısıyla neyler gibi ötüyorlardı. Ateşoğlu, "Haydi mahalleye" dedi. Ses menziline girince, madrabaz Ragıp Ağa, kıyıdan:

– Kaç okka? diye bağırdı.

– Yirmi iki!... diye cevap haykırıldı.

Palamar bağlarken, Fatma'nın halasının beş altı tavuğu peşine takarak kıyıya gelmekte olduğunu gördük. Ama kaptanın neşesizliğinden avın bereketli olmadığını kestirdi. Sokak aralığından Kazayağının sesi de duyuldu:

– Sabah sabah el oğlunun balığını satacağım diye uykundan ol, sonra sana nankörlük etsinler de, balıkları Ateşoğlu gibi ateş pahasına vererek insanı zarara soksunlar, diye bağıra bağıra Ragıp Ağanın yanına geldi.

İkisi de:

– Balıkları hele bir getirin de ne biçim şeyler olduğunu görelim, dediler.

Balıklar çıkarılınca, madrabazın biri:

– Mercanlar az, çoğu vlahos gibi ıskarta şeyler... derken, öteki balığın birini koklayarak:

– Ööfff! Leş gibi kokuyor. Bu kokmuş şeylere ne istiyorsun? diye soruyordu.

Ateşoğlu, gür bir sesle:

– Altmış paradan bir mangır aşağıya olmaz, dedi.

Kazayak:

– İnsaf et be yahu! İki okka balık satarak milyoner mi olmak istiyorsun? Müslümancasına bir şey iste! diye haykırdı.

Ragıp Ağa ise, Kazayağı kolundan tutup uzağa çekmeye uğraşıyordu:

– Vazgeç be! Gitsin de satabilirse kendi satsın! diyordu.

Delikanlının birinin tepesi attı:

– Kızdırmayın beni! Satamazsak tuzlar da, hepsini oturur yeriz. Hem bu balığın neresi kokmuş?... Mis gibi kokuyor. Şunu da söyleyeyim: Parayı sonra vermek yok. Senden para almak, balığı denizden çekmekten zor oluyor, dedi.

Ateşoğlu:

– Haydindi, elli paradan verin; hayrını da görün. Zaten yorgunuz, bizi üzüp durmayın, diye ekledi.

Fatma'nın halası Ateşoğluna:

– Gelin, size ateş yaktım, çorba pişirdim, diye söze karışıyordu.

Yarım saat al takke ver külah pazarlık ve iki taraflı savrulan bir sürü küfürden sonra balıklar okkası elli paradan satıldı.

Paralar bir mendile kondu ve Ateşoğlu bir eline mendili ve öteki eline de büyücek bir mercan kırması aldı. Ateşoğlunun evinde, mendil yere serildi. İki delikanlının payları ayrıldı. Çorbayı sessiz sessiz içerken kapı çalındı. İçeriye hıçkıra hıçkıra, salt kapkara göz kapkara bakış kalmış, orta yaşlı zayıf bir kadın girdi. Göğsünde uzun bir bohça taşıyordu. Onu yere koydu. Açtı. Yedi yaşlarında, bir deri bir kemik kalmış, ölü bir kız çocuğu idi. Ateşoğluna:

– Sizlere ömür geceleyin öldü. Son olarak, "Babamı istiyorum" diye haykırdı. Ah, yavrucuğuma gönlümün isteğince bakamadım. Babası iki aydan beri Yoran taraflarında balıkta, elimizde avcumuzda da bir şey yok. Şilteyi Kazayağa götürdüm. Ne olacak, ben yerde yatıveririm dedim. Eski diye şilteye bir şey vermedi. Yavrucağı kefensiz, çiçeksiz, susuz mu gömeyim? Belediye Başkanı Katırcıların Ağaya gittim. "Babası balıkçı, kuyudan kova dolusu su çekiyormuş gibi balık çekiyor. Para kazanıyor, ona kefenlik mefenlik verirsek fakir fukaraya ne kalır?" dedi.

Kadın bu sözleri söyleyince çocuğu kaldırıp, "Yavrucuğum!" diye bağrına bastı. Boğazımda sanki yumruk kadar bir düğüm düğümlendi. Hıçkırarak ağlamaya koyulmuşum. Ateşoğlu ile iki delikanlı:

– Sen merak etme Emine kadın, ne gerekse biz yaparız. Denizcilerin çocukları denizcilere emanettir, dediler.

Ateşoğlu kalkıp delikanlıları bir köşeye çekti. Cebindeki paraları onlara verdi. Delikanlılar da kendi paralarını saydılar ve o parayı kendilerininkine kattılar. Sonra ikisi de kefenlik ve şu bu almak ve ölü yıkayıcısını çağırmak üzere dışarı fırladılar. Yarı içilmiş çorbayı artık içen olmadı.

Ateşoğlu odanın bir yanında duran mercan kırmasını bana göstererek:

– Onu al da babana götür oğlum, dedi.

Sonra kız kardeşine dönerek:

– Hazırlıklar bitinceye kadar –yani çocuğun gömülmesi için yapılacak hazırlıklar– biraz uyku kestireyim. Oradan -yani mezarlıktan- dönünce hemen denize açılayım. Ay karanlığıdır; belki parakatenin acısını ağlardan çıkarırız, dedi.

Artık güneş adamakıllı yükselmişti. Ben, Ateşoğlu ve kız kardeşi, hep birlikte evden çıktık. Evin önünde bir arsa ve onun da ortasında bir harup ağacı vardı. Gölgesine, kuru toprak üzerine Ateşoğlu üç, üç buçuk karış aralıkla üç taş dizdi. Şaka değil, otuz beş mil kürek çekmişti. Yorgunluktan âdeta yere yuvarlandı. Başını orta taşa, ellerinde toplanan kara sular geriye aksın diyerek iki elinin bileklerini de sağdaki, soldaki taşlara koydu. Elleri böylece yüksekte duruyordu. Onlar parakete ve kürek çekmekten, muz salkımları gibi şişmişlerdi. Hemen uykuya dalmak gayretiyle gözlerini yumdu. Ağzı yarı açıktı. Denizin ve fırtınaların kahrını çekmekten yüzü, bir insan yüzü olmaktan çoktan çıkmıştı. Oracıkta çarmıha gerilmiş gibi uzanırken onda, evin içinde yerde yatan ölü çocuğun hali vardı. Kız kardeşi evden bir iki yastık kapıp getirdi. Ateşoğlu ona:

– A canım Halime, hep böyle yaparsın. İstemem be. Şimdi hamlamanın sırası mı? Sırtımızı pamuğa, kuş tüyüne alıştırırsak, sonra balığı kim avlar? Böyle şeyler bizlere göre değil be kardeş! dedi, gözlerini yine kapadı.

Ben, elimde balığı sallaya sallaya ve içimden, "Mademki birkaç saat sonra gidecekler, ben de ne yapar yapar, birlikte giderim. Okula gidip topal hocanın nefes kokusunu kim dinler?" diye düşünerek evin yolunu tuttum.

Annem ocağı yakmış, cezveyi sürmüş, babamın uyanmasını bekliyordu. Ona neler gördüğümü kısaca fısıldadım. Balığı bıraktım. Peynir ekmek istedim. Babamın beni ikinci kez balığa bırakmayacağından korkuyordum. O uyanmadan önce ortadan kaybolmalıydım. Anama, balığa gideceğimi söyledim. Tersane diye kullanmış olduğum yıkıntının gölgesine kıvrıldım. Bir iki şekerleme kestirir gibi oldum. Ama içim rahat etmiyordu. Ateşoğlunun bensiz kalkıp gideceğinden korkuyordum. Doğru onun evine gittim ve görünmeden uzaktan gözetledim.

Cami müezzini, ölü yıkayıcısı, iki delikanlı, Kirpi Halil Usta ve daha birkaç balıkçı ve denizcinin geldiklerini gördüm. Sonra, Ateşoğlunu uyandırıp eve çağırdılar. Oradan, iki eli üzerinde bir tepsi taşıyormuş gibi, ufacık bir tabutu taşıyarak çıktı. Kafile düzüldü. Yedi sekiz kişiydiler. Ben de onlara katıldım. Evden çocuğun annesinin sesi duyuluyordu:

– Ah yavrucuğum, seni kara topraklara mı götürüyorlar? Baban seferden gelecek "Çocuk nerede?" diyecek. Ottan paçavradan oyuncak bebeğini, bayramda tıkırdatarak giydiğin kırmızı tasmalı nalıncıklarını görecek. Oysa, seni bir daha hiç göremeyecek! diye ağlıyordu.

Ateşoğlunun yüzü kaskatı dondu. Tabutu seyrek kafileyi teşkil edenler sıra ile taşıdılar. Yalñız, zavallı Halil Ustanın bir eli değneğinde olduğu için taşıyamadı. Arasıra topallaya topallaya tabuta yanaşıyor, bir eliyle tutmaya çalışıyordu.

Mezarlıktan dönünce, dosdoğru kayığa gittik. Ben işte orada bir yalan söyledim. Ateşoğluna:

– Ateşoğlu amca, babam bana seninle yine balığa gitmemi söyledi, dedi.

Yüzüme baktı, güldü.

– Haydi gel evlat, ben de küçükken senin gibiydim. Çakmadım sanma, babandan paparayı birlikte yeriz! dedi.

Ben hemen kayığa hoplayarak saklandım. Bu ikinci seferde, paraketeleri değil –onların epeycesini denizin dibinde bırakmıştık– barbunya ve başak ağları aldık. Ateşoğlu, boyuna havaya ve denize bakıyor, "Dalgalar kıvrılıyor, demek ki rüzgâr değişecek" ya da "Deniz ağarıyor, demek ki rüzgâr dönecek" diye mırıldanıyordu. Delikanlıların biri:

– Ateşoğlu amca, balık avlamaya mı, yoksa, atasözü dinlemeye mi geldik? dedi.

Ateşoğlu, ona hiç aldırmadan:

– Ufuk sabahtan beri buğulu, demek ki yağmur var, dedi.

Delikanlı:

– Mademki yağacak, niye denize açılıyoruz? diye sordu.

Ateşoğlu:

– Havada yağmur, ambarda kupes balığı diye cevapladı.

Öteki delikanlı:

– Gerçekten gök bugün madrabaz Kazayağın suratına benziyor, diye söze karıştı.

Bir gün önce parakete almış olduğumuz yerin biraz berisine demir attık. Güneş batmazdan az önce karaya çıkıp ateş yaktık. Yemek pişiriyorduk. Yanıbaşımızdaki yaban sakızı çalılarının arkasından yine deli Zehra'nın çığlığı: "Kara bahtlı balıkçılar! Hah hah hah!" diye sessizliği yırttı. Çalılar çatırdadı ve Zehra meydana çıktı. Kapkara çukur gözlü bir kadındı. Simsiyah saçları birbirine yapışmış, başından, omuzlarından, kuyruk kuyruk sarkıyorlardı. Bakışı çığlığından da acıydı.

Kadın önümüzde gene bağırdı. Bir insan bağrının bu kadar kara bir acıyı nasıl barındırabileceğine şaştım. Donmuş, kara bahtlı bir yüz. Dayanabileceğinden çok daha fazlasını çekmiş bir çocuk yüzü. İnsan o kadar acıyordu ki, bakışının önünde, onun kadar mutsuz olamadığına utanıyor, "Beni bağışla!" diye yalvarası geliyordu. Yemek verdik, kabul etmedi. Kıyıdaki yüksek kayaların üzerinden yürüyerek uzaklaştı. Fatma'ya,

– Kayalardan aşağıya düşecek, peşisıra gidelim de yardım edelim, dedim.

– Korkma! dedi, beni alıkoydu.

Haklıydı. Çünkü Zehra'nın bacakları, ayakları, elleri bir dağ keçisi anlayışıyla yolunu ve basacağı yeri seçiyordu. Biraz sonra kayalardan saptı, ormana doğru yürüdü. "Hah hah hah!" diye hırçın hırçın gülerek ağaçların arasında kaybolup gitti.

Ondan sonra, beş altı köylü çıkageldi, Ateşoğluna:

– Balıkçı baba, efem –yani ağabeyim– hasta, bize balık ver, dediler.

Anlaşılan kıyı köylüleri balığı hem yeygi, hem ilaç sayıyorlardı. Ateşoğlu:

– Evlâtlar, daha avlanmadık. İnşallah tutarız da, gelirsiniz size veririz, dedi.

– Eyvallah, deyip ayrıldılar.

Akşamleyin ağları döşedik. Sertçe bir rüzgâr esiyordu. Hırçınlaşıp çırpınmaya başlayan denizde dizi dizi mantarlar şeytan tarafından çalınan bir kemençenin temposuna, lâzvari bir oyun tutturmuşlardı. Gün, bir daha doğmayacakmış gibi battı. Işık yavaş yavaş dinmedi ama, çürüyüverip bozuldu. Avımız çok bereketliydi. Kayık ambarı yarı yerine kadar, kupeslerin erimiş gümüşüyle doldu. Ne var ki Ateşoğlunun yüzü güleceğine kararıyordu. "Hava çok koyacak, ben kemiklerimin sızlayışından anlıyorum," diyordu. Dediği gibi de oldu. Deniz birdenbire yoksullaşıveren sularının bütün yalnızlığınca, garip garip inlemeye koyuldu. Rüzgâr arkadandı. Hemen yelkenler issa edildi. Delikanlıların küçüğü:

– İzmir'de Karşıyaka'dan geçen trenin düdüğü gibi öten nedir? diye sordu.

Ötekisi,

– A budala, ecinniler, dün akşamdan beri kıyı boyunca ray döşemediler a. Ekspres gibi gelen şimendifer değil, rüzgâr, diye cevap verdi.

Ateşoğlu, çığrışarak üzerimizden geçen martıları göstererek:

– Buncağızlar, hep telaşlı telaşlı karaya doğru uçuyorlar. Galiba kızıl kıyamet kopacak. Yekeyi hep sancağa bas. Bir ayak önce yetişelim. Hava hiç de hoşuma gitmiyor, dedi.

Güneş battıktan sonra havanın zindan gibi kararmasına karşı, deniz şiddetle fosforlandı. Akan dalgalar sanki bir alev seliydi. Fırtına azdıkça azdı. Rüzgârla biçilip savrulan sular, enselerimizi yakan kamçı salışlarıydı. Birdenbire Ateşoğlu:

– Mayna yelken! Çabuk! İpleri kesin! diye bağırdı.

Delikanlının biri, bıçağı çekip dişlerinin arasına kıstırdı. Kedi gibi direğe tırmandı. Ötekisi:

– Allah belasını versin! Sonra yelkensiz ne yapacağız? dedi.

Ateşoğlu,

– Ağzını topla, küfrün sırası değil? Allahın elindeyiz! diye bağırdı.

Bunu duyunca küçük Halil, "Ana! Ana!.." diyerek avazı çıktığı kadar haykırıp ağlamaya başladı. Dirèk başındaki delikanlı:

– Sesini kes be! Yoksa aşağı iner, alimallah seni tekmelerim, dedi.

İki sağanak aralığında kesilen yelken, ambara düştü. Öteki delikanlı, rüzgâr gelip yelkeni kapmadan, onu toparlayıp, başaltına tıktı. Fatma ile ben, eski püskü tenekelerle, kayığın suyunu atıyorduk. Fatma:

– Halam havayı görmüştür. Kurtulmamız için boyuna secdeye yatıp kalkıyordur, dedi.

Delikanlının biri:

– Neredeyiz acaba? diye sorunca Ateşoğlu:

– Allaha emanetiz! diye cevapladı.

Küçük Halil yarı ağlar bir sesle, "Bırakın ağlayayım, beni tekmelemeyin" diye yalvarıyor ve kendini tutamayarak ciyak ciyak "Ana! Ana!..." diye bağırıyordu. Bu sırada kıyıdan bir fışıltıdır başladı. Delikanlıların biri:

– Kale kayalarına yaklaşıyoruz. Kayaları duymuyor musunuz? dedi.

Ateşoğlu:

– Bu fışıltı, kalenin düzgün kayalarının fışıltısı değil. Ayazma Burnunun kargaşalık taşlarının sesi deyince, ambara atlayıp eğildi, farslara kulağını dayadı.

Başını kaldırınca:

– Ben size demedim mi? Burası kale değil. Ayazma Burnu, dip tam beş kulaç. Elhamdülillah kurtulduk. Neredeyse liman feneri görünecek, dedi.

İkinci balık seferim de böyle bitti.

Eve döndüm. Anam azarladı. Ertesi günü babam bana rıhtımda rastladı:

– Mektep dururken burada işin ne a köpek! diye çıkıştı.

O anda, iki kayık, ufukta ayak uçlarına kalkmış gibi duruyorlardı; o yüksek noktadan sanki daha ötelerini görüyor ve gördüklerini bana muştuluyorlardı. Beni, duruşlarının diliyle, "Gel, gel deniz yavrusu! Okulda işin ne? Seni açığa götürelim!" diye çağırıyorlardı. Hele küçük adalar! Onlar tıpkı benim gibi çocuktular. Başlarını ufkun ötesinden kaldırmışlar, "Gel de birlikte oynaşalım!" diyorlar sanki. Hayret ve hayranlıkla açılmış bir ağız, umutla yanan gözlerle bakakalmışım. Babam:

– Sana söylüyorum! Nereye bakıyorsun? Arş! Doğru mektebe! diye gürledi.

Ayaklarımı sürükleye sürükleye çekildim.

Babam anlamıyordu yahu. İki kere balığa gitmekle artık okuldan büsbütün sıtkım sıyrılmıştı. Kendimi bildim bileli –kötü ya da iyi– dinlediklerim hep deniz hakkındaydı. Kadınlar el değirmeninde buğday, arpa öğütürken, kirmanla ip eğirirken, dizlerinde ayran testisini çalkalarken, kıyıda çamaşır tokaçlarken, dibekte bulgur döverken, bütün davranışlarını mırıldandıkları bir deniz türküsünün temposuna uydururlardı. Beşikteki yavrularını sallarken anaların söyledikleri ninniler, hep deniz efsaneleriydi. Hele o mehtaplı düğün gecelerinde parmaklarını ve damaklarını şaklatarak, bellerini kırmaya bir koyulmasınlar, gövdelerini süzdükçe, tepeden tırnağa akan ay ışığını büküyor, büküyorlardı da, o müzik telini gönlüme dolayıp, açık denizlerdeki mehtaplı gecelere çekiyorlardı. Oyunları, umut, sevgi, keder, öfke ve sevinçleriyle bir deniz bildirisiydi.

Babamın bunlara kulağı mı tıkanmıştı ne? Kimi vakit limanımıza bağlı bir geminin battığını duyardık. Boğulanlar için duyulan kederi herkesin yüzünden okur, boğulanların öksüz kalmış çocuklarına sokakta rastlar, onların evlerinin önünden geçerken kadınlarının hıçkıra hıçkıra ağladıklarını duyar, batmış gemiden kurtulanların türkülerini kendi ağızlarından dinlerdim. Denizden soğumak şöyle dursun, boğulanlarla beraber bulunamadığım, denizin öfkesiyle karşılaşmadığım ve ölüm dirim savaşı da olsa denizle al takke ver külâh güreşemediğim için hayıflanırdım.

Babamın söylediği gibi okula değil, Ateşoğluna gittim. Kayığına tayfa diye almasını yalvaracaktım. Onu harup ağacının gölgesinde uzanmış buldum. Uykusunu uyumuş, neşeliydi:

– Nasıl? Balıkçılık güzel mi? diye sordu ve sonra balıktayken görmüş olduğumuz güzel yerleri andı.

Demek ki balık avında çektiği sıkıntılara, uğradığı zararlara, karşılaştığı tehlikelere rağmen, ister iyi havada olsun, ister fırtınada olsun, Ateşoğlunun çevresindeki güzellikleri görmek yeteneği hiç de felce uğramıyor, denize sövüp sayarken bile bütün o güzellikleri, otomatik olarak içine alıp orada alıkoyuyordu. Denizciler işte bu yüzden fırtınadan söz etmeyi seviyorlardı. Ben Ateşoğluna, utana sıkıla, ezile büzüle niçin geldiğimi anlattım. Ateşoğlu bir kahkaha salıverdi:

– Yooo, olmaz... Seni temelli kayığa alırsam, baban vallah ikimizin de derisini yüzer, dedi.

Canım sıkıldı. Önce anlattığım gibi, Fatma kafa dengim ve oyun arkadaşımdı. Derdimi yanmak için onu aradım. Ona çok inanırdım. Ama nasıl anlatayım, inanmaya inanmaya inanırdım.

Su gibi, deniz gibiydi. Gönlündeki duygular, gözlerinin değişen renkleri gibiydi. Onları kovalayıp yakalayamazdım. Rengin biri uyanıp yanarken, nasıl değiştiğinin farkına varmadan –gözüm gözünde– başka bir rengin kayıp gelmiş olduğunu görürdüm. Yalnız öfkesi tam öfkeydi. Acaba öfkelendi mi öfkelenmedi mi denecek yeri yoktu. Gözlerinin koyu yeşili arasında sarı kıvılcımlar uçuşur, rüzgâr esmiş, gözlerini tutuşturmuş ve onlara alevler saçtırmaya koyulmuş gibi olurdu.

Her neyse, Fener koyuna gittim. Sapa bir yerde, kıyının ıssız ve küçük bir kıvrıntısına o ad verilmişti. Ta uzaktan Fatma'nın çekilmiş parlak bir kılıç gibi yapyalın gövdesinin beyazlığını gördüm. Farkına varmadan ben de, o da büyümüştük. Beline kadar denize girmişti. Elleriyle saçlarının suyunu sığıyordu. Belinden uzaklara, deniz üzerinde göz kamaştırıcı gümüş halkalar yayıyordu. Ben ona doğru yürürken bir çalının ardından Eğriboyun İbrahim çıkakoydu. Tepecik Mahallesinin çocuklarının zorbasıydı. Kendinden küçükleri dövmekten, onlara işkenceler etmekten hoşlanırdı. Fatma'nın kıyıda bıraktığı çamaşırlara doğru yürüdü. Onları alıp kaçmaya ve Fatma'yı da, donunu saymazsak çırılçıplak bırakmaya niyetlendiği anlaşılıyordu. Fatma da İbrahim'in ne yapmak istediğini hemen çaktı ki, denizden fırlayınca, elbiseleriyle kaçmakta olan İbrahim'in arkasına düştü. Ben uzaktaydım, ama Fatma İbrahim'e yetişerek, elbiselerini aldı ve onu tokatladı. İbrahim karşılık vermeye kalkıştı. Tam o sıralarda, çalıların ardından cıvıldaşa cıvıldaşa bir sürü çocuk sökün etti. İbrahim, Fatma'nın saçlarını kavramış, onu sürüklemeye çalışıyordu, ama Fatma bir dişi pars gibi üzerine atıldı ve onu devirdi. Çocuklar:

– Ha görelim seni Fatma abla! Şu herifin burnunu kır! Bize, gelin de, Fatma'yı nasıl soyup döveceğimi seyredin demişti. Dövenin kim, dövülenin kim olduğunu ona bir göster! diye tepiniyorlardı.

İbrahim kaçtı. Küçük çocuklar öyle sevindiler ki, ufak koy, çığrışan ve gülüşen çoluk çocuğun Fatma ile birlikte denize atılışlarıyla apak köpürüp kaynadı. Bu olaydan sonra, Fatma'ya, "Erkek" lakabı takıldı. Onu öteki Fatmalardan ayırmak için, hep "Erkek Fatma" diye andılar. Ben kıyıya gelince, Fatma:

– Ne var? diye yanıma geldi.

Ben, derdimi şimdi yanamayacağımı, öğleden sonra, bizim çocukluk tersanemize gelmesini söyledim. Göz göze sustuk. Gözlerinin renkleri gene kaçışıyordu. Biraz durdu. Bana dikkatle baktıktan sonra:

– Olur! dedi ve denize daldı.

Ateşoğluna gidip Fatma'nın ne yaptığını anlattım. Yattığı yerden kalkıp oturdu ve:

– Bilirim, onda Ateşoğullarının kanı vardır. Fatma'yı alimallah iki erkeğe değişmem, dedi.

Eve döndüğüm zaman, babam sefere çıkacağı için hazırlıklar yapılmakta olduğunu gördüm. Sevinmedim desem, yalan söylemiş olurum. Çünkü istediğimi anneme babamdan daha kolay yaptırabilirdim. Yemekten sonra soluğu, doğru bizim eski oyun yeri ev yıkıntısında aldım. Fatma daha gelmemişti.

Biraz sonra bir ayak sesi duydum. Fatma çıkageldi. Ama neydi o hali? Yüzünü gözünü bir futayla sıkı sıkı örtmüştü. Gözleri öfkeyle yanıyordu. Bana:

– Halam, denize girdiğimi duyunca, "Artık koca kız oldun, denize giremezsin; hem artık örtünmelisin" diyerek beni örtünmeye zorladı. Babam güldü ama, ses çıkarmadı. Ben kapalı olarak nasıl gezerim? Nah işte! dedi.

Futasını fırlattı ve kuru duvarın üzerine sıçrayıp oturdu. Ben de yanına oturdum. İkimiz de bacaklarımızı sallaya sallaya konuşmaya başladık:

– Seni artık örtüyorlar, bundan sonra seninle nasıl görüşeceğim? dedim.

Yüzünü bana dönüp güldü:

– Dur bakalım hele! Belki senden kaçmam, dedi.

Benim gülmediğimi görünce:

– Ne o, bugün canın yine çok sıkkın. Ne var? Gene denizi mi tutturdun, yoksa deniz mi seni tutuyor? diye sordu.

İçimde ne var ne yoksa hepsini döküp saçtım.

– Biliyor musun ne yapalım? Baban gider gitmez ben onsuz varırım. Ona, gödüğüme ve anladığıma göre, seni denize bırakmazlarsa kendine kıyacağını ya da mutlaka kaçacağını söyler, onu adamakıllı korkuturum. Baban geri dönünceye kadar sen gitmiş olursun. Baban dönünce anan onu yatıştırır, dedi.

Ben:

– Canıma kıymaya gelince, hiç de kıymam! Yaşamak, hem de denizde yaşamak istiyorum. Ama, izin vermezlerse vallahi de tallahi de kaçarım, dedim.

Fatma'nın gözlerinin alacakaranlığı içinde bir şeyler yandı. Bana hayranlıkla baktı ve:

– Keşke ben de erkek olsaydım! dedi.

EH! ARTIK AÇIK DENİZ!

Küçük amcam Hakkı Reisin ne cimri olduğunu herkes gibi ben de bilirdim. Hatta açık denizlerde, rüzgârı bekleyen denizciler, denize dönerek, rüzgâra sesleniyormuş gibi:

– Ülen yoksa Hakkı Reisin para çantasından mı çıkıyorsun? Es be Allah aşkına! diye bağırırlardı.

Kardeş oldukları halde, ne Davut amcama ne de babama benzerdi. Kokmuş peynirin, acımış unun, küflenmiş peksimetin iyisi, mutlaka kumanya diye onun kayığında bulunurdu. Hani ya kavak ağacı, "Rüzgârı hiçbir yerde bulamazsanız yapraklarımın arasında bulunuz" dermiş a, tıpkı onun gibi. Tayfaya karşı davranışında da insaf nedir bilmezdi. Canlarını çıkarasıya çalıştırırdı. Paylarını da, doğru dürüst hesap etmez, allem eder, kallem eder, ne yapar yapar alacaklarını kısardı. Hiç kimse, açlıktan ölecek hale gelmeyince, gidip de ona tayfa yazılmazdı. Ondan ne güler yüz, ne gönül alıcı söz bekliyordum. Ondan ancak küfür bekleyebilirdim. Ama, denize açılmak umudu beni her şeye kör ve sağır ediyordu. Gidip amcamı buldum. Ayaklarına kapandım.

– Beni, kayığına al, ölesiye çalışırım, diye yalvarıp yakardım.

– Baban ve ananla görüşeyim de sonra cevap veririm, dedi.

Babamla araları pek açıktı. Nasıl uyuşabilirlerdi ki, babamın eli alnı gibi açıkken onunkisi inadına sıkıydı. Bu yüzden amcam, babam yokken hakkımda bir karar almaktan çekiniyordu. Ne var ki Erkek Fatma kovuldukça, gene gelip aynı yere konan inatçı bir sinek gibi, "Mahmut'u bırakmazsanız, kendisini öldürecek, ya da bir daha yüzünüze bakmamak üzere kaçacak" diye diye anamı adamakıllı korkutmuş ve aklını çelmişti. Amcam anamla görüştü ve beni kayığına alacağına söz verdi. Ama bunun için bir gemici tezkeresi almamı şart koştu.

Ertesi günü, canımı dişime aldım ve korkulu bir düş görüyormuşum gibi, liman dairesinin karanlık merdivenini tırmanmaya koyuldum. Liman başkanı bir masanın başında oturuyordu. Gidip önüne durdum.

Eh ne diyelim? Orada insan gönlünün, dağları yerinden oynatacak atılış ve fırlayışının, masmavi özgür havasını boğan ağır bir kırtasiyecilik vardı. Sanki tomar tomar kâğıtlar, kalın kalın defterler, hokkalar, kalemler, mühürler büyüdüler, büyüdüler de, gelip gövdelerinin bütün yüküyle deve gibi üstüme abandılar. En aydın umutlarımın kırtasiyeciliğin kara mürekkebiyle kapkara edileceklerinden korktum.

Liman başkanının sesinde bile kırtasiyeciliğin tatsız ve tuzsuz hışırtısı vardı. Nerede o Kör Halit'in hanında gördüğüm eli zıpkınlı dinç ve doğru Denizler Tanrısı Poseydon; nerede şu karşımda oturan gözü gözlüklü, göğsü aksırıklı ve tıksırıklı cılız adam? Poseydon'un saçı sakalı mis gibi deniz suyu sızıyordu.

Liman başkanı titrek bir sesle adımı sordu.

Cevabımı hiç beklemeden yanıbaşındaki odada oturmakta olan liman çavuşunu çağırdı. Gelip kapıda duran çavuşa üç dişli zıpkınla değil ama, zifirli sigara ağızlığıyla göstererek, "Dünyanın tasası bana mı düştü? Benim ne vazifem!" diyormuş gibi bir aldırmazlıkla beni göstererek:

– Bu ne biçim adam? diye sordu.

Çavuşun da cevabını beklemedi. Çok önemli bir şeyin sözünü edecekmiş gibi ciddileşerek:

– Kahveci Lütfi'ye söyle! Bana adamakıllı okkalı bir kahve yapsın. Kahveyi bedava içmiyoruz. Şaka değil, para veriyoruz! diye çıkıştı.

Çavuş önce kahve hakkında, "Pekâlâ efendim, emir buyuruyorsunuz" dedikten sonra, dışarıya çıkmak üzere dönerken, gözlerimde pek candan gelen bir yalvarış okudu ki, âdeta durakladı. Gene liman başkanına döndü. Kıyamet günü Tanrı beni cennete mi, cehenneme mi göndereceğine karar verirken, yüreğimin böyle kendini patlatırcasına güm güm çarpmayacağından eminim. Onun gümbürtüsünü âdeta kulağımla işitiyordum. Bakışım liman çavuşunun dudaklarına takıldı. Çavuş beni göstererek:

– İyidir efendim, deyince, liman başkanı parmaklarını kütleterek:

– Kaydet öyleyse, dedi.

Sevincimden içim içime sığmaz oldu. Gönlüm omuzlarımın üzerinde, iki kanat şeklinde büyüyüp açıldı.

Ondan sonra liman çavuşu ne sordu, ben ne cevap verdim, hiç mi hiç farkında olmadım. Çıkarken dairenin taban tahtalarının üzerinden yürümüyordum, sanki kanada binmiş havada uçuyordum. Topuklarım tüy kadar hafif, merdivenden atılırcasına inerken, parmaklığa sağ elimin bir parmağını kaptırarak, bir parça eti orada bıraktım da farkında bile olmadım. Daireden kurşun gibi dışarı atılınca, manav Muharrem'in sokağa dizdiği koca kırmızı balkabakları gözüme ilişti. O anda onlara, "Açıl ya susam!" diye haykırsaydım, balkabaklarının çatır çatır yarılacaklarına ve içlerinden bütün yelkenleri açık, kocaman kalyonların sevinç ve türküyle öte öte göklere süzülerek güneş yolunu tutacaklarına inanıyordum. Manav Muharrem arkamdan bana:

– Ülen eczacı da şimdicik buradan geçti, seğirt de arkasından yetiş, parmağını bağlat, amma da kan kaybediyorsun, dedi.

Eczacıya değil, dosdoğru gemiye gittim. Gemi iskeleye rampa edilmişti. İşte artık o geminin tayfasındandım. Onunla sarmaş dolaş olmuştum. O benim bir parçam, ben onun bir parçasıydım. Birlikte yüzecek, duracak, beraber batıp boğulacak ya da varacağımız yere varacaktık. Beni artık gemiden balta ile bile ayıramazlardı. Bakanlardan utanıp çekinmesem, pruvasına sarılıp onu şapır şupur öperdim. Palamarının bağlı bulunduğu iskele, demirinin takılı bulunduğu dip çamurları, bence yoktular. O benim maviler mavisinde yapayalnız giden gelinimdi.

Kör Halit'in kahvesindeki haritada uğrayacağımız kıyıların adlarını okuyor içimden tekrarlıyor ve her adı tekrarladıkça bin bir beyit dinlemiş gibi oluyordum. O gece dam başında, rüzgârda yaprakları topaç gibi dönüp hışırdayan hurma ağacının altına uzandım. Ama göz yuman kim? Aklım fikrim, dalganın birine konmayı tasarlarken, kanat üzerinde savsalayıp başka bir dalganın üzerinde çark eden ıssız martı gibi dalga geçiyordu. Mavi ve açık denizlerde yaşanacak bin bir serüven kuruyordum. Bulutlar ardından görünen yeni ay sanki ay değildi de dudakla sezilen bir gülümseyişti.

Ertesi sabah şafak ışıkları beni gemide buldu. Güverte, çiyle pırıl pırıl parlıyordu. Çiy damlaları iplerde, serenlerde elmas küpeler gibi sallanıyordu. Güverteyi, ufalanmış sünger taşıyla birkaç kere oğdum, temiz kumlarla sürttüm, lekeleri üç köşeli raspayla kazıdım. Denizden bol bol çektiğim sularla gıcır gıcır yudum ve sakız gibi ağarttım. Elimden gelseydi kayığı inci klaptanlı Bursa havlularıyla silip kurutacaktım.

Bu işlerle uğraşırken yanıbaşıma bir gölge düştü. Başımı kaldırıp baktım. Akranım bir çocuktu. Her nedense, ilk bakışta içim ısınıverdi ona. O da bana karşı yekten bir yakınlık duymuş olacak ki, gülümseyerek:

– Merhaba, kolay gele arkadaş, dedi ve cevabımı beklemeden yanıbaşıma çömelerek yardıma koyuldu.

– Sen de kayıkta tayfa mısın? Ben yeni yazıldım, dedim.

Kendimin ve babamın adını verdim. Birdenbire güldü ve kalkıp beni kollarıyla saracakmış gibi davrandı, ama kendini tuttu:

– Yahu, seni kaç gündür dazıra dazır arıyorum. Bir türlü bulamadım. Seni bana Kirpi Halil Usta bildirdi. Ben Murat Dayının oğlu Aliş'im, dedi.

Dayanamadım. Onu kollarımla sardım; demek ki Aliş ile aynı kayıkta tayfaydık. Konuşa konuşa işimizi bitirdikten sonra, kaptanın ve öteki tayfaların gelmesini beklerken, çözülmüş ip uçlarını matis ettik. Güneş iki mızrak boyu yükseldiği halde, tayfalardan hiçbiri görünmedi. Denizin yüzü yeni kalaylanmış tencere gibi pürüzsüzdü. Beyaz evler, sıcakta şekerleme kestiriyorlarmış gibi uyuyorlardı, bir türlü uyanmıyorlardı. Koşa koşa bütün kapıları çalarak, kaptanı da, tayfayı da, bütün şehir halkını da uyandırıp kayığa çağırasım geldi.

Ta neden sonra kaptan çıkageldi.

– Gidiyor muyuz? dedim.

– Hangi rüzgârla? dedi ve eliyle açıkta, dümdüz denizde, resimmiş gibi kımıldamadan duran kayığı gösterdi.

Deniz, göllerin ölü suları gibi apışakalmıştı. Umutlarım da göl sularının üzerinde şişekoyan hayvan leşlerine döndüler.

Ertesi şafak beni gene uyanık ve ayakta buldu.

Gün ağarırken serin serin esen rüzgâr denizi duvaklayan buğuları sıyırdı; gelinim çırılçıplak mavi denizi görünce: "Ha, artık bugün sen benimsin!" dedim. Hem rüzgâr denizden karaya değil, karadan sağanak sağanak denize kayıyordu. Karadan ayrılma, denize açılan rüzgârıydı bu. Denizi de, gözümü de, gönlümü de aydınlatıyordu.

Kayığa doğru yol alırken iki tayfa arkamdan yetişti. Evlerde uyuyanları rahatsız etmemek, uyandırmamak için yavaş yavaş konuşuyorlardı. Öylece, tanyeri gölgeleri gibi geçtik. Direk tepesinde bir makara, şafakleyin dal üzerinde uyuyan bir kuş gibi, "Çıık!" diyordu.

Aradan çok geçmedi. Kaptan da, öteki tayfalar da, Aliş de bize kavuştu. "Vira demir!" emri verildi, Zincirler duru havada çın çın öttü. O anda artık demirin hiçbir yerde mayna edilmemesini ve kayığın sonsuz gitmesini özlüyordum. Meltem yamaç çiçeklerinin soluklarını ve çiylerin serinliğini getiriyordu. Gün, denizden yıkana yıkana doğuyordu.

Rüzgâr bizi birdenbire kıyı illerinin ve dağlarının gölgesinden dışarı fırlattı. Işığı kapan yelkenlerimiz, bir patlayış gücüyle apak parladı. Gemi, sevilenin gerdanına hızlanan aşkın çılgın sevinci gibi, pruvasını yumuşak köpüklere daldırdı. Limandan çıkıyorduk. Bir yanda günle aydınlanan Değirmen Burnunu, öteki yanda Akçabük harımlarını, duyulup unutulan pembe bir masal gibi arkada bıraktık. Açıktaydık artık. Gemi sanki çevresine bir kahkaha yalımı saçıyormuş gibi suları püskürtüyordu. Kara ile arama deniz girmişti artık.

Yeni yürümeye başlamış olduğum çağdan beri seyrettiğim ve yanlarına varırsam hemen mavilerde eriyip, mavi olarak kaybolacaklar diye korktuğum yedi kardeş Sporad Adalarına doğru gidiyorduk. İskele ve sancak bordalarımızda deniz, sözleri bilinmeyen bir su dilinden konuşuyordu. Yedi kardeş Sporad Adalarına, –derin mağaralarında gülüşlere benzeyen gürültüleri dolayısıyla– "Gülen Adalar" da derlerdi. Sanki deniz çırpıntıları, adaların kalçalarını gıdıklıyor, onlar da gülmekten katılıyorlardı. Biz ilk adaya, "Ver elini Gülen Ada!" dedik; adaya doğru uzanan sevincimiz, sanki ona uzatılan elimizdi. Pruvamızda ve bordalarımızda havaya fırlayıp tozaran sularla adaya yetiştik. Eğer bunlar Gülen Adalar değil de yedi kardeş Sporad Adaları idiyseler, çılgın şeylerdi vesselam. Sanki elele vermişler, deniz dalgası geçtikçe sevinçlerinden oynuyor ve diz vurup ayak uçlarına hopluyorlardı. O zaman çocuktum, küpeştenin altına başımı eğerek sevincimden hıçkıra hıçkıra ağladım.

Adalardan bulut bulut, renk renk kuşlar kalkıyordu. Yüksek direk başımız, bu kanat ve renk savruntusunun arasından havaları biçerek geçti. Kuşlar, yanıp sönen binlerce konfetiler gibi adalara dökülüyorlardı.

Kaptanın sesi:

– Mahmut, issa kontra papafingo aç! diye bağırdı.

Hemen bir pars gibi çarmıklara tırmandım. Oradan trinkete, trinketten de serene bastım. Abassogabyadan gabyaya, gabyadan papafingoya, oradan da kontra papafingoya yükseldim. Yelkeni koyuvermeye başladım. Yelken elde tutulan bir kuşun kanatları gibi çırpınıyordu.

Bembeyaz yelkenler, armanın bin bir ipine takılmış bulutlar gibiydiler. Hele kontra papafingo, kat kat kümülüs bulutlarının üstünde uçan ufak bir bulut parçasıydı. Ancak bir kişiyi taşıyacak kadar küçük olan bu bulutun üstünde ben duruyordum. Ta aşağıda gemi pruvası, ay biçiminde iç içe ve üç köpük eğmecini (kavsini) denizin yüzünde sürüyordu. Bunların ötesiyse, göz alabildiğine, güneşle aydınlanan, rüzgârla süpürülen apaçık denizdi. Papafingo dalgaların inişine ve çıkışına uyan bir rakkas gibi sağa sola eğiliyor, rüzgârla dalgaya tempo tutan bir orkestra şefinin değneğini andırıyordu. Sanki kâbustan uyanınca kendimi cennette buluvermiştim.

– Açık deniz! diye bağırdım.

Amcam Hakkı Kaptanın ne cimri olduğunu anlatmıştım. Herhalde rüzgâr bedava olduğu için olacak, kayığa olanca yolunu vermekte hiç cimri davranmazdı. Rüzgârı buldu muydu, gözünü budaktan sakınmaz bir atılganlığı vardı.

Tayfası ihtiyatlı davranması için ona, "Korkan, korkmaz!" derken, yelkenleri camadana vurup azaltacağına, inadına açtırır, üstelik cundaları bile taktırırdı. O gün de öyle yaptı. Kayığa kanat üzerine kanat açtırdı. Kayık sendeleyip tepetakla dalıyor, irkilip sıçrıyordu. Vur patlasın, çal oynasın har vurup harman savurarak, yallah dah edip gidiyordu. Sonraları saatte yirmi, yirmi beş mil yapan posta vapurlarında ateşçilik ettim. Ama o vapurlar bana hiç de yelken ve rüzgârın verdiği haz duygusunu vermediler. Sanki saatte iki yüz mil yapıyorduk. Makaraların tak tak edişi, güneşte şimşek gibi çakan dalgaların gürleyip geçişi, arkada bıraktığımız dümen suyunun, mahşer gibi kaynayışı, bütün tayfayı hızın sevinciyle delirtiyordu. Deniz, gök yalımınca, bir ışık çıldırışıydı. İnsan o dalgalarla koyun koyuna gelip hoplayıp sıçramayı özlüyordu. Kayık da canlı mıydı ne? Onda ateşli bir saldırış isteği vardı. Bastona bağlı üç flokun birincisini kopardı. Onu yeni baştan bastona bağlamak gerekti.

Ben ve bir başkası rüzgâr üstünde, iki tayfa da rüzgâr altında yürüyorduk. İşimizi bitirmek üzereydik.

Gemi, bastonunu zaten iki kez denize sokmuş ve bizleri iki kere göğsümüze kadar daldırmıştı. Ben kayığın verdiği bütün hızla, denizi göğsümle yarmaktan çok hoşlanmıştım. Ama önümüzde dalgaların dedesi ve üç kardeşlerin kodamanı olan bir dalga irkildi. Birdenbire baston göğe kalktı. Kendimi baston üzerinde değil, papafingoda sandım. Birbirimize gülüşe şakalaşa,

– Avcumuza tükürelim de iyi yapışalım! diye bağırdık.

Dalgayı aşınca kayık başaşağıya geldi, yokuş aşağıya kaydı ve bastonunu ilerleyen üç kardeşlerin, dimdik dikilmiş, yeşil sudan duvarına ok gibi sapladı. Koca denize olduğumuz gibi daldık. Şaka değil som su, yekpare su içinden geçiyorduk. Beni deniz aldı. Gemi bastonu çırpına çırpına kalkınca güvertedekiler eksikliğimi gördüler. İp attılar. Yakaladım, kaldırıp içeri aldılar. Bu denizde geçirdiğim ilk kazaydı. Gelgelelim o zamana kadar, hiçbir bayram şenliğinde bu kazada olduğu kadar eğlenmemiştim.

Akdeniz'in en ulu fırtınası ve en zarplı rüzgârının adı Provezza'dır. Denizdeki yelkenlilerin ve içlerindeki denizcilerin canları bu fırtınalar imparatorunun elindedir. Göklerdeki belirtilerine bakılırsa herhalde hazret birkaç gün sonra esmeye hazırlanıyordu. Ne var ki, Provezza en büyük kasırgasında bile salt şairdir. Biz baldırı çıplak denizciler, kral ve kraliçelerin saraylarını, taçlarını, tahtlarını, mücevherlerini seyredemeyiz. Ama, o akşam, Provezza batı göğünün turuncu kapılarını, inen güneşe pek geniş açtı. Binlerce yıllar kadar heybetli bulutlarla uzak renk parçaları, birbirleriyle sarmaş dolaş kuzeye doğru, ağır ağır yürüyorlardı. O an bütün yaratılışta bir duraklama vardı. Ne bileyim, yaratılış düşünceye varmıştı sanki...

Kayığa baktım; pembe yelkenlerini kuğu göğsü gibi kabartmış, gölgesini kararan sulara upuzun salmış, batının engine açılan kapısından başka bir renk evrenine tek başına gidiyordu. Bir gemici parçasıydım ben. Ama, o andaki güzelliklere karşılık, resimlerini gazetelerde gördüğüm taçlı tahtlı imparatorlar mimparatorlar birer gel geç soytarı, imparatorlukları da, bilemedin bir çöplük oldu gözümde.

Neyse, gece oldu. Denizde geçirdiğim ilk geceydi. Evdeki gibi dört tarafı duvarla kapalı daracık bir gece değil, fakat açık bir gece... Eset burcu pruvadaydı. Koronanın yıldızlar çemberi direk başında bir yıldız çelengi olmuştu. Sancak ve iskelemizdeki deniz fenerlerinin kırmızı yeşil ışıkları dalga başlarına çarpınca, onlar çakmak taşıymışlar gibi sancağımızda kızıl ve iskelemizde yeşil kıvılcımlar, uçuruyorlardı. Dümen suyumuzsa yakamozlanarak yer yer yıldız girdapları ve fırıl fırıl dönen alev topaçları halinde gerimizde uzuyordu. Yıldızlar sağanak sağanak doğuyorlardı. Gök de deniz gibi bir parıltı deryası oldu. Doğu ağardı, ay doğdu. Gecenin gece denecek yeri kalmadı. Bu başka bir gündüzdü. Ama her günkü dünyanın değil, başka bir evrenin gündüzü. O gece göz yummadım dersem yalan söylememiş olurum. Kimi arkadaşlar bir türkü tutturdular.

Denizdeki ilk günümü ve gecemi böyle geçirdim. Ama her günümü böyle aylaklıkla geçirdiğimi sanmayın. Hiç boş durmazdım. Boyuna direği tırmanır, iner, çıkar, yelken açar ve söndürürdüm.

Eğer güverteyi temizlemiyorsam, iplere yeni yeni bağlar yapar, bağ yapmıyorsam, gemiye safra taşır ya da gemiden safra boşaltır, yük getirir, götürür, raspa, ya da kalafat eder, istika sürer, boyar, siler veya cilalar dururdum.

Akşam olunca yorgunluktan kemiklerimin ilikleri boşanmış gibi olurdu da, neyler gibi öterek sızlarlardı. Ama hiç de umurumda olmazdı. Denizdeydim ya!... Zaten amcam boş durmamı hiç istemezdi. Hemen kaşlarını çatar:

– Burası hükümet dairesi değil, kayıktır! diyerek, bu işle değilse şu işle beni durmamacasına çalıştırıp çabalatır, bana verdiği paranın acısını cayır cayır çıkartırdı.

Yek başıma dört kişinin gördüğü işi görürdüm... İş görmekte de, başka şeylerde olduğu gibi birinci çıkmaya uğraşırdım.

HAZIR OLUN, FIRTINA GELİYOR!

Denize açıldıktan beş on gün sonra ilk fırtına ile karşılaştım. Fırtına kopmazdan epey önce köpek balıkları derinlere kaçarlar. Akdenizliler bu balıkların başlarından aldıkları bir yağı şişelere koyup saklarlar. Hava bozulacaksa yağlar bulanır. Denizcilerin ilk icat ettikleri barometre işte budur. Mutlaka bedava ya da ucuz olduğu için amcam da böyle bir şişe edinmişti. İki günden beri yağ fena bulanıyordu, kaptanın başı da birlikte. Ufukları dört gözle kolaçan ediyordu. Bir gece önceki sessizlikte, enginde boğulmuşların garipsi ahları sanılacak esintiler dolaşmıştı. Yelkenler arasıra bir ürperti duyuyorlarmış gbi tuhaf yapraklanıyorlardı.

Sabah oldu. Ortalıkta insanı ürkütecek olağanüstü bir durum yoktu. Ama ne oldu bilmem, apansızın kaptan:

– Bütün yelkenler mayna! diye haykırdı.

Hepimiz yelkenlere sıçradık. Göz kırpışı kadar kısa bir zamanda yelkenleri bağladık. Direkler ve serenler bütün yapraklarını dökmüş ağaçlar gibi çırçıplak kaldılar. Kaptan ağız dolusu küfür savuruyordu. Ortada korkacak bir şey göremeyince yanıbaşımdaki arkadaşa:

– Bu adama da ne oluyor ki? diye sordum.

– Yahu, hortumu görmüyor musun? diye başıyla sancak yönümüzü gösterdi.

Ensemden aşağıya sanki donmuş sular döküldü ve belkemiğim titredi. Onu siftah görüyordum. Ama pek yaman bir şey olduğunu, denizleri gemilerle birlikte, emip sömürdüğünü, sonra da göklere çıkarıp savurduğunu işitmiştim çok.

Hem hortum yalnız bir tane değildi. İkisi sancak bordamıza yanaşıyor, ikisi de denizle bulutların birleştiği koyu kurşuni uzaklıklarda dönüp duruyordu. Çerigo Adasının uçurumları ise tam önümüzde kararıyordu. Derken, taşıdıkları yağmurlarla ağırlaşan kara kara bulutlar göklerden perde perde sarkmaya koyuldu. Deniz mürekkepmiş gibi karardıktan başka, ufuktan ufka da korku ile ürperiyordu. Denizi sevgilim sayıyordum ya, işte o gün ilk defa sevgilimin korkudan tir tir titrediğini gözümle gördüm. Hortumun bir tanesi, gökten denize dev bir tirbuşon sokuluyormuş gibi yılankavi davranışla ağır ağır kıvranıyordu. Bir başkası gök kubbesini yerinde tutan bir sütunmuş gibi dimdik duruyordu. Bir aralık ikinci belini incelte incelte koptu. Aşağı yanı tuzla buz olarak denize yıkıldı. Yukarı yönü ise dili binlerce çatal bir yılan başı gibi bulutlardan tepetakla sarktı. Başaşağı boynunu uzatıyor, denizin yüzünde sokacak bir şey arıyormuş gibi başını bir bu tarafa bir o tarafa çeviriyordu. Birdenbire gövdesini bulutlara çekerek orada ters kepçe çöreklendi. Üçüncüsü bir topaç gibi fıldır fıldır dönen bir huni iken bel çalkalamaya koyuldu. Daraldı, kalınlaştı ve yıkılmak üzere olan bir sarhoş gibi sendeleye sendeleye üzerimize doğru gelmeye başladı. Kapkara bir dehşet kütlesiydi o.

Kaptan kendini korur umuduyla direğin ardına sığınarak, yuvalarından uğramış gözlerle hortuma bakıyordu. Bizim lostromo Yaşar Reis, bir kâğıdın üzerine "Salatentüncina" duasını yazdı. Öteki tayfalar çevresine toplanmış bir göğe, bir denize bakıyorlar, tekbir getiriyorlardı. Yaşar Reis, kırmızı saplı denizci bıçağını çıkardı. Onu hortumun ta ciğerine saplıyormuş gibi, kâğıdı pruva direğine sapladı. Ama hortum, büyük bir hız ve gürültü ile, döne döne emdiği denizleri, kara bir islim halinde göklere püskürüyor ve gökle denizi birbirine karıştırıyordu. Artık beş on kulaç ötemize yanaşmıştı. Kalınlığı, iki üç yüz yaşında bir çınarın kütüğü kadar vardı. Değil bizi, bütün takım taklavatıyla güverteyi, hatta koca kayığı bile havaya kaldırabilirdi. Şimdi kızarıyor, şimdi bozarıyor, renk renk hâreleniyordu. Gökte yangın vardı da, onu denizi göklere çekerek söndürmeye mi çalışıyordu ne?

Lostromo Yaşar Reisin duası sökmeyince tayfadan İdris, –yirmi beşlik bir delikanlı– eline, üç okkalık bir kavun kadar kocaman bir bombayı alarak, pruvaya doğru koştu, bastonun ucunda dimdik durdu. Bombanın fitilini cigarasıyla yaktı; "Yol ver deniz!" diye bağırarak o felaket topacının içine fırlattı. Bomba, kayığı sarsan bir tarraka ile patladı. Bütün Ege adaları, aslanlar gibi kükreyerek gürlediler. Bombadan çıkan gaz, hortumun içindeki hava boşluğunu doldurdu. Hortum kırıldı. Üzerimize şarr diye deniz suları aktı. Ama, çilemiz bu kadarla dolmuş değildi.

Gökten kapkara bir yay ve o yaydan bir yağmur perdesi sarktı. Denize kaynayan beyaz bir çizgi çekti. Bu perdenin arkasından keskin mavi kıvılcımların denize sıçradıklarını görüyorduk. Yağmur çizgisi üzerimize geliyordu. Yelkenleri açtık. Yağmurun önünde, alabildiğine kaçıyorduk. Damlalar güvertede cevizler gibi şakır şukur kırılıyordu. Denizin yüzüne bir karanlıktır çöktü. Tepemizin üstüne yeşil bir ateş şeridi indi. Kayık baston ucundan ta kıçına kadar, yıldırayan bir ateş parçası kesildi. İyi ki, şimşek ıslak güverte yolu ile direkten punya deliklerine geçip, denize inmişti; yoksa biz de, kayık da kömür kesilecektik.

İdris'le ben dümendeydik. Fırtınanın sesini yenmek için birbirimize, avazımız çıktığı kadar bağırıyor, ben ona, o bana, "Aman rüzgârı ensemizden ayırmayalım!" diyorduk. Şimşeğin her çakışında, birbirimizi insan biçimine girmiş, dimdik duran birer alev parçası halinde görüyorduk. Doğruyu söylemek gerekirse, kurtulacağımızı pek ummuyordum. Yelkenlerin çalımı kötüydü. Rüzgâr tutamıyor, çoğunu boşuboşuna akıtıyordu. Yelken deliklerinden kaçanı da caba. Hep Hakkı Kaptanın cimriliğindendi bunlar. Oysa, kurtuluşumuz yolumuzun hızına bağlıydı. Arttan gelen iri dalgaların kayığa atlamaması için çabuk gitmeliydik. Denizler çok kere İdris'in ayaklarını güverteden kesiyor, adam elleriyle dümene takılakalıyordu. Ben de arasıra öyle oluyordum ya, İdris, "Dayan bire kardeş! Domuz (yani dümen), yaban beygiri gibi çarpıyor, şimdi boş yerine bir tekme yiyeceksin! Pek tut!" diye bağırıyordu. Ben, "Çattık belaya!" diyordum. O, "Yağmur dursa bari! Bu kadar suyun tadı mı olur? Denize düşmeden boğulacağız" diye haykırıyordu. Gemideki yalpaya, yalpa denemezdi. Kimi zaman kayık bizim üstümüze, kimi zaman da biz kayığın üstüne çıkıyorduk. İdris dümen yekesine yalnız avuçlarıyla değil, –zaten onun da, benim de avuçlarımız kanıyordu– göğsüyle de, kollarıyla da sarılıyor, gövdesinin bütün yükünü dümene veriyordu. Bana, "Sağlam yapış! Ne göbek atıp duruyorsun? Sana doğru geliyor! Yapış ha! Ha gayret! Sonumuz geldi galiba!" diyordu. İkimiz de, birbirine sarılan sarhoşlar gibi, bir sağa, bir sola sendeliyorduk. Sinirlerim mi bozuldu ne, bir kahkahadır tutturdum. "Dümeni sancağa iskeleye bas mı var? Gemi dümen tutmuyor işte!" dedim. Gülmekten katılıyordum. Şimşek çaktıkça, İdris'in "Acaba aklını mı oynattı?" diye şaşkın şaşkın bana baktığını görüp büsbütün gülüyordum. Tam o sırada sancağımızda bir megafonun, "İmdat! İmdat!" diye bağırdığını duyar gibi olduk. Batmakta olan bir arkadaş çağırıyor idiyse onu kurtarmaya gidemezdik. Zaten birbirimize, "Acaba gerçekten duyduk mu? Yoksa bize mi öyle geldi?" diye soruyorduk. Kimse, kesin bir cevap veremiyordu. Çok geçmeden, korktuğumuza uğradık. Yelkenler paralanıp uçtular. Direklerin ne halde olduklarını görebilmek için şimşeği bekliyorduk. Denizin o korkunç yapayalnızlığının ortasında, kendimizi kapkara bir yoksulluğun parçası görmek, pek hoşa giden bir şey olmadı.

Gemiciler, belleğin fırtınada oynadığı esrarengiz oyunlardan söz ederlerdi de, "Adam sende!" der, inanmazdım. Kimilerinin haykırışlar, çığlıklar ve kahkahalar duyduklarını; kimilerinin de, evdeki horozun şafakleyin ötüşünü duyduklarını söylerlerdi. O büyük tehlike anında, "Şimdi kulağımda çınlayan ses ya da sözü acaba ben ne zaman işittim?" diye belleklerinin buğulu derinliklerini yoklayacak vakitleri olmazdı. Çünkü, o ana baba gününde, kurtulmak ve yaşamak kaygısı, başka hiçbir duygu, düşünce ya da dileğe yer vermeyecek biçimde varlıklarının bütününü kaplamış bulunurdu. Ne yalan söyleyeyim, o gece, çocukluğumda anamın söylediği ninniyi, tekrar tekrar işittim. Demek, denizin o anlaşılmaz çocukları yanılmıyorlardı.

Fırtınada sağ salim çıkmak için Allaha ve evliyaya kurban adayan gemiciler, gerek paraları olmadığı, gerek fırtınayı unuttukları için kurban kesmediler. Evet, boğulmadık. Çünkü fırtına dindi. Rüzgâr yavaşladı. Doğu, doğugüneye dümen kırdık. Şafakleyin rüzgâr büsbütün kesildi; sonra batıya driça etti. Daha sonra kuzeye kaydı, gene kesildi.

Bu fırtınadan üç hafta sonra İzmir Kordonuna rampa ettik. İzmir için yükümüz vardı. İşte orada, anamdan ilk mektubumu aldım. "Oğlum Mahmut" diyordu, "Eğer Allahın izniyle buraya dönersen, denize açıldığın gün gibi kaptan oğlu olarak dönmeyeceksin. Baban, kayığıyla ve elimizde avcumuzdaki bütün malı ile, batıp boğuldu. Şimdi dârı dünyada, bu iki odalı ev, bir de ben, yani ihtiyarlamış anan, bir de Allahtan başka bir şeyin kalmadı. Kolların, bacakların güçlü kuvvetli olsun oğlum. Sağ ol, çalış, amcana saygı göster. Artık onun sayesinde ekmek yiyeceğiz. Kazandığın paradan bir şeyler ayırabilirsen, babana bir mevlit okutacak ve onun adına bir lokma pişirecek kadarını bana gönder yavrum." Mektubu okuyunca ellerimi böğrüme koydum ve denize bakakaldım. Acaba fırtınada megafonla imdat isteyen kaptan babam mıydı? "Deniz, acaba benim ilk fırtınam onun son fırtınası mı oldu?" diye seslendim.

Anamın yazdıkları, babamın sözlerini acı acı hatırlattı. Babam, yıllarca kaptanı olduğu geminin aynı zamanda da sahibiydi. Bunca yıl çabaladıktan sonra dul bıraktığı yaşlı karısını –yani zavallı anamı–, kocasının –yani babamın– ruhuna bir mevlitçeğiz okutmak için avcuma bakmak zorunda bırakmıştı. Denize açıldıktan az sonra, Kuşadası'nda babama rastgelmiştim. Ben direk tepesindeydim; o da iskeledeydi. Göz göze geldik. Beni görünce, ölünceye kadar ayrılmamak üzere denizcilik hayatına atılmış olduğumu anladı, beti benzi uçtu. O bakışı içimi yaktı. Amcam hoyrat bir sesle ona güverteden bağırıyordu. "Ne bakıyorsun?" diyordu, "Onu senin en güvendiğin tayfalara değişmem!" Her köpek aynada kendi suratına havlarmış a; amcam babamın, oğlu olduğum için beni kendi kayığına alarak bedava çalıştırmak, sırtımdan kâr etmek istediğini, bu yüzden bana dikkatli dikkatli baktığını sanmıştı. Oysa, babamın avcu alnı kadar açıktı. Davut Amcam gibi, cebinde para bayatlamazdı. Babam, yüreği yaralı olduğu için, amcama cevap vermedi. Bense, babamın bakışı önünde, mum gibi eriyordum. O acı yüzü, acı bakışı görmemek için denizin yarılıp beni örtmesine razıydım. Babam iskelede donakalmış durdukça, ben direkte yukarı çıkıyor, aşağı iniyor ve acele acele, rasgele iş yaparak, gözlerinden gizlenmeye uğraşıyordum. Babamsa, "Neden, neden yavrum böyle ettin?" diye gözleriyle beni izliyor ve bir insan çok sevdiği başka bir insanı ölüm döşeğinde gördüğü zaman ona nasıl bakarsa, bana öyle bakmakta devam ediyordu. Biraz sonra, başını sallaya sallaya iskeleden ayrıldı. Ertesi günü babama çarşıda rastladım. Kalabalığa karışıvereyim dedim, ama olmadı. Beni görmüştü. Ona gittim. Duygu ile ağırlaşmış sesiyle, "Evladım, niye böyle ettin? Yaptığının nereye varabileceğini hiç düşünmedin mi?" dedi. Sesi, derin bir sevgi ile okşayıcıydı. Babama öyle acıdım ki, gırtlağımda bir şey düğümlendi. Neredeyse hüngür hüngür ağlayacaktım. Kendimi zor tuttum. "Baba!" dedim. "Düşünmesine düşündüm. Nereye varırsa varsın. Belki budalalık ettim. Başka türlü yapmak elimde değildi. Kaderim böyleymiş. Sen acınma baba. Ben memnunum." Bir dua okuyormuş gibi dudakları titredi. Gözlerime uzun uzun baktı. Başını acı ile salladı, "Pekâlâ yavrum, yolun açık olsun. Seni denizden vazgeçirmek için ne paramı, ne sözümü, ne gönlümü esirgedim. Allah yardımcın olsun" dedi. Sesi adamakıllı kırıldı. Elinden öptüm. Dudağı hâlâ titriyordu. Beni öpmek istediği besbelliydi. Ama, sokak ortasında, herkesin önünde beni öpmeyi bir zayıflık mı sandı ne, gördüğü acımı uzatmamak için gene, "Allah yardımcın olsun" dedi. Beni öpmeden arkasını döndü. Koşmak istediğini anlıyordum. Ama temkinli adımlarla yürüdü. İlk sokağa saptı. Bunun, onu dünya gözüyle son görüşüm olduğunu nereden bilecektim? O da, amcam serdümen Davut Reis gibi, içimde acı bir anı oldu.

Artık kendi boğazıma ve anamın boğazına bakmak için amcamın hizmetine girmiş bir uşaktım. Amcama gelince, onun derdi günü para idi. Kanımızdan, canımızdan, elimizden kendisine paraca kâr çıkarmaya bakıyordu. Olur muydu ya artık bunun bu kadarı? Anamın, sözde ekmeğini yediğimiz amcama saygı göstermem konusundaki öğütlerine pek kulak astığım yoktu. Herifi adam yerine koymuyordum. Ona nasıl saygı duyabilirdim? Küçük amcam, kaptan değil, doğuştan tüccardı. Karada temelli duvarlı bir idarehanesi yoktu ama, kayığı denizde yüzen yelkenli bir kâr evinden başka neydi ki? Gözü ve gönlü paradan başka her şeye kördü. Hak etmiş olduğum ücreti çantasından çıkarttırabilmek, iriyarı bir meşe ağacını kökleriyle beraber yerden sökmek kadar güçtü.

Mademki kayıktan pay almayan ve ücretle çalışan bir gemiciydim; amcamın ağız konusunu dinlemeye ne zorum vardı? Ama anamın yüreğini kırmamak için kendime "Sık dişini" der, bana küfür ettiği zaman büyüğümdür diye pek aldırış etmezdim. Ama, bir gün artık canıma tak diyen bir şey yaptı.

Kayıkta, Mazlum adlı on beş on altı yaşlarında Marmarisli bir çocuk vardı. Ona, üst baş perişan, İskenderiye sokaklarında söylene söylene gezerken rastgelmiştik. Onu tanıyan bazı gemicilerimiz, çocuğu görünce, "Mazlum" diye bağırdılar. Cevap vermeyince yanına vardık. Ateşli gözler fırıldatarak saçmalamaya başladı. Papağanlı adalardan, zehirli balıklardan, hurmalıklardan, dümbelek temposuna kalça sallayan Arap kızlarından söz etti. Ona, "Mazlum, aklını başına topla ne oldu sana?" dediler. Başını gösterdi. Başında koca bir yara vardı. Onu alıp kayığa götürdük. Karnını doyurduk. Yarasını yıkayıp elimizden geldiği kadar sardık. Karın tokluğuna çalışacağı için amcam hemen tayfa olarak kayığa aldı. Birkaç gün sonra Mazlum'un aklı biraz başına geldi. Ona İskenderiye'ye nasıl geldiğini sorduk. "Vallahi iyice hatırlamıyorum. Basra'dan dönmekte olduğumuzu hayal meyal hatırlıyorum. Şap denizinde miydi, başka yerde miydi, uzun bir gece geçirdik. Ama nasıl, bitmek bilmeyen bir gece! Deniz cam gibi durgundu. Birden kıyametler koptu. İpler katıla katıla güldüler. Ne oldu bilmiyorum, gözlerimi açınca kendimi bir kayanın üzerinde buldum. Başım pek fena ağrıyor ve dönüyordu. Deniz gene cam gibiydi, ama ortada ne kayık vardı, ne de tayfa! Yalnız göz alabildiğine masmavi deniz ve göz kamaştıran ateş gibi kükürt sarısı bir kum deryası. Susuyordum. Bir ev ya da bir insan bulmak üzere yürüdüm. Hiç kimseye rastlamadım. Kendimi kaybettim. Uyanınca kendimi bir sürü Araplarla dolu bir zambuk kayığında buldum. Kürekte yardım ettim. Beni İskenderiye'ye çıkardılar" diye anlattı.

O da benim gibi çocukluktan daha henüz delikanlılığa giren bir tayfaydı. Çokluk konuşmazdı. Ama hep gülümserdi. Fırtınayı da, şimşeği de, güneşi de hep gülümseyen dudaklarıyla karşılardı. Ona çok acırdım.

Bir gün Mazlum güvertede yemek pişiriyordu. Zaten dedik a, amcam ucuzdur diye her şeyin en kötüsünü, en köhnesini satın alırdı. Mazlum, demirdenmiş gibi pişmez, yumuşamaz bir fasulye kaynatıyordu. Tencereye dökmek üzere kıçaltından zeytinyağı şişesini getirdi. Zeytinyağını tencereye akıtmaya başladı. Amcam dümendeydi. Yekeyi dümenden kaldırınca, öfkeyle Mazlum'un üzerine saldırdı:

– Ulan o yağ babanın malı mı ki, ha bire akıtıyorsun? diye haykırarak yekeyi küt diye oğlanın başına vurdu.

Hem de tam eski yaranın üstüne. Odun başka bir oduna vurulmuş gibi sert bir gürültü çıkardı. Mazlum'un eski yarası gene yarıldı. Beti benzi kül oldu. Şakağından aşağı kanlar boşandı. Gözleri şaşıladı, gülümsemesi söndü. Anlaşılmayan şeyler kekeledi. Tüylerim ürpermişti. Gözlerime inanamıyordum. Amcam oğlanın başına vurmakla hıncını alamamış, bir elinde oğlanın elinden kopardığı zeytinyağı şişesi, öteki elinde yeke, oğlanın üzerine çıkıp, "Ihıcık kerata! Ihıcık kerata!" diye tepinmeye başladı. Haydi onun kudurup kudurup küfür savurmasına lahavle deyip geçiyorduk, ama bu gördüğüm bambaşka bir şeydi; o dakikada amcam bir iki kuruşluk zeytinyağı gidiyor diye insan öldürebilirdi. Birdenbire tepem mi attı ne? Aklım başıma gelince bütün tayfanın, kimisini kolumu, kimisini de bacağımı tutar buldum. Bana: "Yahu kendine gel! Büyüğündür, el kaldırılmaz. Ayıp ettin; az kaldı herifin gözünü patlatacaktın!" diyorlardı. Oysa, amcamın yaptığını karşıladığımdan dolayı için için sevindiklerini gözlerinden okuyordum.

Akşam olunca, amcam beni kıçaltındaki kaptan kamarasına çağırdı. Bir gözü sarılıydı. Suratı çatıktı. Bana, "İlk limanda pılı pırtıyı alıp kayıktan defolacaksın!" dedi, "Bu kayıkta senin yerin yok! Eğer kardeşimin oğlu olmasaydın seni güverteye cansız sererdim. Senin şimdi hesabını kapayacağım," diye ekledi. Ben de, "Peki, a canım!" dedim. Çalmaya kalkışırlarsa hepsini değil, anca bir kısmını bulabilsinler diye; paralarını ellişer, altmışar kuruşa bölerek, ayrı ayrı bezlere, paçavralara bağlar ve öteye beriye gizlerdi. Bana vereceği parayı bir araya getirinceye kadar yarım saat geçti. Ondan sonra hesap etmeye koyuldu. "Seni şu gün kayığa tayfa diye aldım. O gün ve ertesi günü rüzgâr yoktu. Demek ki şu tarihte işe başladın" diye allem etti kallem etti, göz göre göre hakkımın yarısını yedi. O söylendikçe ben boyuna başımı sallıyordum. Paraları alınca güverteye çıktım. Avcumdaki paraya baktım. Yüz yirmi iki kuruştu. İşte o para ile Fethiye limanına çıktım.

ARTIK DÜNYADA BİR BAŞINA KALMIŞ BİR DENİZCİYDİM

Bir başka kayığa girdim. Ondan da bir başkasına geçtim. Durmadan, dinlenmeden, tozu dumana katan, gürültülü patırtılı bir yaşama ile, arı gibi, karınca gibi çalışıyordum. Ama, hiçbir zaman ne karınca gibi biriktirebiliyor, ne de arı gibi toplayabiliyordum. Hep günlük ekmek kaygısı içinde yaşıyordum. Ayağıma bir çift kundura alayım derdim, bir haftalığım güme giderdi. Bir muşamba gerek derdim, onu ancak bir aylık işle ödeyebilirdim. Şu limancağızda bir iki saat keyif çatayım deyince bir muşambalık para çarçur olur diye cayardım. Bir ay işsiz kalırdım; karnımı doyurmak için ettiğim borcu iki ayda ödeyemezdim.

İşler böyleyken, anamı geçindirmek için nenin neresini artırabilirdim ki?.. Neyse, ölüm merhamet etti de, evimin kapısını kapadı. Anamın artık çilesi dolmuş olacak ki zavallıcık öldü ve onu geçindirmek yükü sırtımdan kalktı.

Gemiden gemiye, kaptandan kaptana, seferden sefere gide gele yıllar geçti. Evet, hep paraca sıkıntı çekerdim ama, her yeni seferimizin ayrı bir sevinci, her dümen kırışımız ve yolculuğumuzun başka bir tadı oluyordu.

Gezgin denizci hayatımızda çok yerler gördük. Adalar Denizinde bir ada arkada kalıp denize gömülürken, hepsi de birbirinden güzel, on adanın önümüzdeki ufuktan kalkışı, tren ıslığı, vapur düdüğü, vinç harharası ve el kol kargaşalığı içinde iş gören liman işçilerinin bağırıp çağırmalarıyla gürleyen sık gürültülü Pire limanı; akşamleyin Mataban ve Malea Burunlarının çıplak ve turuncu kayaları, Çerigo Adası; geceleyin Girit'in ay ışığında karlarıyla ağaran üç bin metrelik İda Dağı; ta ötede şafakleyin pembeleşen Etna yanardağı; Sicilya'nın beyaz şehirleri, lavla çevrilmiş Katanya, ay şeklindeki Mesina şehri, yüksek ve rüzgârlı Taormina, deniz ortasında ehram şeklinde bir kül kümesi Strombuli yanardağı, gürültü ve şarkı içinde Napoli, mavi havaların koynuna gömülmüş Sardunya ve Korsika, hele Cenova'daki Kristof Kolomb heykeli; yüzlerce doklarıyla, musiki ve açık havasıyla Marsilya; sokaklarından şarap ve kara saçlı kara gözlü çocuklar akan Barselona ve Malaga; bunların her biri gözlerime açılan yeni yeni âlemlerdi.

Ama bu gördüğüm yeni yeni yerlerin tadı, tanıdığım yeni yeni insanlar ve edindiğim yeni yeni arkadaşların yanında birer hiçti. "Huyu, suyu aykırı, dilleri başka olanlar birbirlerine ısınamazlar" derler a; yalan! Birlikte çalışıp birlikte çile çeken insanlar birbirine öyle bağlanıyorlar ki, bir kısmı buz, bir kısmı da ateş olsa, birbirine uyup can ciğer kardeş oluyorlar. Ben öyle arkadaşlar edindim ki, onların birisi yanıma gelince, yanıma birisi gelmiş gibi değil, yanımdan yabancılar ayrılmış da kendimle başbaşa kalmışım gibi oluyordum.

Önce de dediğim gibi, her seferimizin ayrı sevinci, her dümen kırışımızın başka bir tadı olurdu.

Ama şunu da hemen söyleyeyim, bir sevince karşılık üç işkence çekiyorduk. "Oh! Çok şükür Allaha!" Bir keyif çatacağımız zaman, "Aman imdada yetişin! Bir can kurtaran yok mu?" diye bağırıyorduk. Babamın sözleri çok kere kulağımda çınlar dururdu. An olurdu ki içimden, "Şöyle bir bağım bahçem olsa da şu yarı aç, yarı tok hayattan bir kurtulsam!" derdim. Ne yapayım, çok kere ne üstte başta elbisem, ne de cepte param olurdu. Gelecekte beni bekleyen iki sonuç vardı: Ya denizde boğulup kurtulmak, ya da karın doyurmak için dosta düşmana avuç açmak. "Ölümlerden ölüm beğen" gibi bir şey. Bu darlığı çeken bir sen misin? Yalnız değildin ya. Elle gelen düğün dernek!

Durduğum yerde, "Dayan! Aganta, burina, burinata!" diye bir nara atardım. Ardımızda iz tutmayan denizlerde, limanda, rüzgârlıkta, bocada, orsada, denizin bütün değişikliklerinde dişimi sıkar, güler oynar; iyisini de kötüsünü de, elverişlisini de elverişsizini de arkadaşlarımla birlikte geçip gidiyordum. Ne olacak a canım, dünyanın neresinde olursa olsun, denizcinin talihi hep birdir. Kaptandan azar ve küfür, tüccardan küçümseme, denizden tehdit, karadan tekme! Nereye dönersek dönelim, düşmanla karşılaşırız!

Selanik seferindeydik. Zemheriydi. O yıl Vardar Irmağı pek fena donmuştu. Tayfa buz kesmiş sarkık bıyıklar altında buram buram buharlar saçıyor, yumlu avuçlarına hohlayarak, kollarını çaprazlamasına çarparak, ezile büzüle güvertede yürüyorlardı.

Buz tutarak çinko levhaları gibi katılaşan yelkenleri, donarak demir çubuklara dönmüş ipleri kullanmakta çektiklerimizi bir ben ve bir de arkadaşım bilir. Neyse, güç bela limana gidip demirledik. Tayfamız çok eksikti. Üstelik ırgadı döndürürken ırgat ters dönüp, ırgat kolu tayfamızın birinin kolunu kırdı.

Serdümenimiz Âdem Reis kahvelerin birinde Aliş'e rasgelmiş. Büyük bir kayıkla Preveze'ye gidiyormuş. Âdem Reis, kayığının kaptanıyla konuşmuş ve herifi Aliş'in bizim kayığa alınmasına razı etmiş. Âdem Reis bir de, yetmişini geçkin Ömer adlı işsiz bir gemici daha bulmuş.

Aliş, kara saçlı, kara gözlü, boylu boslu bir delikanlı olmuştu. Gemimiz Selanik'ten bizim sıcak illere doğru gidecek ve oradan portakalla limon yükü alacaktı. Hava bizi zorlarsa belki Bodrum'a bile uğrayacaktık.

Güney illerine doğru yaptığımız bu yolculuk pek uzun sürdü ve ters gitti. Hava hep güneyden esiyor, bizi boyuna volta vurmaya zorluyordu. Biz gece gündüz böyle sıkıntılar çekerken sağımızdan solumuzdan, önümüzden arkamızdan şilepler ve yolcu vapurları gelip geçip duruyorlardı. Gündüzse kendilerini görmezden yarım saat önce ufukta dumanlarını görürdük. Bize göre ağır olan ve bizlere, taklalar kıldıran denizler, o koca vapurların su kesimindeki kırmızı boya çizgisine doğru ya bir iki karış kalkıyor, ya da bir iki karış iniyordu. Pruvalarının yırtarak geçtiği denizlerse, önlerinde şelaleler gibi şarıldıyordu. Sıra sıra can kurtaran kayıkları güvertelerinden küpeler gibi sarkıyordu. Gemiciler onlara bakar da, "Hay gözünü sevdiğimin makinesi. Gördün mü kolay hayatı! Bizim gibi yelken gemilerinde değil, vapurlarda çalışmalı. Vapurlarda iyi para da veriyorlarmış. Üstelik tehlikesiz iş" derlerdi. Ben de onlara hak verirdim: "Hey hey derdim, şu vapura bak, rüzgâra hiç aldırış ediyor mu? Rüzgârın inadına ta gözüne işliyor. Biz rüzgârın hava ve hevesinin uşakları köleleriyiz!"

Hele geceleri rüzgârsızlıktan, duvarda asılan gemi resimleri gibi yerimizde mıhlı dururken yolcu gemilerinin birbiri üstüne yıldız dizisi gibi lombozlarını ve fenerlerini pırıl pırıl yaka yaka geçmesi bizleri o kadar kıskandırırdı ki...

O Selanik seferimizde çok zorluğa uğradık. Peksimetlerimiz hep ıslandı ve küflendi. Muşambalarımızın öteleri berileri delinerek su tutmaz oldular. Geceleri kendi kanımızın sıcaklığıyla kurutup ısıttığımız kısımları saymazsak çamaşırlarımızın mangır kadar olsun kuru yeri kalmazdı. Islak ot şiltelerimizin üzerine kıvrılıp uyurken, düşlerimizde kuru şilteler, geceleyin limanlardaki rıhtımlar boyunca sıcak evlerden, ekmek dolu fırınlardan, yemek dolu lokantalardan denize akan ışık yansımaları ve kapı eşiklerinde bizlere koca koca masum gözlerle bakan çocukları görür, tuhaf tuhaf yerlerde vaktiyle duymuş olduğumuz türküleri işitmiş gibi olurduk.

Ama, kimi vakit düşlerimiz bile bize haram olurdu. Çünkü Selanik'ten aldığımız ihtiyar Ömer'in top gibi patlayan bir öksürüğü vardı. Hem de bir tutturdu mu zavallı adam Denizli horozu gibi öterdi. Geminin başaltısı geminin tam başında olduğu, gemi de hep öne doğru suyu yardığı için, çoğunlukla teknenin en ıslak yeridir. Üstelik bizim başaltı, kafes gibi açılmıştı. Kayık güm diye dalgaya çarpınca başaltının her yanında fıskıyeler peydahlanırdı. Ömer dayıya, en kurusu olduğu için arkadaki ranzayı vermiştik. Bir gece zavallı antika Ömer, boğulurcasına öksürüyordu. Uyandım ve ranzama oturdum. Ortada basık tavana asılı deniz lambası, gemi sallandıkça daireler çiziyor ve ölüler gibi bet beniz atıp uyuyan arkadaşların yüzlerine sönük ışığını çepçevre gezdiriyordu. Ömer dayı sanki, "Söylemeden ölürsem rahat edemem" diye düşünüyormuş gibi, öksürükleri arasında Âdem Reise telaşlı telaşlı bir şeyler anlatıyordu:

– Selânik, Bulgar ve Rum komitelerinin bomba masallarıyla Arnavut isyanıyla; yok İsa Bolatin ayaklanmış yok Bibdo da yatışmış sözleriyle çalkalanıyordu. Ben de karda kışta sokak sokak dolaşıyor, kahve kahve iş arıyordum. Limanda başvurmadığım yer kalmadı. İş yap, iş gör, ama haniya iş? Bulabilirsen bul! İki günden beri ağzıma bir lokma atmadığım için dizlerim tutmamaya başladı. Tütün de yok. Kimseye dert yanamıyorum; çünkü yabancı yer, diyordu.

Âdem Reis beni ranzamda oturur görünce bana:

– Mahmut uyandın mı? Biraz daha uyku kestirmeye bak, çünkü nöbetine az kaldı, dedi.

Öteki tutturduğu söze devam ederek bana:

– Yahu Mahmut, senin ikide birde anlattığın o Kristof Kolomb neresini aramıştı? dedi.

– Hindistan'ı, dedim.

– Neresini buldu? diye sordu.

– Amerika'yı, diye cevap verdim.

– Hey gidi gençlik, hey! dedi, ben de senin yaşında iken neler de neler ummamıştım. İş aramaktan Hindistan'ı aramaya vakit mi kaldı? Bula bula Amerika'yı değil işte yetmiş yıllık denizciliğimin sonunda, bu ıslak ve sulak başaltını buldum. Ne olacak? Hep doğum ölüm; hapishane, hastalık, hastane, zelzele, kıtlık ve savaş dünyası... Yüreklar acısı yalancı dünya, diye ekledi.

Yine öksürüğü tuttu. Zavallı antika Ömer dayıyı ertesi günü ranzasında ölü bulduk. Karadan uzaktık. Onu denize attık. O gün rüzgâr birden değişti. Önden eserken arkadan gelmeye başladı. Âdem Reis:

– Bak, hava birden değişti. Deniz öyledir. Kayıktaki denizcilerin biri ölecekse, onu karaya vermemek için hep ters eser. Bir sefer bir denizcimiz hastalandı. Rüzgâr da kesildi. Sıcaktan, güverte kaplamaları arasındaki ziftler cezve içinde kahveymiş gibi kaynayıp taştılar. Rüzgâr esmedi de esmedi. Adamcağız ölüp de denize atılınca rüzgâr aldı, diye bize rüzgârın neden döndüğünü anlatmaya çabalıyordu.

O seferin süregelen bunaltısının biricik parlak noktası yaşlı serdümen Âdem Reisin ispirto kaminetosunda pişirdiği, bulaşık suyunu andıran şekersiz çayıydı. Âdem Reis çayıyla bize dünyaları bağışlardı. Çay deyip geçmeyin, kara bulutlar arasında arasıra parlayan güneş gibi, o çay içimizi ısıtıyor, yüzümüzü güldürüyordu.

Onu uzun uzun şapırdata şapırdata ve her sıcak damlasının ayrı ayrı keyfine vara vara içerdik. Dumanı bile gözümüzü şenlendirirdi ve hepimiz birden iyimserleşir, dünyayı gül pembe görür, gülüşür şakalaşırdık. Ama, çayın içine soğan kabuğu kaçmış, a canım onun ne zararı vardı! Sıcaktı ya. Çaydanlık fokurdamaya, kapağını çat çat hoplatarak islim almaya başlayınca, Âdem Reis kendi de, bizim de çay içmek gibi şatafatlı bir keyif lüksünü yaşadığımıza utanarak, "Arkadaşlar, çay, süt filan gibi şeyler bizim gibi baldırı çıplak denizcilere değil, beylere, paşalara yakışır, ne var ki bu mirasyediliğe çoktanberi alıştığımız için artık çaydan vazgeçip, cafcafsız bir hayata katlanamıyorum!" derdi.

Geceleri başaltı dambiçosunun açık kapısından, uzakta Skiros Adası ve Yunan Sporad Adalarının karlı dağları ay ışığında sanki bu dünyanın değil, başka bir evrenin ufkundaymış gibi görünüyorlardı. Aliş'in sesi o zaman kekeler ve sendelemeye başlardı. Ama çekingenlikten yavaş yavaş kurtulur, birbiri ardınca girdaplanan notalar arasından, uzaktaki dağlar kadar ücra ve o dağlar üzerindeki karlar kadar duru bir türkü tize çıkar ve uzar, uzardı. A canım, denizciydik, bin türlü kahır çekiyorduk. Her zaman bulunduğumuz yerde değil başka yerde pek mutlu olacağımızı sanıyorduk. Gelgelelim, o başka yer neresi, onu bilmiyorduk. Aliş'in türküsünden o başka evreni, o daha doğru daha güzel evreni sezer gibi olurduk da yurda kavuşuyormuşuz gibi gönenirdik. Aliş'in sesi yavaş yavaş diner, sönerdi. Türküyü sonradan hatırlamak, sabah ışığında yavaş yavaş solan bir düşü hatırlamak gibi oluyordu. Âdem Reis, bir elinde çay fincanı, öteki elini "Susunuz!" dermiş gibi kaldırırdı. Zavallı adam, sessizlikte kendi gönlünü dinlemeye mi uğraşıyordu!

Kayık güneye doğru ilerledikçe hava ılıklaştı. Artık ezile büzüle yürümüyorduk. Kimi zaman Aliş'le birlikte güvertede yatıyor, gece ayaz çıkarsa gene başaltına kaçıyorduk. İkimizin de yaşı on yedi, on sekizi bulmuştu. Şehvet, hem benim, hem de onun sırtına Amerikan yakısı gibi yapışmıştı. O işin bilmediğimiz bir yeri yoktu. Mahallede çocukken her şeyi birbirimize anlatmıştık. Üstelik topal hocanın mahalle mektebinin aptesane duvarları körpe edebiyat ve resim meraklılarının bu konudaki yazı ve resimleriyle örtülü bulunuyordu. Bundan başka, kasabamızda mevsimi gelince beygirlerin ve sığır, sıpanın çiftleşmeleri apaçık konuşulurdu. Hatta bir gün Erkek Fatma, doğurmakta güçlük çeken bir dişi keçiye ebelik etmiş ve yavruyu kurtarıp dünyaya getirirken yaptığı her hareketi, bize heyecanla anlatmıştı. Ama bir şeyi bilmek başka, bilinen şeyi duymaksa bambaşkaydı. Şehvet sanki bize ait bir şey değildi de, bize yabancı ve sonradan eklenip bizi rahatsız eden bir şeydi. Nasıl diyeyim? Benim için olduğu kadar Aliş için de gövde ihtiyacı yani şehvet, ikinci planda kalan bir şeydi. Asıl sevgime bir cevap arıyordum. Sonra da, söylemesini beceremeyeceğim ama, güzelliğe karışmayı özlüyorduk.

Tam bu sıralarda, düşlerimde ve hulyalarımda, hep kendini bağışlayan yumuşak kadınlar görürdüm. Çocukken görüp de o zamanlar hiç aldırmadığım manzaralar gözümün önüne yeni yeni ve üzücü anlamlarla ve yüklü olarak, kayar gelirlerdi. Bunlardan başlıcası, Erkek Fatma ile ilintili hâtıralarımdı. Fatma ile birlikte sularına daldığımız denizin duru bir görünüş gibi durgun ve çocuk bakışıymış kadar masum o küçük koyun anısı, bana durgunluk ve masumiyetle hiç ilgisi olmayan bir üzüntü oluyordu. Çocuklukta birlikte denizde oynaştığımız gibi, şimdi de düşlerimde beraber dalar oynaşırdık. Alev gibi saçları güneşte tutuşup da cayır cayır kıvılcımlar saçmasınlar diye başına ha bire su serperdim. Denizden çıkan gövdesinin düpedüz, tertemiz, toprak, ot ve deniz kokusu hâlâ burnumdaydı. Evet, Erkek Fatma biraz eğrimsi ve biraz vahşi idi. Ama ben onu olduğu gibi seviyordum. Bence onun vahşiliğini dindirmek, kıpkızıl gelinciğin rengi pek haykırıcıdır diye, onu soldurmaya kalkışmak gibi bir şey olurdu.

Ondan sonra düşlerime yurdumun şurası burası gelirdi. Örneğin ay ışığında evlerin gümüş bir ateşle badanalanmış gibi duruşları, vardiyapruva fenerinin içindeki lambayla aydınlanması gibi, sanki içlerinde geceleyin soyunmakta olan kızların gövdeleriyle aydınlanıyordu. Hatırladığım çiçekler ve sessiz sedasız otlar, belki olduklarından daha mahmur ve ılık kokuyorlardı. Sonra ocak böcekleri ve başka gece böcekleri geceyi tir tir titretirken kadınların dam başlarına çıkıp ay ışığında yarı çıplak, boylu boylarınca uzanıp kendilerini ay ışığına verdiklerini hatırlardım. Heyecanla yükselip inen gerdanlarının hareketinden, düşlerinde denizden deniz efelerinin gelmekte olduğunu gördüklerini sezerdim. Kuşkusuz beklenen bu denizcilerin başında, hayalime göre ben gelirdim.

Aliş de tıpkı benim gibi düşünüyor ve tıpkı benim gibi kaygılanıp üzülüyordu. Aliş, kadın ve kızların, yağmurda çamurda deniz kıyısına giderek uzaklara baktıklarını, birbirlerine "Bizimki şimdiye kadar gelecekti. Niye gecikti acaba? Rüzgâr önden esmiştir. Yarın inşallah buradadır. Kasaptan biraz et alayım. Herif patlıcanlı kebaba bayılır" dediklerini; kimi zaman da ufukta yıldızlar arasında erkeklerini vardiyapruva ışığının çıkmasını bekleye bekleye gözlerinin kızardığını, oysa, zavallı kadının patlıcanlı kebap sevdiğini söylediği denizcinin çoktan balıklara yem; vardiyapruva ışığının ise yıldız değil, belki de bin kulaç dipte deniz böceklerine yuva olduğunu söyler, sonra da, "Elverir ki benim de böyle bir bekleyenim olsun, boğulmaya bin kere razıyım" diye eklerdi.

DELİKANLILIK

Uygun rüzgârlar bizi Palamut büküne getirdi. Köylü kızlar ağaçlardan son turfanda portakalları topluyorlardı. Tayfadan otuz yaşlarında Tosunun Ahmet vardı; kadınlarla hep açık saçık şakalaşır, hiç sıkılmadan onlara utandırıcı tekliflerde bulunurdu. Bazı kadınlar ona çınlıyan kahkahalarıyla cevap verirlerdi. Ben ve Aliş ise hiç ses çıkartamıyor, bir söz söyleyemiyor, hatta bakmaya bile utanıyorduk. Oysa içeriden yanıyorduk. Sevgi özlüyorduk, sevgi varlığımızın başta gelen ihtiyacı, gönlümüzün başka insan gönüllerine bir duası olmuştu; gelgelelim utanıyorduk.

Bir akşam Aliş bana derdini yandı:

– Yahu dedi, seviyorum ve herkesin yüreğinde sonsuz sevgilerin yanmakta olduğunu seziyorum. Oysa onu istemeye kalkışınca, kendimden utanıyorum, dilsiz kalıyorum. Susmaktan beter bir durum bu. Saçmasapan şeyler söylüyorum ve özlediğim sevginin kuzulara; köpeklere verildiğini görüyorum. Çünkü kuzular meleyerek, köpekler de kuyruk sallayarak o sevgiyi apaçık istiyorlar. Bana öyle geliyor ki dünyada sonsuz sevgi dile gelmek için can atar, dudaklarda tir tir titrer, gelgelelim dile gelmeye utanır, utanır! dedi.

Ben:

– Şu Tosun Ahmet'e baksana, hiç utandığı yok, dedim.

Aliş:

– Herifin sevgisi yok ki utancı olsun. Sevgi isteyebilir, çünkü sevgiye ihtiyacı yok; sevgiyi teklif eder, çünkü vereceği sevgi yok. İşte bizim sevgimiz var ve o sevgi bize başkasının sevgilisiyle karıştırmayı özletiyor. Ne var ki gık demiyoruz, susuyoruz vesselam, dedi.

Hiç de yalan söylemiyordu.

Palamut bükü, ay şeklinde koca bir plajdı. Karşısında Rodos, Sömbeki, Tillos ve bu adaların yavruları başka adalar sıralanıyordu. Dört beş mil uzunluğunda dalgalar, sırtlarında köpükle karışık gökgürültüsünü açık denizlerden taşıya taşıya gelirler ve köpükle gökgürültüsünü, plajın enine devirirlerdi; yer sarsılırdı âdeta. Kayığımız bu koca plajın bir ucundaydı. Plaj çok uzun olduğu için, köylü kızlar –seçilemeyeceklerini bilerek, tenhadaymışlar gibi– çırçıplak soyunur, denize girerlerdi. İlk günü Aliş'le onları uzaktan görmüş, insan olduklarının bile farkına varamamıştık. Kayığımız ise çok fakirdi; bir dürbünü bile yoktu. Gemiden oraya baktıkça, kıyıdaki ağaran köpükten beyaz bir parça kopuyor, kumsalın üzerinde yürüyor ve kumsalın bittiği yerdeki sık çalılar arasında kayboluyor sanıyorduk. Elbette köpük yürüyemez, onun için birbirimize, "Bunlar acaba martı kuşları mı?" diye soruyorduk. İyice dikkat edince, onların insan olduklarını anladık. Hem de her gün aynı saatte geliyorlardı.

Bir gün, şafakleyin kızlar gelmeden gidip kumsalın kıyısındaki koskocaman bir yemiş ağacının yaprakları arasına saklandık. Yapraklar arasında küçük güneş parçaları kıpraşıyor, dalga çekildikçe, denizin şeffaf yeşilinden görünen dip kumlarında pul pul ışıklar, durmamacasına değişen oyalar yayıyorlardı. Parlak ışıkta, bal taşıyan arılar, sağa sola, koca altın kıvılcımlar halinde savruluyorlardı. Bakışlarımızı denizde ve karada oynaşan ışıklar kaplıyor, tam önümüzdeki yapraklardan örümceklerin sarkıttıkları ışık telleri tütüyordu. Ama gönüllerimiz ne yaprakta, ne çiçekte, ne de gidip gelen denizdeydi. Denizciliğe ilk kabul edildiğim gün gemiye koştuğum andaki gibi yüreğimin attığını duyuyordum. Aliş de galiba öyleydi. Çünkü beklenen ve sevilen bir şeyi ürkütmemek için, ona doğru usul usul, ayak ucuna basılarak gidildiği gibi; duyulmaktan korkarak, fısıltı ile konuşuyorduk. Oysa, ne görülmemiz, ne de duyulmamız olasılığı vardı. Çünkü ağacın o yapraklar denizi, birbirinin kulağına konuşan binlerce insanlar gibi, fısıldıyordu. Hele dalgaların kumlar üzerine diz çöküp devrilişi, bağıran yüz binlerce insanın sesi gibi uğulduyordu. Bize, o sesler hep kendi içimizde bağıran sesler gibi geliyordu da ürküyorduk. Ağacına, denizine ilgisiz, dallara takılakalmış, dikkat parçalarıydık sanki.

Sonunda kızlar ve kadınlar geldiler. Ben artık Aliş'in yanımda olduğunun bile hiç farkında değildim. Sanki evrende yapayalnızdım. Kızların bir tanesi vardı, onu, "Elif kız" diye çağırıyorlardı. Şalvarı kalçalarından aşağıya su gibi aktı. Gövdesinin birden meydana çıkan ışığı korkunç bir infilaktı da sanki, ışığı içimden bir aydınlık gibi geçiyordu. Ne bileyim, karanlık bir yere birdenbire bir meşale girmiş gibi, denize atılışının tuzlu çınlayışını tepemden tırnağıma yayılan bir ürperti ile duydum.

Dalgaların üzerinde parlayan neşesi, pırlanta üzerinde çakan ışık gibiydi. Nasıl ki, bir su damlası denize düşünce ayrılığını yitirirse, gördüğüm, kokladığım, işittiğim hep birbirine karıştı. Dalgalar bile, kıyıya çarpıp açığa dönerken, birbirini saran ve birbirinin koynuna akan çağlayanlardı Bütün koy gerilmiş bir çalgı teli gibi, dalgalar gidip geldikçe inliyordu. Deniz yürek gibi çarpıyordu.

Sonra denizden çıkıp gittiler. O anda uyku ve unutkanlık sırrına varmayı özledim. Ne çare ki Aliş'i yanımda gördüm. Ben kendimden, o da kendinden uyanıyordu. Gece, bir hırsızlıktan dönen suçlular gibi çalılar arasından, görülmeden, kayığa döndük.

Akşam güvertede yan yana yatıyorduk. Güneşle ısınmış yaban nanesinin tatlı ve ısırıcı soluğu, dağların kudretli kalçalarından fırlayan kıyı rüzgârıyla kayığa geliyordu. Deniz kıyısındaki tek tük evlerin önünde çamaşır yıkayan kadınların yüzleri, sıvalı kolları ve bacakları, batan güneşle alevlenmiş gibi kıpkızıl yanıyordu. Ben Aliş'e:

– Niçin utanıyoruz, çekiniyoruz acaba? dedim.

Omuzlarını silkti:

– Söyledim a, işte öyle, dedi.

O ılık güney gecesinin koynunda yıldızlar bile sıcaktı. Düşümde kendini bağışlayan güzel kadın hayallerinin etkisiyle artık yemiyor, içmiyor, para biriktiriyordum. Tosunun Ahmet ve bir iki tayfa daha, kentlere uğradıkları zaman gittikleri tuhaf yerleri birbirlerine anlatırlardı. Onlar anlatırken ben göz kulak olur, sokakların adlarını ve nerelerde olduklarını, beynime ateş mühürlerle damgalarcasına yerleştirirdim. Bu Tosunun Ahmetler ve öteki denizciler fena adamlar değillerdi. Yolculukları sırasında uğradıkları yerlerde hısım ve akrabaları yoktu. Yan sokaklarda onlara "Pıss... st! Pıs...sı!" diye çağıran kadınlara karşı saygıları bile vardı. Yoksul ve yapayalnız insanlardı. Nereye gitsinlerdi?

Kayık İzmir'e, ondan sonra İstanbul'a uğrayacaktı. Bodrum'a uğramayacağı için, Aliş bir Bodrum kayığı bulmak üzere İzmir'de çıkacaktı. Bense sefere devam edecek ve İstanbul'a da varacaktım. Portakal yükümüz tamam olunca Palamut bükünden kalktı. Tekirburnu'nu dolaşınca Bodrum'dan portakal ve mandalina ağaçlarının kokusu geliyordu. Oysa on sekiz mil açıktaydık. Gözlerim bağlı bile olsaydı memleketimi güzel kokusuyla bulurdum. Bodrum'un önünden geçerken, canımın canı masmavi kıyı gözlerimin karşısında gönlümce uzanıyordu. Denizin mavisi üzerinde o kadar temiz ve duru bir aktı ki; hemen bir saniye önce –aşk tanrıçası gibi– denizde ve köpükten yaratılıp kıyıya yayılıvermiş sanılırdı. Akşam olduğu için ışık şive değiştirdi. Kent beyazken açık mavi oldu. Aliş'le yan yana duruyorduk, çenelerimizi küpeşteye dayamıştık. Ona baktım, gözleri doluydu. Dönüp kente bir daha bakmadım. İşte Erkek Fatma, Kalafat Ahmet, Halil Usta, balıkçı Ateşoğlu, Nusret Ağa, Kasım Efendi, Kör Halit hep oradaydılar. Göktepe'nin merhametli gölgeleri kentin üzerine uzandı. Böylece, Bodrum'u göz göre göre geride bırakıp ayrılmak acısından bizi kurtardı.

Aliş İzmir'e çıktı. Biz İstanbul'a vardık. Ben adlarını ezberlemiş olduğum sokaklara doğru yollandım. Titriye titriye yürüyor, sıkılıyordum. Kadınların kara, kırmızı ve ak boyanmış suratlarıyla karşılaşınca içim bulandı. Tabana kuvvet kaçtım. İçimden kan ağlaya ağlaya topladığım paranın bir kısmını içkiye verdim. Ortalık kararınca kafam dumanlandı. Cesaret toplamıştım. Çiçek Sokağına doğru yollandım. Geçtiğim gün görmez dar yerler, leş gibi sidik kokuyordu. Yolun iki tarafındaki yüksek binaların kapalı pencereleri, kapaklarından çapak ve irin sızan hastalıklı gözlere benziyordu. Uzaktan uzağa çalınan lâternalar ve dişili erkekli şarkı söyleyen bozuk sesler, kadınların çığlığımsı yılışık yılışık kahkahalarının ğürültüleri, sanki deniz tutmuş gibi bana bir bulantı verdi.

Kendi kendime, "Ne cesaret? Bir kadının karşısına çıkıp da nasıl utanmadan, arlanmadan öyle bir öneride bulunacaksın?" diyordum. Ürkek ve çelimsiz adımlarla arasıra duraklıyor, yolumu değiştiriyordum. Sokakta gelip geçenler; evlerin, o kapalı gözlere benzeyen pencereleri, ağaran kaldırım taşları; hep hayretle faltaşı gibi açılmış, bana bakıyorlar sanıyordum. Bir türlü asıl sokağa dalmak cesaretini kendimde bulamayarak bir aşağı bir yukarı taban teptim. Büyük bir namussuzluk işlemekte olduğumu duyuyordum. Ama dişlerimi sıktım: "Haydi bire sen de! Pısırık, mıymıntı, budalasın! O evlerdeki kadınlar namussuzsa, oraya gidenler değil a. Oraları hep namuslu erkeklerin uğrağıdır" dedim.

Tam o sırada, feslerini çapkıncasına öne eğmiş, bıyıklarını burmuş, kol kola, omuz omuza vermiş üç külhanbeyi, cakalı adımlarla çalataban sokağa daldılar. Hafif bir yaprak gibi, artlarına katıldım. Bir evin kapısını onlar, biraz ötedeki başka bir kapıyı da ben çaldım. Yüreğim göğsümü yumrukluyordu. Yaptığım ne yüz karası şeydi! Harlayan kandan yüzüm ateş gibi yanıyordu. Kapı açıldı. Izgarada pişirilmiş uskumru balıkları olur; gözleri bulanmış ve balgamlaşmış gibi ağarır; işte bir gözü öyle bulanmış ve yumurta kadar yuvasından fırlamış, iriyarı yapılı, yaşlıca bir kadın önümde duruyordu. Yüreğimin bile beti benzi atarak, kireç kesildiğini duyar gibi oldum. Farkına varmadan öyle bir irkilmişim ki, kadın ağlayıcı ve çetrefil bir Rum şivesiyle, "Efendim bir nefis körletmekten ibaret değil mi? Onu başkası kadar ben de yaparım" diye yalvarmaya başladı. Sırtımı dönüp kaçamadım, oraya çivi gibi mıhlı kaldım. Korkmadığım için mi içeri girdim, bugüne bugün bildiğim yok! Bir zaman sonra tiksintiden, heyecandan, telaştan, şaşkınlıktan allak bullak, kendimi dışarıda buldum.

Denize açıldığım ilk gece, direk başında gördüğüm Oriyon yıldızları gökte pırıl pırıldı. Başımın üstündeki kırmızı fenerse, sanki domates gibi sulu ve yılışık bir gözdü. Palamut bükünde Aliş'le konuşup umduklarımız ne, dünyanın bize verdiği neydi?

Artık ben de Aliş gibi memlekete dönmek isteğiyle yanıyordum. Gönlüm sıla özlemiyle yorgun ve dolgundu. Bodrum, Erkek Fatma, Halil Usta, Kalafat Ahmet gözlerimde tütüyorlardı. Kader beni kanatlarının üzerinde gezdirmişti. Dünyaları dolaştım. Keşke orada kalmış olsaydım. Şimdiye kadar evlenmiş, unumu elemiş, eleği duvara asıp yan gelmiştim. Şimdiyse başımı taştan taşa vursam kaç para ederdi? Memlekete dönmek, orada oturaklaşmak için para gerekti.

İşin tersliğine bakın ki, o zaman İtalya bize Trablusgarp Savaşını açtığı için Türk kayıkları Akdeniz'de gezemiyorlardı. Kala kala yabancı yolcu vapurlarında iş bulmak kaldı. Sağa sola başvurdum. Bir gün, kahvehanenin birinde vapurlarda ateşçilik eden bir Fethiyeliye rastladım. Vapurlarda iş aradığımı ve bana salık vermesini yalvardım. Bana ödünç para verdi. Yemeğe ve ondan sonra da baloz denilen eğlence yerlerine çağırdı. Piyazcıda ciğer ve öteberi yedikten sonra Beyoğlu'na çıktık. Dükkânlardan, eğlence yerlerinden akan ışıklar kaldırımlardaki karanlığı çizgi çizgi kesiyordu. Kalabalığın yürüyen bacakları, dükkânına ve eğlence yerine göre, şimdi yeşil ve mavi, sonra kırmızı ve sarı olarak her adımda renk değiştiriyordu. Arkadaşım:

– Vapurlarda temiz iş görenler ve çok para alanlar olur, ama onlar vapur şirketlerinin hisse senetlerini tutanların hısım akrabasıdır. Sen istersen, dağları taşları kürekle kaz, ayda dört liradan daha fazla alamazsın, dedi.

– A canım arkadaş, ben razıyım; sen söz verdin ya, yarın şirkete gideriz, dedim.

Ben bunu söylerken benim bacaklarım gül pembe, onunkiler kavun içi olmuştu. Neyse, baloz denilen yere gittik. Hokkabazlar; palyaçolar, pehlivanlar oynadılar. Benim uykum geldi.

Ertesi günü, erkenden gelip, arkadaşı buldum. Loyd Triyestino denilen Avusturyalı vapur şirketinin acentesine gittik. Ertesi günü kalkarak Marsilya'ya gidecek olan bir vapurda ateşçi eksikmiş. Memurlar, ütüsü bozulmasın ve fantazi çorapları gözüksün diye, pantolonlarını çimdikliye çimdikliye yukarı çekerek beni ateşçiliğe kaydettiler. Elime de bir kâğıt verdiler. Vapura onunla gidecektim.

Sabah olunca bütün mallarımı bir çıkın edip koltuğumun altına sıkıştırarak Galata rıhtımını boyladım. Bizler, yani vapurda işleyecek ve vapuru yürütecek olan denizciler rıhtımda toplandık. Hepimizin ellerinde eski püskü çantalar ve çuvallar vardı. Vapurun bordası önümüzde kara bir duvar gibi yükseliyordu. Bu duvarda kapkara ve pis bir lumboz açıktı. Kafile halinde, kısa kısa adımlarla yürüyerek vapura giriyorduk. Yüzlerce ayaklı upuzun ve kapkara bir ejderha deliğine giren bir yılan gibi... Yolcular ise pek sağlam bir iskeleden, kadınlar çıtır çıtır yapmacık gülüşleriyle, beyler kurum kurum kurularak yukarı çıkıyorlardı. Küpeşteden bize bakanlar, cennetteki meleklerin aşığıda, yani cehennemdeki zebanilere bakışları gibi, yüksekten bakıyorlardı. İçimden, "İyi ki üzerlerimize tükürmüyorlar" dedim.

Bana yatacağım ranza ve nöbetim bildirildi. Vapurun kalkmasına yakın elvedalar başladı. Bizimse vedalaşacak kimsemiz yoktu. Elvedalar bile, salon mobilyaları gibi, ancak dünyalığı yolunda olanların kendilerine peşkeş çekebilecekleri bir lükstür. Benim bildiğim, anam, babam, amcam, atam dünyadan selamsız sabahsız çekilip gitmişlerdi.

Bundan önce ateşçilik etmiş değildim. Ama yapacağım iş o kadar basitti ki onu öğrenmek için çıraklık etmeye, ders almaya gerek yoktu. Bu iş, gövde gençliği, kol, bacak gücü, ateşin karşısında dayanıklılık ister. Bunlardan yana ise, çok şükür, bir eksikliğim yoktu. Nöbetim gelince, bana verilen ocağı bal gibi idare ettim. Nöbetim bitince, elimi yüzümü yıkadım, giysilerimi değiştirdim, sonra da hem vapuru gezip görmek, hem hava almak üzere, başaltından dışarı çıktım. Doğruyu söylemek gerekirse, yolcu vapurunun içi, dışından görünüşü kadar hoş değildi. Bu yolculuğumda, denizden çok vapur vardı. Nereye gidersem gideyim bol bol vapur, yani karanlık ve izbe, mağaramsı ambarlar, geçitler görüyordum. Deniz ise buralarda pek kıttı. Biraz deniz göreyim diye güverteye çıktım. Gemi Marmara Denizinde gece esmiş ve dinmiş lodosun ölü dalgaları üzerinde kalkıp iniyordu. Ben ateşçi olduğumdan birinci mevkie gidemezdim. Üçüncü mevki güvertesi ise, insanın durduğu yerde dönemeyeceği kadar dar ve kalabalıktı. Ne var ki, oradan birinci mevki güvertesini görebiliyordum. Güverte gölgeleri, gemi sallandıkça, gizlenmiş oldukları yerlerden beyaz güvertenin üzerine uzanıyorlar, sonra kendi cesaretlerinden ürkmüş gibi birdenbire köşelerine çekilip gene gizleniyorlardı. Salonun kenarı ise hep gölgeliydi. İşte oraya bir sıra şezlong konmuştu. Üzerlerinde kıymetli kürklerle örtülü, kürkler kadar pahalı yolcular vardı. Amiraller gibi apoletli ve sırmalı garsonlar, onlara tepsiler dolusu bir şeyler getiriyorlardı.

Vapura iki zengin Moschild'in yolcu olarak geldikleri fiskos edilmişti. Onları tanımadığım halde, gerçek insan ve yolcu olarak yalnız kendileri varmışlar gibi bir tavır takınmalarından ve bu düşüncelerinin bütün öteki yolcuların onlara, yerlere sürünürcesine saygı göstermeleriyle onaylanışından o iki yaşlı kadının Moschild ailesinden olduklarını anladım. Sanki bütün toplum bunları güzelleştirmek, dudaklarını rujlamak, giydirip kuşatmak için, ressamıyla, terzisiyle, yazarıyla, mimarıyla yarışa çıkmıştı. Neredeydi bu pörsümüş ve eskimiş et yığınları, neredeydi benim çelik tel gibi Erkek Fatmam! Vallahi şu iki cadaloz Fatma'nın pabucu bile olamazlardı.

İkinci nöbetimi bitirince gene vapuru kolaçan etmeye koyuldum. Bir geçit vardı ki oradan garsonlar gider gelirlerdi. Orada kime rasgeldim dersiniz? Bodrumlu Pahos'a! Gerçi Bodrum'dayken biz Rumlara gâvur derdik, herhalde onlar da bize daha övücü olmayan sıfatlar verirlerdi. Ama yabancı illerde birbirimize rastlayınca, içtiğimiz su ayrı gitmez, bir anadan doğmaymışız gibi birbirimize sarılırdık. Beni görünce,

– More Mahmudu, sen burada ne arar? diye kollarını açıp beni bağrına bastı.

Ben:

– Ateşçiyim, dedim, para biriktirip memleketime gideceğim.

Zavallı Pahos, bana nasıl ikram ve iltifat edeceğini şaşırdı. İstanbul'dan patlıcanla sarmısak almış. Beni akşam yemeği için mutfağa davet etti. Çünkü dostu olan aşçıbaşıya gizli gizli imambayıldı pişirtiyormuş.

– Aman, bu Frangosların çürük etleri yenmiyor. Görsen, yolculara ne pis pis kokmuş şeyler veriyorlar? Üzerlerine konulan salça olmasa yenilir yutulur değil, yanlarına bile yanaşılmaz, dedi,

– Neden dedim, gördüm, pek güzel a...

– Ah bre bilmezsin Mahmudaki, ben salon yolcularının garsonuyum. Burada her şeyin bir iç yüzü, bir de dış yüzü var. Bir masa üstü ve bir masa altı var, dedi.

Ondan sonra memleketten söz ettik. Söz

döndü dolaştı, ben Fatma'yı övdüm, o da Marika'yı. Ama ikimiz de içimizi istediğimiz gibi açıp deşemedik. Çünkü onun garsonluğu ve benimse ateşçiliğim vardı.

Akşam olunca mutfağa gittim. Salonda çalan cazbandın gürültüsünü uzaktan uzağa işitiyorduk. Pahos, "İştahı açılsın" diye, salon yolcularının içtikleri en pahalı bir içkiyi sundu. Birdenbire cazbandı takımıyla yutmuşa döndüm. Pahos'un kendisi de içti. Yemeği yedikten sonra Pahos, "Dur sana göstereyim" diyerek beni salona açılan ve garsonlar tarafından kullanılan bir kapının önüne getirdi. Kapı aralıktı. İçerisi iyi görülüyordu. Salon yolcuları yemek yemek için masalara doğru yürüyorlardı. Yemek salonu renkli camlardan bir kubbe altıydı. Mobilya, en nadir ceviz ve başka ağaçlardan yapılma sert ve sağlam şeylerdi. Ama renk renk ışıkların donukluğu dolayısıyla, keskin kenarları ve şekilleri sanki buğulanıp birbirine eriyor ve göze bir yumuşaklık etkisi veriyordu. Her taraftan süslü saksılar içinde palmiyeler yükseliyordu. Masaların üzerindeki küçük ampuller loş bir ışık veriyor, alçakta duran bu ışıklar tavanlara doğru uzun gölgeler salıyordu. Beyaz eldivenli garsonlar sanki insan değillerdi de sessiz sessiz yüzen hayaletlerdi. Kadınların çoğu dekolteydi. Aralarında İngilizler, Amerikalılar, Danzigliler, Stockholmlular, Orta Avrupalılar vardı. Kimisi kocasıyla, kimileri –kocaları memleketlerinde para edinmek işine devam ettikleri için– yalnız gelmişlerdi. Her birinin giydiği elbise "Paris!" diye haykırıyordu. Hele birisininki ışıktan yapılma bir ağa benziyordu; sanki gök mavisinden kırpılma mavi benekler mi, kelebekler mi diyeyim, işte onlar, bu ışık ağına yakalanmışlardı. Erkeklerin çoğu yemek yemek için sırtlarına kırlangıç kuyruk frak takmışlardı. Bunu niye giyiyorlardı sanki, onsuz yemek yenmez miydi? Kadınların biri, yürürken kalçalarını büyük bir ustalıkla sallıyordu. Doğrusu benim de bakışım kırlangıç kuyruklarınki gibi gerdanının süt beyazı parlaklığı üzerinde kaydı. Pahos'a onu göstererek:

– Bu kim? dedim.

Pahos:

– Pule de lux, yani lüks tavuk, dedi.

– O ne ki? diye sordum.

– Sen bilmezsin Mahmudaki, pahalı esnaf kadınlara öyle denir. Onun yumuşak, sıpsıcak, kuş tüyü yatağı hiç boş kalmaz. Bir vapurdan çıkar, öteki vapura girer. Karada hiç kalmaz. Onun için ona lüks tavuk değil, lüks ördek demeli! diye cevap verdi.

Artık bütün yolcular masada yer almışlardı. Her birisi güzel kokularla, boyalarla, kremler, sürmelerle, giysilerle kendilerini elden geldiği kadar göz alıcı ve çekici yapmaya uğraşmış olmasına karşılık pek teklifli bir tarzda yemek yiyişlerine şaştım. Pahos:

– Sen onların bellerinden üst taraflarına bakma, masaların üstünde başlar anlaşmıyor gibi birbirinden uzak duruyorlarsa da masanın altında bacaklar pek iyi anlaşırlar. Hah işte, içmeye başladılar. Müzik de çalıyor. Eğil Mahmut eğil, dedi.

İkimiz de eğildik. Masadaki insanlar, telgraf direkleri gibi, birbirinden ayrı, yerli yerlerinde duruyorlardı. Ama, başımı indirince, masaların ve sandalyelerin tahta bacaklarıyla insanların et bacaklarının birbirine karışmış pek dolambaçlı bir bacaklar ve ayaklar bulamacı halinde kaynaştıklarını ve ileri geri birbirini arayıp araştırdıklarını gördüm.

Marsilya yolculuğum on gün sürdü. Bu sırada biz ateşçilerin eşekler kadar haysiyetimiz yoktu. Bu zamanın yarısını kızıl ateş karşısındaki kıpkızıl yanan süngüleri ateşe sokup çıkarmakla, gelberi ile dışarıya çektiğim pislikler arasındaki alevli kömür parçalarıyla ayağımı, bacağımı dağlamakla, kan ter içinde kaldıktan sonra serinlemek için makinelerin ağzına giderek orada buz kesip öksürmekle geçirdim. Kullandığımız, kömür süngüsü değil, ömür törpüsüydü. Eğer yemek konusunda ve başka şeylerde Pahos'un yardımı olmasaydı, para biriktirmek şöyle dursun, üstelik bir de borca girecektim.

Neyse, yolcularımızı Marsilya'ya boşalttık. Onların yerine başka yolcular aldık. Gerçekten de biz yolcu gemisiydik, bunlar da yolcuydu. Hem de tam yolcu. Paketin kâğıtla sarılıp postaya verildiği gibi, bunlar da Paris'te tuvaletlendirilip bize veriliyorlardı. Biz de bunları içleri saman dolu çuvallar gibi lüks kamaranın içine taşıyor, bir yerden bir yere götürüyorduk.

Dönüş de tıpkı gidiş gibi geçti. Benim ocaktaki nöbetlerim, Pahos'la hoşbeş edişlerim, yolcuların tuvalet saati, yemek saati, cazbant temposuyla birbirine sulanma ve gece olunca kamaradan kamaraya gizli gidiş gelişler saati falan filan.

Bir gün serinlemek için yukarıya güverteye çıktım. Bütün güvertesi denizle süprülen küçük bir yelkenli kayık gördüm. Biz rahat rahat giderken, o, koca enginde ölüm dirim savaşındaydı ve savaşla şanlıydı. Bizim salon yolcuları yukarıda tuzlu bademler çıtırdatarak birbirleriyle flört ederlerken orada denizci arkadaşlar, bir tarafta koskoca deniz ve bir tarafta o koskoca denize karşı koyacak olan kendileri, çıplak göğüslü masumiyetleriyle aslan gibi dövüşüyorlardı. Elimde olsaydı, vapurdan atlar, denizci arkadaşlara kavuşurdum.

Ben böyle bakar dururken bir çan çaldı. Yemeğe hazırlan çanıydı. Şimdi herkes akşam tuvaletini yapmaya koyulacaktı.

Dönüş yolculuğunda en çok heyecanlandığım dakika, Arşipel denizine girdiğimiz dakika idi. Hatta gemiciler ve yolcular bile gözlerini biraz açarak, "Arşipel'e giriyoruz" diyorlardı.

Sözü uzatmayalım, birkaç lira ile İstanbul'a gittim; bir Karadenizli taka ile de İzmir'e. Oradan ötesi kolaydı artık. Eh, sonunda Erkek Fatma'ya kavuşacaktım. Onda herkeste arayıp arayıp da pek az bulduğum ya da hiç bulamadığım ve hep özleyip durduğum bir şeyin pek çoğu vardı.

A CANIM, YURT BAŞKADIR

Neyse, memlekete ulaştım. Memleketin güneş yanığı ve yolun tozu toprağı ile esmerleşmiş çocukları arasından geçerek evimin kapısının önüne vardım. Evi bir yıkıntı halinde buldum. Kapının anahtarı komşumuz Hüsniye bacıdaydı, onu aldım. Evin önünde bahçe vardı, otlar boğmuş; annemin diktiği iki gül ağacı, karanfiller ve daha başka çiçeklerin hepsi kurumuş; yalnız sabırlıkla iki yüksek hurma ağacı olduğu gibi duruyorlardı. Bahçede, deniz görünüyordu. Bakışları ve düşünceleri hep denizde, kulağı hep rüzgârda yaşamış olan kara kuru anacığımı oracıkta öyle özledim ki. Sonra, onun mezarını aradım. "Çamın altında, Hacı kadının sağ tarafına gömdülerdi" dediler. Orada bir değil, dört mezar –yani toprak kümesi– vardı. Bunların yalnız birisinin üzerinde bir tahta parçası duruyordu; üzerindeki yazılar da yağmurla, güneşle silinmişti. Anamın mezarını bulamadım gitti.

Evin kapısını açtığım zaman beni bir küf kokusu karşıladı. Biz sandalye, koltuk yerine, gaz tenekelerini, portakal sandıklarını yan yana koyar, üzerlerine hasır, kilim, ya da post atardık. Kışın çok soğuk olursa, o sandıkları kırar ocakta yakar, kilimler ve postları da ocağın önüne serer ısınırdık. Ne sandıklar, ne de postlar kalmıştı.

Bakkaldan bir kova, biraz ip, bir süpürge ve ocak için bir maşa aldım. Üst katta, pencere kapaklarının çürüyüp dökülmüş yerlerinden giren kumrular, her tarafa yuvalanmışlardı. Oralarını silip süpürüp yıkadım. Ocağı yaktım. O gece evde yatıp uyudum.

Ertesi günü eski arkadaşlara, sonra da Ateşoğluna uğrayacaktım. Fatma'yı görmeyi geciktiriyordum. Onu görmek umudunun sevincini daha uzun boylu tatmak için. Doğruyu söylemek gerekirse, ben herkesi ve her şeyi bıraktığım gibi bulacağımı sanmıştım. Halil Ustayı yine dükkânında, Nusret Ağa ile Kasım Efendiyi yine orada bulacağımı ummuştum. Nusret Ağa ölmüş. Kasım Efendi ortadan kaybolmuş... Bir gün onu başı boş gezerken görmüşler; memurluk yaşamını ve hangi tarihte, nerede, ne kadar maaş almış olduğunu dağlara, taşlara ve ağaçlara bağıra bağıra anlatıyormuş. Bağlayıp İzmir'e tımarhaneye götürmüşler. O insan tanır, bilir ve anlar, cin bakışlı Halil Ustayı, gözlerinin ışığı sönmüş, ak saçlı, ak sakallı bir insan çöküntüsü buldum. Ona da denizcilikten söz ettiğimde, gözleri uyanır gibi oldu, sonra yine söndü; gönlü dükkânı gibi karanlıklaşmıştı. Öteki tanıdıklarım da hep başkalaşmışlardı. Bodrum'a varınca duyacağımı umduğum tadı bulamadım. İnsan bir mevsimde, bir ağacın belli bir dalında bir yemiş buluyor; yiyor ve hoşuna gidiyor... Bir iki mevsim sonra gene aynı dalda aynı yemişi arıyor; ya yemiş o dalda bulunmuyor, ya da bulunursa hoşa gitmiyor; belki yemişi arayan değişmiş oluyor.

Neyse, canım sıkıla sıkıla Ateşoğlunun evine doğru yol aldım. Onu evinin meydanlığının ortasındaki harup ağacının gölgesinde buldum. Ağacın kütüğündeki bir kırık dala barbunya ağının mantar yakasını iliştirmiş, kurşun yakasının bir deliğine çıplak ayağının baş parmağını geçirerek ağı germiş, onarıyordu. Ona selam verdim, başını kaldırmadı. Kim olduğumu söyledim... Sevincinden etekleri zil çalacak sanıyordum; umursamadı bile; herhalde bir tasası vardı. Gözlerini işinden ayırmadı. Ta neden sonra, başını döndürdü. Güneşe bakıyormuş gibi elini alnına getirdi. Beni tanımadı:

– Ne istiyorsun evlat? dedi.

– Yahu Ateşoğlu amca, beni tanımadın mı?... Süleyman Kaptanın oğlu Mahmut! dedim.

Başını eğdi, düşündü düşündü, ta neden sonra:

– Ha! Mahmut, hoş geldin oğlum, diyebildi ve başını gene önüne eğdi.

– Çocuklar nerede? dedim.

Bir deri, bir kemik elinin üzerinde kan damarları solucanlar gibi kabarıyordu. Elinde tuttuğu ağ mekiğiyle evi gösterdi. Gerçi Bodrum'a bin bir umut ve yürek çarpıntısıyla gelmiştim ama, şimdi iş değişmişti. Ateşoğlunun evine bir kara haber duymaktan korka korka yürüyordum. Felaketin kendine vergi bir havası vardır; onun yaklaşmakta olduğunu, insan, yüreğinde soğuk soğuk duyar. Artık çekine çekine yürüyordum. Evde birkaç çocuğun ağlamakta olduğunu duydum. Kapı açıktı. Eşikte durdum. İğne ipliğe dönmüş iki kapkara çocuk, kırk kırk beş yaşlarında bir kadın, "Dur seni piç kurusu, senin canını çıkarmazsam bana adam demesinler" diye yaygaralar koparak, elindeki kepçe ile, dört beş yaşında olanını dövüyordu. Yanaşırken adımlarımı duymamış, beni kapının önünde görmemişti. Dövülen çocuk avaz avaz bağırıyordu. Kadının saçları ayağa kalkmış, gözleri yuvalarından fırlamıştı. Bir eliyle çocuğun topuğundan tutuyor, yerde debelenen çocuğa, kepçe ile rastgele –sırtına, başına, omuzlarına– vuruyor, çocuk kendini sakınmak için kirpi gibi tortop oluyordu. Ocaktaki ateşin alevi, gözyaşlarında kırmızı kırmızı parlıyordu. Ananın aklı başından gitmiş gibiydi. Uzun sağ kolu yeldeğirmeni kanadı gibi muntazam, kalkıp iniyor, kepçe çıplak etler üzerinde şaklıyordu. Kadının kuvveti mi tükendi, yoksa içine fenalık mı geldi, her neyse, yetişip de elinden kepçeyi alacağım zaman yere dizüstü düştü. Kepçe yerde şakırdadı. Başı bir tarafa yığıldı, dudağının bir tarafı titriye titriye aşağıya sarktı. Yüzü yıkılıyormuş gibi eğri büğrü oldu. Hıçkırıklarla kıyılan bir sesle, "Ah yavrucuğum!" diyebildi. Sonra hüngür hüngür ağlamaya koyuldu. Hıçkırıklarla sarsıla sarsıla bir kenara doğru sürünerek giden çocuğunu koşup kaptı, koynuna bastı. Onu durmamacasına öpüyor, okşuyordu. Saçı başı birbirine karışmış ana ile çocuk, birbirine kitlendiler. Ben ne bu çocukları, ne kadını tanıyordum. Kadına:

– Bacı, Erkek Fatma nerede? dedim.

– Paşaoğlunun tarlasında taş ayıklıyor, akşama gelir, dedi.

Ben denize gitmeden önce, evde Ateşoğlunun kız kardeşi, yani Erkek Fatma'nın halası vardı:

– Halime hala nerede? diye sordum.

– O, Yeni Mahalle'de Hacı Resul'ün evinde badem kırıyor; evi de orada, dedi.

Şaşırdım:

– Pekâlâ, akşama gelirim, dedim.

Hızlı adımlarla ayrıldım. Gideliden beri Ateşoğluna bir şeyler olmuştu. Ama ne olmuştu? Halime haladan anlamak imkânsızdı. Çünkü o, bu saatte badem kırıyordu. Ancak akşamleyin evine dönecekti. Akşamleyinse ben Erkek Fatma'yı görmek üzere Ateşoğluna dönecektim. Fatma'nın adını sanki bir ölünün adıymış gibi anıyorlardı. İçime kasvet çöküyordu. Meraktan patlayacaktım.

Deniz kenarına indim. Karaya çekilmiş goletler, tirhandiller, baltabaş, kemanbaş tekneler arasında yürüyerek, kahvelere geldim. Kahvedekiler bana:

– Merhaba! Hoş geldin! diye selam verdiler.

Hep kahveler ikram ettiler. Ben bir erkek, yabancı bir kadın hakkında kahvedeki erkeklerden bilgi isteyemezdim ama, Ateşoğlunu sorabilirdim...

– Yahu, Ateşoğluna ne oldu? dedim.

Ben seferdeyken evlendiğini, çoluk çocuğa karıştığını söylediler. Demek ki evde gördüğüm kadın Erkek Fatma'nın üvey anası ve o yarı çıplak, kansız ve cılız çocuklar da üvey kardeşleriydi.

Akşama kadar başka bir şey öğrenemedim. Akşam olunca erkence Ateşoğlunun evine döndüm. Fatma daha gelmemişti. Ateşoğlu da balığa gitmişti. Evin eşiğine oturup bekledim.

Sular kararmadan biraz önce Erkek Fatma uzaktan fıtasıyla göründü. Onu yürüyüşünden tanımamak imkânsızdı. Titriye titriye ayağa kalktım, hızla ona doğru yürüdüm. Yanaştıkça yüzünü seçebiliyordum. Ne var ki yüzü, Erkek Fatma'nın yüzü değildi. Tanımadığım mosmor, koskocaman ve tostoparlak bir surattı. Yanılmışım diye durakladığım zaman, o da beni gördü, tanıdı. Birdenbire, bir yerini fena halde incitmişim gibi, dudaklarından bir çığlık koptu; acele bir el hareketiyle yüzünü fıtasıyla örtüp gizledi. Yalnız bir gözünü açık bıraktı. Bana doğru hızla yürüdü. Göğsü yürek çarpıntılarıyla sarsıla sarsıla kalkıp iniyordu.

– Mahmut, sen misin? Neden geldin? dedi.

– Senin için geldim, dedim.

İçimden, "O kırmızı yüzü yanlış görmüş olacağım" diyordum. Ona:

– Fatma bu ne hal? Ben ayrılalıdan beri kaç göçe dört el sarılmışa benziyorsun, dedim.

Sesi ve sözleri, boğulan bir insanın ağzından çıkan hava habbeleri gibi gargaralanıyordu. Bu karmakarışık söz kalabalığına, dikkat kesilen gönlümü, kulağımı, zihnimi verince, bir av tüfeğiyle yüzüne ateş edildiğini, yüzünün berbat ve bir gözünün de akmış olduğunu anladım. Yüreğim cızz diye yandı. Dünya tepeme yıkılır, belkemiğim kırılır gibi oldu.

– Oturalım, dedim.

Karşı karşıya yere bağdaş kurduk.

– Yüzüne gözüne ne olmuş olursa olsun, ben senin için buraya geldim. Evleneceğiz, dedim.

Onun açık bıraktığı o tek gözü bakışımı aradı. Gözlerimin içine bakıyordu. Sonra,

– Bak! diye fıtasını bir kenara fırlattı.

Yüzü kıpkırmızı kabarcıklarla çimdik çimdik olmuş ve iki misli büyüyerek toparlaklaşmış, yekpare bir yara idi. Akmış olan gözünün yeri derin bir kırmızı çukurdu. Saçları ve gözünün biri Fatma'nın eski gözü ve eski saçlarıydı. Ama bunlar yüzünün çirkinliğini gidermiyor, daha çok açığa vuruyordu.

Bir süre ağzım açık kaldı, dilim tutuldu. Yüreğimin çarpıntısından kurtarabildiğim kırık kısık heceler hıçkırırcasına:

– Zararı yok. Bu kaza birlikte mutlu olmamıza engel olamaz, diye başladım.

Ona öyle acıdım ki, söylediklerim ve sesim belki insan sesinin ve sözünün en okşayıcı yumuşaklığına vardı. Söylediklerimin içini karıştıran bir hoşlukla bağrına sinmekte olduğunu sezdim. Derece derece tasasının dinmekte ve içinin ısınmakta olduğunu görünce silkinip hız aldım. Artık içimde ne var ne yoksa hepsini döküp saçıyordum. Zaten onun eski yüzü beynimin ve gönlümün ta derininde o kadar silinmez bir biçimde yer etmişti ki, eski güzelliğinin hayali, gözümün önünde bütün açıklığıyla duran şimdiki çirkinliğini bile bana unutturuyordu. Ona:

– Görürsün, ne güzel çocuklarımız olacak. Kız iseler, haniya viranede seninle kayık yaptığımız zamanlardaki Fatma gibi olacaklar, diyordum.

Tek gözünün bakışı bakışımı aradı ve gözlerimin içine sevgi ile bakakaldı. Sonra derin bir uykudan birdenbire sarsılarak uyandırılıvermiş gibi doğrulup irkildi:

– Ben de ninni dinleyen ufak bir çocuk gibi oturup seni dinliyorum, dedi.

Eliyle yüzünü işaret ederek:

– Bu surat çekilir mi? Sanki kendi suratımı aynada, suda görmüyor muyum? Sen bana acıdığın için kendini göz göre göre yakıyorsun, dedi.

Eliyle yavaşça göğsümü dürttü:

– Git! Mahmut, sana yalvarırım git! dedi.

Üzerinde bir masum çocuk hali vardı. Belkemiği çatır çatır kırılırcasına, hem kendine, hem de bana karşı koymakta olduğu besbelliydi. İçi kan ağlıyordu:

– Yanlış anlama Mahmut; yalan söylemiyorsun, sözlerinde zerrece yalan olsaydı belki sana varırdım, dedi.

– Ben sensiz edemem, evleneceğimize söz ver, dedim.

İleriye atılarak, yüzünü iki avcumun arasına aldım ve yıllarca çekmiş olduğum özlemin bütün şiddetiyle onu öptüm.

O anda bakışı korkunç bir çığlık gibiydi. Sanki kader, sözden ve sesten yırtılarak ayrılmış ve bir bakış olmuştu. Göğsü kasırgadaki dev denizler gibi inip çıkıyordu. Göz göze takılakaldık. Boğazında toplanan düğümü yutmaya uğraşıyormuş gibi birkaç kez yutkunduktan sonra, duygu ile kalınlaşan bir sesle:

– Acele etme Mahmut... Sen geleli daha dün bir, bugün iki. Yarın akşam gel, sana söz verip vermeyeceğimi söylerim, olmaz mı? dedi.

İsteğine baş eğmekten başka yapılacak iş yoktu. Ayrılırken dönüp dönüp bakıyordum. Ay ışığında bir mermer heykel gibi taş kesilerek duruyor, bana bakıyordu. Zavallı Fatma, ne hale gelmişti! "Ama zararı yok, ben bunun acısını çıkarırım" diye düşünüyordum. Yamacın tümseğini dönünce onu artık göremez oldum.

Ertesi günü Fatma'nın başına gelen felaketi en ince ayrıntısına kadar öğrenmek için çalmadık kapı, başvurmadık insan bırakmadım. O işi öğrenmek merakı içimi öyle yiyordu ki, bir erkeğin, bir kız ya da kadın hakkında, başka bir erkekten bilgi istemesi ayıp da, uygunsuz da olsa umurumda değildi. Onunla evleneceğimi açık açık söylüyordum. Bendeki öğrenmek ihtiyacını yeterince tatmin için herkes olayı hatırladığı gibi değil, fakat unuttuklarını bile hatırlayıp söylemek için zihnini kurcalıya kurcalıya anlattı. İkindi olmadan, sanki olay hemen o gün olmuş ve ben de orada bulunmuşum gibi her şeyi biliyordum.

Önce şunu anlatayım:

Fatma, Gerenkuyu'daki Ballı çiftliğe babasıyla her gidişinde, çiftlik sahibi İsmail Çavuş mutlaka kıza sulanırmış. Bir gün daha ileri giderek, bekçisi diye getirdiği Ahmet Ağaya Fatma'yı yakalatmaya kalkışmış. Ahmet Ağa, Fatma'yı yaka paça sürükleyemeyeceğini anlayınca bıçak çekmiş. Fatma bir taşla bekçiyi yere sermiş. Ondan sonra bir yaban kedisi gibi İsmail Çavuşun üstüne saldırarak birkaç sille ve tokatla onu da bekçinin yanına sermiş.

Zaten Ateşoğlunun balıkçılıktan ekmeğini çıkarması, taşı ezerek ve burarak taştan et suyu çıkarmaya benzermiş. Ama adamın her balık seferinden önce karşılaştığı başka bir derdi varmış. O da paraketelere yem bulmak derdi. Ahtapot bulursa ne âlâ, bulamazsa balık avlayamayarak aç kalacağı için, bomba ile gizli gizli yemlik küçük balıklar vurmak zorunda kalırmış. Denizin tuzundan mıdır nedir, Ateşoğlunun gözleri biraz bulanık gördüğü için fitilin cigara ile ateşlenecek barutunu hiç göremezmiş. İşte o zaman Erkek Fatma imdadına yetişirmiş. Zaten çelik gibi kızmış ya, bombayı tutuşturur ve yaman sallarmış. Balıklar dönüverirler, yüzenler denizin yüzünü, batanlarsa denizin dibini gümüşe çevirirlermiş. Dipte iriyarı birkaç balık kalırsa, Fatma hemen soyunur, dalar, onları çıkarırmış. Köpek balığı gelirse, iki elinin birinde tuttuğu balığın birini, "Al senin payın!" diye köpek balığına, ötekini de, "Bizim payımız!" diye kayığa getirirmiş. Yüzdeki yemlik ya da iri balıkları kepçe ile toplarmış. Ama bu dayak olayından sonra bir yandan çiftlik sahibi, bekçileri ve ortakçıları, öte yandan da Ateşoğlu ve kızı arasında acımasız ve amansız bir mücadele, bir kurnazlık ve birbirini faka bastırmak yarışıdır başlamış.

Bu işin kötü yanı, yemlik balıkların, tam İsmail Çavuşun malı olan arazinin sazlık kıyılarında pek bol olmaları, bir de, İsmail Çavuşun kalabalık hizmetçilerine karşı ihtiyar Ateşoğlu ile Fatma'nın pek yalnız kalmalarıymış.

Bir akşamüzeri sular kararınca Ateşoğlu uzaktan bakıp kıyılarda ve sazlıklarda kimsenin bulunmadığına kanaat getirince kıyıya yanaşmış. Fatma'nın savurduğu bomba su içinde donuk bir gümleyişle patlamış. Suyun yüzünden bir su sütunu fışkırıp yine denize şarıldamış. Alacakaranlıkta, sırtüstüne dönen balıklar suyun yüzüne hasır gibi serilmişler. Fatma dipte salınan birkaç iri balığı dalıp çıkarmak için soyunmuş. Tam o sırada sık çalıların arasından keskin bir ıslık çalınmış ve bir tüfek patlamış. İşte o zaman Fatma'nın bir gözü akmış, iri saçmalar, kıpkızıl şişler gibi Fatma'nın yüzüne, gözüne ve gerdanına batmış. "Davranmayın hırsızlar, bombacılar!" diye bağıran üç dört erkek sesi duyulmuş. Kız inlemiş, kayığın dibine düşmüş. Ateşoğlu, "Fatma! Fatma!" diye seslenip durmuş. Kız bütün kuvvetini toplayarak, "Hiçbir şey yok yahu..." diyebilmiş. Kalkmış ve küreklere geçmiş. Bir gözü ile hayal meyal görerek kürek çekiyormuş. Arasıra içine baygınlık gelince su içiyor, gene küreklere davranıyormuş. Ağır ağır inleyerek soludukça, Ateşoğlu, "Ne oluyorsun?" diye sorarmış. O da, "Bıraktığımız yemliklere, balıklara acıyorum. Balık avlayamayacağız" dermiş. Dişleri soluğunu kıyıyor ve soluğunu çekerken yüzünden akan kanı içiyormuş. Ağzını kapalı tutmak isterken kuruyan kan dudaklarını birbirine yapıştırıvermiş. Böylece sekiz mil kürek çekmiş.

O gece Bodrum'a dönünce bütün ev halkı yırtınmışlar; duyulmasın diye seslerini kısarak ağlamışlar. Bomba atmak yasak olduğu için duyulup Ateşoğlu ve Fatma'nın hapishaneye götürülmesinden ürkmüşler. Bittabi İsmail Çavuş bunların hepsini bildiği için tüfekle ateş etmişmiş!

İşte bu işten sonra Ateşoğlu birdenbire çöküp bunamış. Erkek Fatma gözlerinin ışığı gibiymiş. "Onu söndürdüler" demiş ve tuhaf bir yoksulluğa ıssızlığa bürünmüş. Bayağı, babası anası ölüp de yapayalnız kalmış çocuklar gibi öksüz kalmış. Sırtı bükülmüş, bacakları tutulmuş... Konuşulduğu zaman konuşanlara bomboş bir bakışla bakarmış. Sanki aklı çok uzaklarda imiş de, aklını söylenen sözlerin üzerine toplamak için bir hayli vakit –gözler yerde– beklermiş.

Bu olup bitenleri kime sordumsa, sözlerini, "Ateşoğlu yolcudur artık!" diye bitiriyorlardı.

Akşam olunca yüreğim çarpa çarpa Ateşoğlunun evinin yolunu tuttum. Fatma daha gelmemişti. Arasıra Zehra teyze, dönüp dönüp yüzüme, bana acıyan bakışlarla bakıyordu. Hatta birkaç kez bir şeyler söyleyecek oldu. Ama gene vazgeçti.

Zehra teyzeye:

– Ne o teyze, dilinin ucunda bir şey var; neyse hele söyle! dedim.

Yutkundu, yutkundu:

– Bak, sana söyleyeyim Mahmut, Fatma'yı hiç bekleme; o buraya dönmemek üzere başını alıp gitti. Senin için söz bıraktı. Birbirinizle evlenirseniz sana da, ona da çok acı olacağını söyledi. Sana selam bıraktı. "Yüzümün ne hale geldiğini hatırlasın, beni unutsun, beni hiç aramasın, bulamaz, ıraklara gideceğim" dedi. Ne yapalım oğlum. Allah kısmet etmemiş, dedi.

Sanki üzerime bir yaylım ateş açılmış da kurşunlar kemiklerimi kırmış gibi oldu. Bir paçavra gibi sarka kaldım. Zehra teyzeyi çok sıkıştırdım. Fatma'nın nereye gittiğini gerçekten bilmiyordu.

Kaybedecek vakit yoktu. Koşa koşa dışarıya fırladım. Fatma uzun bir yolculuğa çıkmışsa, Bodrum köylerine doğru değil, Milas'a gitmiştir diye düşünerek, Yokuşbaşı yolunu tuttum. İşte ondan sonra onu haftalarca köşe bucak aradım. Bir türlü bulamadım da bulamadım vesselam.

Üstüme bir yorgunluk argınlık, bir ezginlik bezginlik, ne bileyim, bir üşengenlik, uyuşukluk çöktü. Vursalar tınmıyor, patlasalar umursamıyor, konuşsalar kulağıma girmiyordu. Üstelik elimde avcumda da hiçbir şey kalmamış gibiydi. Pılıyı pırtıyı toplayıp denize çıkmak zorunda olduğumu düşündükçe içim acı ile burkuluyordu.

Babamın arkadaşlarından Zeynel Kaptan adında biri vardı. Babamla yaşıttı. Enikonu denizde gezmişti. Birkaç yıl dolgun navlunla denizde mekik dokuyup da cebi para yüzü görünce, çok kayık sahipleri gibi denizden daha fazlasını çıkarmaya tamah etmeden kayığı satmış, bahtı yardım etmiş, birçok araziyi kelepir olarak ele geçirmiş, onları bahçeye döndürmüş...

Bu adamın biricik bir kız evladı vardı. Babam annem sağken, babam anam ve bütün mahalleli beni ona gelecekte koca, onu bana gelecekte karım diye gösterir dururlardı. Ben o kıza –Ayşe'ydi adı– çok sinirlenirdim. Bir türlü birlikte oynayamazdık. "Kayık yapalım da denizde oynayalım" derdim, o, "Bebek yapalım da salıncakta sallayalım" derdi. Eninde sonunda kavga ederdik. Ben Erkek Fatma ile oynamaya giderdim.

Tam bu sıralarda Zeynel Kaptan şunu bunu araya koyuyor ve ağzımı yoklatıyordu. Bense evlenecek kadın değil, denize açılacak gemi arıyordum. Bir gün beni Kalafat Ahmet Usta Halil Ustanın dükkânına çağırttı. Ahmet Usta:

– A Mahmut, araya girip sana şunu bunu söylemeye, şöyle böyle öğüt vermeye memur edildik. Sana söyleyecek şeylerde bir dalavere, bir hile olduğundan işkillenseydik araya girmezdik. Sonra bak, biz ağız yoklamasını, sözü evirip çevirmesini pek bilmeyiz. Hartamız portamız yoktur. Zeynel Kaptanın bir kızı var. Kıza çocukluktan beri, "Sen büyüyünce Mahmut'a varacaksın" demişler. Kızın gönlünde yer etmişsin. Geldikten sonra da seni görmüş. Zeynel'in de biricik evladı olduğu için, onun yüreğini kıramıyor. Zaten kaptan da seni damatlığa beğenmiyor değil. Bizi, sana bu sözleri söylemek için araya koymadılar; sözde gidip kızı istemene seni kandıracaktık da, sen isteyecektin, onlar da verecekti. Demincek söylediğim gibi adam kandırmayı ne ben becerebiliyorum, ne de Halil... Doğrusunu dobra dobra söylemek daha kolay geliyor bize. Ama kızın namuslu olduğuna ikimiz de kalıbımızı basarız. Evlenmeniz kötü bir iş olmayacak. Bak, ne yapalım. Biz seninle görüşmüş, sen de kızı istemek için bizi araya koymuş ol, dedi.

Ben:

– Vallahi, nasıl uygun görürseniz öyle yapın. Hiç bana sormayın, dedim.

Bir süre bana, sonra da birbirlerine baktılar. Kalafat:

– Pekâlâ oğlum. Herhalde senin kötülüğüne çalışmayacağımıza inanırsın, dedi.

Benim o sıralarda hiçbir şeyin umurumda olmadığını demincek söylemiştim. Ama, güzel olduğunu bildiğim bir kız tarafından koca diye seçilmenin gururumu okşamadığını söylersem yalan söylemiş olurum.

O akşam Kalafat bana:

– Yarın sabah git de Zeynel Kaptanla görüş, dedi.

– Pekâlâ, dedim.

Ertesi günü Zeynel Kaptanın dükkânına gittim.

– Kızımı sana, yani bir kardeşim gibi bildiğim arkadaşımın oğluna vermek benim hoşuma gider. Ayşe'yi sana vereceğim. Ama bir şart koşacağım oğlum. Ayşe'nin anası öldü. Halası ya da kız veya erkek bir kardeşi yok. Ölürsem senden başka kimsesi olmayacak. Onun için, denizden vazgeçeceksin. Zaten baban bana hep dert yanardı ve seni denizden vazgeçirmeye çalıştığını bana söyler dururdu. Denizden sanki ne bekliyorsun ki. Boş ver denize! dedi.

Ben:

– İyi ama ne iş göreceğim? Denizcilikten başka bir zenaat bilmem ki, rızkımı nasıl çıkartacağım? dedim.

O:

– Bilmiyorum, ama benim bütün malım bu biricik kızımındır, dedi.

Bu söz bana bir tokat etkisi yaptı. Saçlarımın bile ta uçlarına kadar, kızardıklarını duyar gibi oldum.

– Yani karımın parasıyla mı geçineceğim? dedim.

O:

– Birdenbire öyle öfkelenme. Sana hakaret etmek istemiyorum. Birlikte çalışırsınız. Mandalina bahçeleri var. Zeytinlikler, tarla, bostan, bahçe var. Bunların topu da iş ister, bakım ister, dedi.

Teşekkür ettim ve kendisine yarın kesin bir cevap vereceğimi söyleyerek ayrıldım.

O günlerde, o apışık halimle, değişiklik ve hareket değil, ama durgunluk ve sütlimanlık arıyordum. O akşam, dilersem karım olacak kızı, bana Üçkuyular'da kuyu bileziğine oturmuş testisini doldururken gösterdiler. Badem gözleri karaydı. Kara saçları fıtasından taşıyordu. Kız parasızlık çekmemiş, acı duymamış, yokluk nedir bilmemiş, sere serpe fıskiye gibi boy atıp gelişmiş. Onun durgun, kadife karası, okşayıcı bakışı, bana sütlimanlıklardaki cam gibi sulardan ve yumuşak rıhlı, kumlu kıyılardan ibaret, yorgunluk argınlık giderici bir hayat vadediyordu. Öyle bir limanlık bulacaktım ki, orada denizci korkusuz ve kuşkusuz gemisini demirler ve gözleri biraz uyku yüzü görür.

Kız beni görünce, kıpkırmızı kızardı. Yüzünü örtmeye eli varmadı, açık bırakmaya da utandı, orada şaşaladı kaldı.

Gönlüm Ayşe'ye akmaya koyuldu doğrusu. Ama gözümün önüne Erkek Fatma geliyordu. "Zavallı Erkek Fatma!" diye düşünüyordum, o zaman direk başındaki yaslı yapraklanma gibi gönlümden hazin bir esintinin gölgesi geçiyordu. Karım olacak Ayşe testilerini doldurdu. Adımlarını, yol dönemeci çalılarının ardından kayboluncaya kadar bakışlarımla izledim. Ona da acıdım doğrusu.

Ben denize açılmasaydım muhakkak ki Fatma'nın suratı darmadağın edilmez, gözü de akıtılmazdı. Denizi bir daha hiç görmemeye, ondan tamamen vazgeçmeye hazırdım. Artık dalgalarından da, insanların kanına, canına susayan o hain ve hırçın fırtınalarından da ikrah getirdim; bir daha mavi yüzüne bakmamaya and içtim. Zaten onun adının, sanının, dalgalarının, renklerinin, çalkantı, çırpıntılarıyla akıntılarının, kısacası hiçbir şeyinin bana gizli bir yeri kalmamıştı. İç yüzünü de, dış yüzünü de biliyordum. Onun büyüsü çözülmüştü artık.

Ertesi sabah Zeynel Kaptana gittim. Denizden vazgeçtiğimi söyledim. Kara gözlü, kiraz dudaklı Ayşem'i öpecektim. İşte böylece bir öpücük uğruna hayatımı berbat ettim.

Evlendik. Gençtik. Ben kendimi ona, o kendisini bana ziyafet çekti. Deniz yüzü görmeyen Çömlekçi köyünde yaşıyorduk. Bahardı. Toprakların nabzı kudretle çarpıyor, ağaçların şişen tomurcuklarından yeşil alevler fışkırıyordu. Bir uzun öpüş kadar yüz kısa öpücük ve yüz kısa öpücük kadar uzun öpüşlerle o uzun bahar günlerini kısacık saniyelermiş gibi sevinçle geçiriyorduk.

Mutluluğun billur yaşları içinde Ayşe'min o kara bakışı, kararan derin sularda geceleyin ay ışığı gibi parlıyordu. Portakal ve limon ağaçları ve gül fidanları arasında, yüklü asma çardakları altında, pervaneleyen kelebekler gibi birbirimizi kovalıyorduk. Benim her gülüşümün ardınca onun gülüşü, onun her öpücüğünün üstüne benim öpücüğüm baş döndürücü bir burgaçlanma ile birbirinin peşini kovalıyordu.

Ne var ki, orada Ayşe'nin parasına muhtaç bir sığıntı gibi yaşamak ağırıma gidiyordu. İstiyordum ki bu toprak işlerinde benim de el emeğim ve alın terim bulunsun. Çifte çubuğa yardımım dokunsun diye çapa ve bel kullanmasını öğrendim. O kadar ki, belin dirseğine taban dayayınca, kısa bir zamanda dönümlerce toprağı hallaç pamuğu gibi belleyip atmaya başladım. Toprağa bel saplamadığım zaman portakal ve mandalina ağaçlarının altlarının nasıl açılacağını, mandalina ve portakalların nasıl toplanacağını, asmaların nasıl budanacağını, orak kullanmasını, ot biçmesini öğrendim.

Siftah olarak alın terimin boşa gitmediğini, bir kazanç sağladığını gördüm. Sessiz toprak, sesli denize benzemiyordu: Ona verdiğim emeğe, bin bir renk, bin bir güzel koku ile, çiçekle cevap veriyordu. Sanki kendisine karşı gösterdiğim ilgiden dolayı bana karşı şükran duyuyordu. Onu sapanla sürdüm mü, sürülen yeri sapana sadık kalarak, öylece kalıyordu. Atılan tohumu bağrına kabul ediyor, onu sıpsıcak tutuyor, nemli tutuyor ve uçar hayvanlardan gizleyerek koruyor ve koynunda yavru emziren ana gibi besliyordu. Ta ki günü gelince, atılan tohum, canlı bir özsuyla yeşil ve çiylerle titrek, gelin gibi bir fidan olarak bana mis gibi kokan çiçeğiyle tat sızan yemişini, "Bak, nasıl büyüttüm sana!" diye veriyordu. Toprak tam bir kadın kadıncıktı, okşanmaktan hoşlanıyordu.

Hele bahçedeki ağaçlar... Asmayı budayarak yükünü hafifletince, asma bayağı duygulanıyor, gözleri sanki şükran yaşlarıyla dolup taşıyordu. Bademleri budasam, sevinçle titriyor, bütün tomurcuklarında sanki beyaz kelebekler açarak tepeden tırnağa kar gibi ağarıyorlardı. Limon ağaçlarının kurularını ayıklasam, zarafet ve eda ile kalkınıyor, sık yapraklarıyla yeşil loşluklar yaratarak, gece uykumuza güzel kokular katıyor, sarı sarı yemişleriyse varlığımızı bile serinletiyordu. Kısaca, emeğim, asmalarda salkım salkım sevinç gözyaşları, şeftalide öpüşe uzatılan pembe yanak, kirazda dudak oluyordu.

Doğrusu ömür dediğin buydu işte. Keçilerimiz Çömlekçi sırtlarında çıngıraklarını çıngırdatarak oynaşırlar; cömert memeleri sütlerle tostoparlak olmuş, mis gibi kekik, çam sakızı ve yaban çiçekleri kokan sütler verirler; ineklerimiz uzaktan mahmur mahmur inlerler; gün, batıya ağınca koruluklarda bülbüller şakrar; puhu kuşları baygın baygın ünler; arılar uğuldardı... Doğrusu babamın yerden göğe kadar hakkı vardı.

Duygu, kayığın geçerken bıraktığı, en küçük bir izi bile kıskanarak onu hemen dümen suyunca örtüp yok eden yüreksiz denizde değil, ama asıl toprakta vardı. Denizin sularını istediğin kadar karıştır, okşa, istediğin kadar öv, pohpohla, türküler söyle, onun sana cevabı, "Çekil, defol!" dermiş gibi bir şamardır.

Güneş batmadan biraz önce, Ayşe'yle tarladan, bahçeden ayrılırdık. Ben o akşam yiyeceklerimizi bir sepete kordum. Görünce insana dişlerini saplayası getiren dinç ve kıpkızıl domatesler, kesilince insanı bir hafta şakır şakır ağlatan koskocaman soğanlar, insanın yaprakları arasına daldırıp yüzünü serinletesi gelen marullar, hep sepette toplanırdı. Omzuma da çapayı küreği vurur, ben önde, o arkada, evceğimize dönerdik. O ateşi yakıp yemeği pişirirken, ben kapı eşiğinin önüne hasırla yastığı atar, yan gelir, çubuğa cigarayı takar, dumanı tellendirirdim. Sağımda solumda, naneler, mercanköşkler, lavantalar, güller ve bir de kapının üzerindeki küçük çardakta hanımelleri, hep tatlı tatlı ve hafif hafif kokarlardı. Öyle cömert fidancıklar ki, bizi güzel kokularının buğusu içinde yaşatmak için ancak bir avuç toprak ve birkaç damla su isterler; ben orada kurulur ve gelen geçen köylülere, "Merhaba Ali dayı", "Sağol Veli dayı", "Hoşça kal Mahmut Efendi", "Uğurlar olsun Hasan amca" diye selam verirdim. İçimden de, "Şimdi denizde olsaydım, kıyı kıyı sürünüp demirleyecek liman arardım. Acaba skanciya vardiya (nöbet değiştirmek) saati yakın mı? Acaba bu gece limanda tek demirle yatabilecek miyim, yoksa karamusal mı yapalım? (Gemi başının iki tarafından sağlı sollu iki demir atmak.) Acaba neden ay yılan dili gibi ipince ve zehirli? Kepçe yıldızları neden böyle hırçın hırçın kıpırdaşırlar? Rüzgâr neden hafifledi?.. Acaba tazelenecek mi; şuradan mı alacak, yoksa buradan mı çıkacak; yoksa büsbütün sönecek de küreklere mi dayanacağız?" diye üzülüp duracaktım. Şimdiyse geceyi çatık suratlı bir deniz üzerinde, sert kayalar arasında geçireceğime, sıcacık, Ayşe'min kolları arasında geçiriyordum.

Gül gibi geçiniyorduk köyde. Oraya yerleştikten bir iki ay sonra, yaptığım işten, limon ve portakallardan üç lira, buğdaydan iki yüz altmış iki kuruş, üzümden doksan beş kuruş, koruktan yirmi sekiz kuruş kazandım. Bu hesapta, ben ve Ayşe'nin gelecek harman zamanına kadar, evde yiyeceğimiz kumanya ile, ertesi yıl ekim zamanında ekeceğimiz tohumluk yoktu. Kısaca, şundan şu kadar, bundan bu kadar para, anha minha tam dokuz yüz seksen iki kuruş kazancım vardı. Benim aklım pek hesaba yatmıyordu ama, Ayşe hesabını kitabını bilir, tutumlu bir ev kadınıydı. Kâfir kadın, aritmetiğin dört işleminden toplama ve çarpmanın iki ayaklı bir örneğiydi. Çıkartma, bölmeden ise hiç hoşlanmazdı. Meğer ki başkasından kendine doğru çıkara ya da kendisine aslan payı böle. O muhakkak toplar, artırır, ekler ve torbasına atardı. Torbası da şalvarının uçkuruydu. Yalnız benim paramı, kendi parasına karıştırmazdı. Benimkileri şalvarının sağ uçkur ucuna, kendi parasını da sol ucuna bağlardı.

Köy, bir dağın kayalık, sarp tepesinin altında başlar ve yokuş yukarı birkaç yüz adım devam ettikten sonra biterdi. Köyün üzerine, "Yerimden koparsam, üzerinize yuvarlanarak, topunuzu ezerim" dermişçesine eğilen koca bir kaya parçasından ödleri patlamış olan köylüler, kese birliği ederek İzmir'den getirdikleri koca bir zincirle eğik kayayı, asıl tepenin beline sıkı fıkı bağlamışlardı.

Tarlalar, bahçeler, köyün bittiği yerden başlar ve dağın eteğindeki dereye dayanırlardı. Derenin kenarındaki topraklar, en alçakta oldukları için çok sulaktılar. Bunlara, "taban yeri" denilirdi; "bir ek bin al" denilen bu taban yerlerinin topu da karımındı. Bizim tarlaların yukarısında Gâvur Ali ile Diktiğin Hüseyin dayının tarlaları vardı. Cılız bir su, yorgun argın sızıntıyla bu iki komşumuzun arazisini birbirinden ayırır, bizim tarlanın ortasından geçerek, dereye kavuşurdu. Yamacın ötesinde berisindeki topraklar, daha az ya da daha kurak ve sulak olduklarına göre yama yama sararır, bozarır, göverirlerdi. İşte toprağı kazmayı, bellemeyi, ekini ekip biçmeyi, fidan budamayı, bu komşularımız Diktiğin Hüseyin dayı ile Gâvur Ali'den öğrenmiştim. Kirpi Halil Usta ile Kalafat Ahmet ilk denizcilik öğretmenlerim idiyse, buradaki bu iki komşum da toprakçılık öğretmenlerimdiler.

Ben köye ilk geldiğim zaman öteki köylülerle bu iki komşumuz da bana hoş geldine gelmişler, komşu olduklarını söylemişlerdi. Ama o zaman konukların söylediklerine kulak vermiyordum. Şaşkın bir haldeydim. Karım zengin olduğu için ben de, köyün bir ağası sayılıyordum. Yalnız çocuklar değil, çoğu zaman benden yaşlı insanlar –ortakçılarımız olduklarını sonradan öğrendim– kunduralarını dışarıda çıkarıyorlar, gelip benim elimi öpüyorlardı. Baş sedire kurulup bir kolumu testi sapı yapmak, öteki elimi de ha bire öptürmekten utanıyordum.

Birkaç gün sonra, omzumda çapa, nasıl etsem de, çifte çubuğa yardımım dokunsa diye bir aşağı bir yukarı gezerken, Gâvur Ali ile Diktiğin Hüseyin dayının tarlalarında bir gürültü koptu. Bir sürü çocuk sesleri cıvıldaşıyor, kalın bir erkek sesi de, birisine öfke ile haykırıyordu. O yana yürüdüm. Sonradan anladığıma göre, Milas ilkokulu öğretmenlerinden toparlak gözlüklü bir genç, çocuklara, "Haydi çocuklar, geliniz de köylere gidelim, cahil köylü babalara yardım edelim. Belki onlara daha modern bir ekim biçim tarzı öğretiriz de gözlerini açmış oluruz" diye onları toplayarak Gâvur Ali'nin tarlasına getirmiş. Çocuklar sağa sola dalmışlar, kazılmış toprakları çiğnemişler, çayır otlarının üzerinde takla kılarak yuvarlanmışlar. Bizim tarlanın kenarına varınca öfkesi burnundan tüten Gâvur Ali'nin, öğretmene, "Sen yardım etmek istiyorsun ama beyim; orak kullanmak, harman savurmak yardım değil, iştir. Şuracıkta şimdi yardım ediyoruz diye bizi işimizden alıkoyuyorsunuz!" diye bar bar bağırıp tepindiğini işittim.

Gâvur Ali aksi bir adamdı. Topraktan bir tane daha buğday koparmak için neredeyse toprağın bağrını dişleriyle paralayacak, tırnaklarıyla yırtıp deşecek, tekmeleyecek, acıtacak, ekmek diye canını çıkaracak bir adamdı. "Ağacın kökü topraksa, insanın da kökü ekmektir be yahu!" derdi. O dakikada Gâvur Ali'nin gözü dönmüştü. İşi azıtıp öğretmenle hır gür edeceğinden korktu. "Gidip de araya gireyim mi?" diye düşünürken, yandaki tarladan öteki komşu Diktiğin Hüseyin dayı sökün etti... Ufak tefek yapılı, seyrek zımba sakallı, garip bir adamdı. Asıl tuhafı, acayipliğinin farkında olmamasıydı. Başkaları, onunla alay edip güldükleri zaman, neşelerine kendi neşesi ve gülüşleriyle katılırdı. Gâvur Ali'ye doğru yürürken yüzü gülümsüyordu. Zaten ben oncağızı gülümsemez görmedim.

Gâvur Ali'yi yavaşça kolundan tutup bizim

tarlaya doğru getirdi. Ben çalının ardına gizlendim. Gâvur Ali'ye, "Etme etme" diye yalvarıyordu. Öğretmenin işitemeyeceği bir tarzda, öğretmen için, "Cahildir, bilmez, çocuktur, hoş görüver" dedi. Sonra öğretmene dönerek, yüksek sesle:

– Buyurun beyim, bizim bahçeye gidelim, dedi.

Kendi bahçesinin çiğnenmesine karşılık, çocukların yüreklerinin Gâvur Ali tarafından kırılmasına engel olmak istediği ortadaydı. Ama buna rağmen Gâvur Ali ona yüksekten bakarak dudak büktü, "Merhaba" dedi ve orağı eline alıp gitti.

Ben, Hüseyin dayıya, öğretmene ve çocuklara kavuştum. Genç öğretmen, Hüseyin dayıya tepeden bakarak süzüyordu. Sonunda Hüseyin dayının bir kara cahil olduğuna kanaat getirince, ayakta durduğu yerde bacaklarını açarak, iki elini kalçalarına koyup göğsünü kabartarak:

– Siz toprağın tava geldiğini anlamak için termometre kor musunuz? diye sordu.

Hüseyin dayı gülümseyerek:

– O söylediğin şey ne ki a oğul? dedi.

Hoca çocuklara döndü ve:

– Haydi çocuklar, köylü dayıya toprak termometreyi ve nasıl kullanıldığını öğretelim, dedi.

Çocukların birkaçı –mutlaka sınıfta ileri gelenlerden olacaklar– derslerini tekrarlıyorlarmış gibi ince ve burgu gibi seslerle avaz avaz bağırarak, termometrenin ne olduğunu, toprağa nasıl sokulduğunu anlattılar. Çocuklar susunca, hoca takdir ve alkış bekleyen bir gülümseyişle Hüseyin dayıya döndü. O, bu anlatılanlardan hiçbir şey anlamamıştı. Öğretmen:

– Gördün mü köylü dayı, nasıl olurmuş? deyince:

– Vallahi oğul, pek anlamadım, diye cevap verdi.

Öğretmen:

– Pekâlâ, siz toprağın tava gelip gelmediğini nasıl anlarsınız? diye sordu.

Diktiğin Hüseyin:

– Şalvarımızı çözer, tarlanın ortasına ve toprağın üzerine çıplak ardımızla otururuz. Toprağın ardımıza vurduğu sıcaklıktan tava gelip gelmediğini anlarız. İlkbaharın iş kolaylaşır. Benim toprak, böceklerin uyanmasıyla tava gelir. O zaman ben arasıra tarlaya yamyassı yatar ve kulağımı toprağa verir dinlerim. Karıncalar yuvalarının kapılarını açmadan önce içeride hazırlığa başlarlar. Onların kıpırdanışı, kulağa derinden derine gökgürültüsü gibi gelir. İşte o zaman toprağın da uyanmak üzere olduğunu anlarım. Elbette bu dediğim yaz ürünleri içindir, diye anlattı.

Öğretmen kaşını çattı:

– Böyle olmaz... Termometre kullanmalı! dedi.

Hüseyin dayı:

– A evlat, bizde doğru dürüst kara sapan demiri yok, o dediğin şeyi –burada, "termometre" demeye kalkıştı, fakat beceremedi– nereden buluruz? dedi.

Laf orada kaldı. Böyle konuşurken Hüseyin dayının bahçesine varmıştık. Hüseyin dayı bahçesini anlatmaya koyuldu. O içleri gülen güneş dolu gözleri parıl parıl parlıyordu:

– Bu toprak şeker gibidir, diyordu.

Sonra, sevgilisinin güzelliklerini sayıp dökmekle sevinen bir âşık gibi sözüne devam etti. Nadastan, yoncadan, şundan bundan anlatıyordu galiba. Karşısında bir dinleyen olmasa da toprağı anlatan o canlı sesinin çınlayışını kendi dinlemek için, yüksek sesle, sevincinden –dağ başında türkü söyleyen, ıslık çalan bir çocuk veya öten bir kuş gibi– kendi kendine söylenip duracaktı.

Öğretmen dinliyordu ama, bir şeycikler anlamıyordu. Ne var ki: Hüseyin dayının sesindeki içtenlik onu sürüklüyor, dinlemeye zorluyordu. Hüseyin dayı kendinden, bahçelerde, tarlalarda gördüğü işten değil, ama doğrudan doğruya topraktan söz ediyordu. Yalnız yaratmak, eriştirip yetiştirmek sevdasındaydı. Sonradan anladım ki Hüseyin dayı, toprağın ve yerin nabzını dinliyormuş gibi dinleyen ve kendi nabzı da âdeta ona göre çarpan tuhaf bir adamdı.

Bir gün çift sürüyordu. Ondan ekin ve ağaçlar hakkında bir şey sormak için yanına vardım. Çevresini koklayan, odanın içinde yiyecek olup olmadığını hemen çakan bir kedi gibi yüzünü kaldırmış, dört yanını kokluyordu. Bana:

– Farkında mısın, toprak ne güzel kokuyor? Sapan sürüldükçe taze taze devriliyor. Onu bayağı yiyesim geliyor. Toprağın böyle aşka geldiğini az gördüm. Hey hey, yağlı yağlı, sıcak sıcak devrilip tütüyor, bak evlat... Bu toprak böyle kıvama gelince işte bu tarladan, her biri tam bir okka artan pırasa yetiştiririm. Hele şu çift öküzlerime diyecek yoktur. İşlerini iyi bilirler. Haydi göreyim sizi kara oğlanlar! dedi.

Ne bileyim, tam bir deniz adamı gibi o da bir toprak adamıydı.

Belki çocukları yoktu da bu yüzden, ağaçlarına çocukları gibi bakardı. Ağaçlarının daha emzikte yavruluk çağlarını, minimini fidanlık hallerini, gençliklerini, delikanlılıklarını gelişip olgunlaşıncaya kadar başlarından gelip geçen iyi ya da kötü serüvenleri hep bilirdi. Bir ağacın dünyada ondan bir gün önce keyfi yerinde mi değil mi, vaktini nasıl geçirdiğini hep anlardı.

Ona derdimi anlattım. Bizim bahçeye gittik. Limon ağacını gösterdim. Ağacın betinden benzinden, duruşundan, onun illetini çaktı. Bana:

– Şahları kesme, kurur. Kırmadan yavaş yavaş bük ve öteki yamru yamru dalların arasına sok. Makas kullanma, bu ağaç yara kaldırmaz dedi.

Öyle yaptım, ağaç kurtuldu.

Hüseyin dayı, komşusu Gâvur Ali için, "Sertçedir ama bakma, fena adam değildir," derdi. Oysa Gâvur Ali'nin Hüseyin dayı hakkında kullandığı en hafif söz, "miskin", "mıymıntı" ve "hırbo" gibi sözlerdi.

Ben nedense ilk önce Hüseyin dayıya ısındım. Eskici Kirpi Ustaya bu kadar benzeyen bir adama daha hiç rastlamamıştım. Bilmediklerimi öğrenmek için hep ona koşardım. Gâvur Ali de, o çatık suratına rağmen, arasıra gelir, bana salık verirdi. "Hüseyin dayıya pek kulak asma; ağaç senin hizmetçin olacağına, sen onun hizmetçisi olursun. Onun dediklerini yabana at demiyorum. Onu dinle, işine gelen yanını al, gelmeyeni boşlayıver. Çünkü bitkilerine onca gönül veriyor ki, kazancına kör kalıyor. Bu gidişle ya açlıktan ölecek ya da açlıktan ölmemek için tarlayı, bahçeyi elinden kaptıracak... Eğer komşu hakkı saymasaydım topraklarını çoktan elime geçirirdim" derdi

Gâvur Ali'nin yanılmadığını çok geçmeden öğrendim. Hüseyin, bahçeye gelir, "Şu portakal ağacının altını böyle aç" diye yardım eder, "Şu limonu şöyle sula" diye öğüt verir dururdu. Ben de ona, bahçesinde olmayan zerzevattan ve yemişlerden utana utana verirdim.

Bir gün Ayşe beni bir kenara çekerek:

– Aman, ona bir şey verme. Zaten babama olan borcu gitgide kabarıyor, artık onu ödeyemez. Bir iki yıla kadar topraklarını elinden koparırız. Babam, davavekili Karakaşların Ferit Efendi ile konuşmuş. Bu iş neredeyse kıvama gelecek. Toprakları elinden gittikten sonra onu bizim ortakçımız ederiz; ister istemez hem kendinin, hem bizim bahçede çalışır. Şunu bunu vermek istiyorsan Gâvur Ali'ye ver. Şimdilik onu kolay kolay altedemeyiz. "Toprağımdan bir avuç dolusunu bile vermem. Hele bir malıma göz diken olsun, alimallah gözlerini oyarım" diye bağırıyor. Yemlemek için ona arasıra aburcuburlar bağışla! Ama, ötekine verirsen topraklarının topraklarımıza eklenmesini geciktirirsin. Sen denizci olduğun için toprak işlerinin daha acemisisin, dedi

Kulaklarıma inanamadım, şaşırdım. İçimden, "Toprak işleri böyle oluyor zahar" dedim. Yani birbirimizin yüzüne gülecek, arkasından kuyu kazacaktık. Oysa olası değil, Hüseyin dayıya karşı böyle davranamazdım. Onunla birlikte bahçesini sin sin yağan yağmurda gezerdik de, bana yırtık kunduralarının altına yapışan toprakları göstererek, "Bayağı insanın ayaklarına candan bir yalvarış, bir özleyiş gibi takılıyor; insanın gönlünü kendisine doğru çeken bu ağırlık oluyor. Şu çamurun yumuşaklığını duyunca bizim kaşık düşmanı rahmetli Hatça'nın gençliğini hatırlarım. Onun da benden dilediği bir şeyi olduğu zaman, sesi tam işte bu çamur gibi yumuşar, tatlılaşırdı" derdi. Böyle konuşarak, bana masumiyetini, göğsünü açarmış gibi açan bu ihtiyarcığın yüreğine, ben nasıl olur da zehirli bir kazmayı, "Fırsat bu fırsattır!" diye harttadak saplar, herifin canına kıyardım? Gâvur Ali ile karşılaşsak –ona da yapamazdım a– haydi neyse, hiç olmazsa onunla al takke ver külah savaşır, elinden toprağını çatır çatır alırken kopan gürültü arasında ne halt ettiğimi düşünecek vakit bulamazdım belki.

KÖYLÜLER, ORTAKÇILAR

Ayşe'nin başkalarına karşı davranışında gözü, yalnız kendi çıkarındaydı. Buysa, başkasına açık yürekle verdiğim selam ve söylediğim "Merhaba!"nın adına zehir katıyor, neşemi donduruyordu. Ayşe bu dapdaracık çıkar tasasından bir karış ötesini göremediği için, karşısındakilerin yüreklerini kırıp geçiriyordu. Bu hal yüzünden üzüldükçe Ayşe beni budala sayıyordu. Onca erkek dediğin hep koparmalı, hep yan vurup yalman çıkarmalıydı. Bana, "Böyle davranırsan bütün köylüler hep sırtımızdan geçinmeye kalkışırlar. Avanak olmasana Mahmut" derdi.

İlk kavgamız da zaten bunun gibi bir şeyden çıktı. Beni, birkaç köy ötedeki bir ortakçıya gönderiyordu. Ona mal sahibinin her yıl vermesi görenek olan şeker gibi, kahve gibi şeyler götürülecekti. Bu eşyanın hepsi otuz okka kadar tutuyordu. Gideceğim yer dört beş saat uzaktaydı. Eşekle gidecektim. Kurşuni renkte bir eşekti. Tüyü anasının karnından daha henüz çıkmış gibi parlaktı. Bu pek tüylü eşeği köy alanına kadar yedekte götürdüm. Öteberiyi de sırtımda taşıyordum. Ömrümde köyde hatırı sayılır belli başlı ağaların biriydim ya. Söz aramızda bana, "toprak ağası", ötekilere de "tütün ağası", "palamut ağası" filan derlerdi. Ben bu toprak ağası sözüne çok içerlerdim. Ama, ne yapayım, ses çıkarmazdım. Benim gibi sunturlu bir ağanın eşeğe binişine, orada ne kadar köylü varsa yardım etmeye koştular. Çuvalları, sepetleri büyük bir iştahla eşeğin iskele ve sancak alabandalarına bağlamaya koyuldular. O eşeğin boyu bosundaki bir kayığa o eşeğe konulan yük kadar safra koyacak olsaydılar, hiç ikisi biri yok, kayık mutlaka kaynardı. Hem ben koskocaman zıpır, utanmadan arlanmadan, nasıl o yükün tepesine çıkıp oturacaktım? "Etmeyin, eylemeyin" dediysem de, "Hele bin!" diye birkaçı birden beni yallah kaldırıp eşeğin güvertesine oturttular. Ayaklarım korkunç bir surette yerden kesildi. "Eh, şimdi nasıl gideceğiz?" diye düşünürken birisi, "Ya fettah!" diye yaradana sığınarak hayvanın kıçına top gibi patlayan bir sopa aşketti. Hayvan ileriye doğru öyle bir fırladı ki, ben az kalsın sırt yerde bacaklar havada tepinekalacaktım. Korkudan iliklerim dondu. Derken eşeğe vuran herif koşup "Gerekebilir" diye sopayı elime tutuşturdu.

Ne olduğumun farkında olmayarak kendimi köyün dışında buldum. Köyden iki gomine kadar ayrıldıktan sonra bizim eşek, çiftetelli oynuyormuş gibi, yavaş yavaş bir yandan bir yana yalpa vurmaya koyuldu. Kayık değil ki, orsaalabanda edip denizleri baş omuzluğun birinden ya da ötekinden alasın. Elimdeki sert melengeç değneğini hayvanın ardına yavaşça çaldım. Üç adım yürüdü, gene çiftetelliyi tutturdu.

Üstelik bir de arasıra duraklayıp başını yere indiriyor, göveri çeşitlerinin çeşni farkını sınamak için olacak, birkaç tutam ot çimleniyordu. Eh, doğrusu sinirleniyordum. Hemen o gün varmam gereken yere bu gidişle nasıl varacaktım? İşte bunu düşündükçe sıkılıyordum, cigara üstüne cigara içiyordum. Bir kâbusta büyülenmiş tek tenha bir yolcu gibi ha bire yürüyecek, ama varmak istediğim yere bir türlü varamayacaktım. Ne yapmalı, ne etmeli de ilerlemeli diye düşündüm. Onu çekmeye uğraştım. Uğraştıkça tepem attı. Söylemesine utanıyorum ama, sonunda, kopardığım kalınca bir dalı kaldırıp zavallı hayvanın suratına şiddetle çarptım. Hayvan gözlerini kapıyor, başını beklediği ikinci bir vuruş için havaya kaldırıyordu. Dudakları korkudan ve acıdan tir tir titriyordu. Ona çok acıdım. Gidip zavallıcığı okşadım. Yere çömelip oturdum. Hepsi iyi ama, halimiz ne olacaktı? Gene çektim, gelmedi, bindim yürümedi. Hangi topal şeytana uydum da yaya gitmek dururken eşeğe bindim diyerek eşeğin palamarını gölgeli bir ağaca bağladım. Bol bol kaluma verdim ki etraftan otlayabilsin. Heybeyi, torbayı salla sırt edince, eşeğe allahaısmarladık dedim, yürüyüp gittim. Eşekle daha öte gitmediğime çok iyi etmişim, çünkü hayvana binmeye alışmamış olduğum için, ertesi günü kalçalarım öyle ağrıdılar ki, birkaç gün yeni sünnet olmuş çocuklar gibi, ayaklarım birbirinden ayrık olarak yürüyebildim. Siftah biniciliğimin acı tatlı cilveleri bayağı sinirlerimi oynattı.

Yolu bulmak kolay oldu. Çünkü biricik patika güneşte apak ağarıyordu. Yolda arasıra rastgeldiklerime Samancılar köyüne daha ne kadar kaldığını sorup durdum. Hepsi de, "Bir cigara içimi ötededir" dediler. Hangi bir cigara içimi?.. İki paket içtim, ortada hâlâ köy yoktu. Akşam olunca, "Eh, köy artık bir cigara içimi ötededir!" diye rastgele bir pınar başına uzandım. Çevremdeki dağlara, "Akşamlarınız hayır olsun! Ben bu gece burada yatacağım!" dedim.

Sabah uyanınca giysilerim çiyle örtülüydü. Kalkıp yoluma devam ettim. Demincek söylediğim gibi bacaklar ayrık olarak tabii.

Dağın omuzundan güneşin fırlayıvermesiyle, her yanı yakıp kavurması bir oldu. Çıplak ve kuru dağları aşarak, bomboş uzanan ovaları geçerek, bir dağ eteğine vardım.

Yamaçların ekilen yerleri, bozkır, kıraç ve kısır bir topraktı, ekilmeyen yerleriyse cascavlak kaya. Kerpiç kesilmiş yanık ve kuru toprakların üzerinde biten kuru dikenlerle dolu dimdik bir yokuşu tırmandım. Köy, mezarlığı ile başlıyordu. İçimden, "Hey gidi toprak ağası! Al sana istediğin kadar toprak!" dedim.

Epeyce sonra köy başladı. Evlerin pencereleri göz kapakları koparılmış kapkara birer yara gibi sokaklara açılıyordu. Köy ancak uyanıyordu. Horozların ötmesi, çocukların ağlaması, yük taşıyan eşeklerin artlarına değneklerin şaklaması ve "Dah, çüş kara oğlan!" naralarıyla faaliyete geçiyordu.

Evinin önünde tavukları kışalıyan ve erkek olduğum için yüzünü gözünü örterek, arkasını bana dönen bir kadından, bizim ortakçının evini bulmak için salık istedim. Bana, biraz ötedeki bir incir ağacını gösterdi:

– Avlularındadır, dedi.

Balcık hastalığından dolayı, yaprakları sinek pislemiş gibi benek benek olmuş bir incir ağacıydı o. Bizim ortakçının avlusuna iskambillerdeki sinek yedilisi kadar seyrek ve yaslı gölgeler damgalıyordu.

Beni ilk karşılayan yaratık, uğuldayan bir sinek bulutu ortasında kuyruk sallayarak, kulaklarını şakırdatarak olduğu yerde tepinen uyuz bir eşekti. Sırtımdaki yükü yere salıverdim. Evin açık kapısına doğru seslendim. Ortaya, bir deri kemik, içleri korku dolu kocaman gözlerle bakan bir çocuk çıktı. Delik deşik menevrek şalvarı hiçbir şeyi örtemediği için, bu giysinin nedenini anlayamadım. Çocuğun ödünü patlatmamak için, yüzümü gülümsemelerin en gönül okşayıcı yufkasıyla yumuşattım. Yavaşça kim olduğumu söyledim. Çocuk yılgın yılgın bir adım geriledi. İçeriye:

– Toprak ağası geldi, dedi.

Bir gümbürtü koptu içeride. Ev temelinden sarsıldı, toprak duvarlardan birkaç parça toprak kopup yere düştü. Bizim ortakçı Memiş, külahını kulaklarından aşağı ve ceketinin iki yenini önüne kavuşturmak gayretiyle iki elini de karnına basarak, eğile kalka:

– Buyurun ağam, buyurun ağam, hoş geldiniz! diye dışarı fırladı.

Doğrusu, amma da hoş gelmiştik! Herifin gözlerinde kapkara bir acı okunuyordu. Omuz kemikleri fırlak bostan korkuluğuna dönmüş bir adamcağızdı. Eve girdik. Bumburuşuk suratlı kara kuru bir kadın olan ortakçının anası eğirdiği kaba yün yığınını acele kalkarken yere düşürmüş, solmuş saçları cılız örgüler halinde yazmasından taşmış, paçavra halinde dallı basma şalvarlı, eli kınalı, patlak gözlü gelinine bana pişirilecek kahve ve şekerin hangi komşudan ödünç alınacağını telaşlı telaşlı fısıldıyordu. Canlı cenazeye benzeyen büyük kızı ise, iki eline içi ot dolu, eskimiş yem torbası kılıklı iki yastığı almış, odanın en itibarlı yerini seçmeden duraksayarak, ortada şaşkın şaşkın dört dönüyordu. Beni ilk karşılayan erkek çocuktan başka bir de körpecik kız daha vardı. O da benim gelişimin evi korkudan altüst ettiğini görerek, herhalde beni bir umacı ya da bir gulyabani sanmış olmalı ki, koca bir torbanın ardına kaçıp gizlenmişti. Arasıra cesaretlenip torbanın üzerinden minimini fındık sıçanı boncuk gözleriyle bana bakıyor, sonra ürküp gene saklanıyordu. Kısacası, hepsinin ayakları çıplak, tabanları dilim dilim yarılmış, gövdeleri eğri büğrüleşmiş ve yüzleri de yamrı yumruydu.

Sertçe öksürsem sanki hepsi birden, "Ağam!" diye ayaklarıma kapanacaklardı. Hiç de korkunç bir adam olmadığım halde altı çift göz bana yılgın yılgın bakıyorlardı. Ben bir gemici parçası, ne korkulmaya, ne de bu kadar pohpohlanmaya alışmıştım. Orada, pek sıkılıyor, dışarıya can atıyordum.

İçlerinde yalnız en küçük çocuk, dünyanın hanyasını ve Konya'sını daha görmemiş olduğu için, ne gövde, ne de gönülce sakatlanmıştı. Ona yavaş yavaş güvenç gelmeye başladı. Büyüklerinin, benim için verdikleri yargıyı artık pek paylaşmıyordu. Torbanın arkasından başını göğsüne kadar kaldırıyordu. Onu çağırdım, geldi. Gelişine bayağı sevindim.

– Adın nedir senin? dedim.

Karabiberler gibi ufacık gözlerini şıpır şıpır açıp kapadı. Sonra sanki büyük bir uçurumu atlayarak aşmak istiyormuş gibi küçücük çıplak ayaklarının birini ötekinin önüne koyarak dudaklarını diliyle ıslattı:

– Benim adım piçkurusu, dedi.

Cebimden bir gümüş çeyrek çıkarıp verdim:

– Şeker alırsın, çocuğum, dedim.

Çocuğun paraya bakan gözlerinde, kimi vakit bir çocuğun şeker isteği, kimi vakit de yaşını bulmuş bir doğulunun ağır başlı ilgisizliği okunuyordu. Çift öküzleri, insanların oturmasına ayrılmış kısmından derme çatma bir parmaklıkla ayrılmıştı. İneğin bir tanesi sanki ben toprak ağası değilmişim gibi, durduğu yerde bağırdı, hoşuma gitti doğrusu.

Ev dört kuru duvardı. Tavan, kamışlar ve deniz yosunları üzerine serpilmiş geren; tabansa, toprak üzerine döşenmiş kayrak taşlarıydı. Bir köşedeki taş sürtüle sürtüle parlatılmıştı. Üzerinde kaz yumurtasını andıran bir kara taş duruyordu. Çevremdeki ince beyaz toz serpintilerinden, diri ve kalın tuzu orada ezdiklerini anladım. Eski bir hasır, oda tabanının ancak küçük bir yanını örtüyordu. Ot döşekler geceleri serilmek üzere devşirilmiş, odanın bir köşesinde üst üste istif edilerek duvara dayatılmıştı.

Bir iki toprak güveç, bir kör balta, ocağın üzerindeki yağ kandili ve eşiğindeki sapı kesik su kabağının içinde kaba saba yontulmuş tahta kaşıklarla el değirmeni (çünkü köyde, yel değirmeni yoktu), evde oturacak olanların ölünceye kadar muhtaç oldukları alet ve edavatın bütününü meydana getiriyordu. Kuru duvarın taşları arasına sokuşturulmuş dal parçalarından bir bağ soğan ve biber sarkıyordu. Gene o dal parçalarına asılı kirli ve yamalı torbalar ise, hem kiler hem çamaşır dolabı, hem de öteberi çekmecesi ödevini görüyorlardı. Avludan arasıra tavuklar da içeri giriyorlar; gıt gıt ederek söze karışıyorlar ve söylediklerimizi küçümsediklerini göstermek için öteye beriye pisleyip gidiyorlardı. Çift öküzlerinin altındaki sidik birikintisinden, tavuk pisliklerinden sayısız sinek rızıklanıp, evin içinde beneklemedik yer bırakmıyorlardı.

Bizim ortakçı niçin geldiğimi pekâlâ biliyordu. Suskunluğumdan yararlanarak, eli böğründe, ezile büzüle darlıktan sızlanmaya, yanık bir sesle dert yanmaya koyuldu ve insan insan olalı binlerce yıldan beri bıkılmadan usanılmadan, her kuşak her gün tekrarlanmış olan yalanlarla gerçekleri yeni baştan sayıp dökmeye başladı.

– Bilirsiniz ki ağam, diyordu, zeytin yıl aşırı ürün verir. Bu yılsa onların kıt verdiği yıldır. Aşa koyacak kadar değil, kandilde yakacak kadar bile yağ alamadık.

Anası hemen atılarak:

– Nahal olacak halimiz ağam? Ümmeti Muhammet tanığımız olsun ektiğimiz tohumu bile alamadık, diyordu.

Adamsa:

– Baharın ilk önceleri yağdarılığa diyecek yoktu. Otlar tiksirdi, zabahları da bir iki ayazla kırağı yaptı. Buğdayların tek gözlerini yakarak onlara ikişer üçer göz açtırdı. Çok şükür bereket olacak dedik. Sonra kır yeli esti. Topraklar kireç ocağı gibi kurudu. Bir tutam ot bile kalmadı. Mandalar ağaç kabuğu kemirdiler, diyerek anasının sözlerinin arkasını getirdi.

Tam o sırada büyük kız komşudan bulduğu ve ocakta pişirdiği kahveyi, diz çökerek önüme koydu ve kalkıp el pençe divan durdu. Adam sözünü sürdürüp kızı göstererek:

– Bir iki çeyizlik yapalım, ne bilem ardına bir

don yapalım da harman sonunda evertiriz dedik. Eğerleyim yıllar böyle kötü giderse kızı baş göz edinceye kadar çok harman kalkar. Eşeği satarsam çeyizi alabilirim emme, sonraleyin biz eşeksiz ne idek ki? dedi.

Yaşlı kadın gömleğinin eskiyen yerlerinden görünen kuru bağrını yumruklarıyla güm güm öttürerek:

– Senin kulun kurbanın olam ağam. Bize aman kıyma, ocağına düştük ağam. Pek dardayız, diye yalvarmaya başladı.

Şimdi Ayşe'ye göre ben öfkeyle kükreyerek yaşlı karıyı tekmelemeli, ayağımın altına alıp çiğnemeliydim. Kadın sustu. Ocak karşısında kıvrılarak uyuyan bir cılız kedi nargile gibi fokurduyordu. Sinekler de tavuk pisliklerine ine kalka vızıldıyorlardı. Gözlerimi önüme dikmiştim. Sineğin biri işi yolunda giden bir tacir gibi ellerini oğuşturuyordu.

Yaşlı kadın evin en yaşlısı olduğu için, yalvarmak, boyun eğmek ve sonunda da beni kafese koymak işi ona düşüyordu. O yıllarca saçlarını kocasına süpürge etmekle böyle işlerin ustası olmuştu. Ayakta bekleyen büyük kız da bu gibi manzaraların pek yabancısı değildi. Asıl oyuncak gözlü küçük kızın, ne gönlü, ne de dili daha yalan dolana yatkın olmadığı için ne yalvarıyor, ne de el etek öpüyordu. "Yahu, bu ne biçim dünyadır? Hele bir kere öğrenelim" dermişçesine şaşkınlıkla seyrediyordu. Bittabi o, bir gün büyüyecekti, büyüyünce de büyükleri gibi çekirdekten yetişme iki yüzlünün biri olacaktı.

Sıkılıyor, oradan çabuk ayrılmak istiyordum. Bu adamlar söylediklerine yalan katıştırmıyorlar değil, karıştırıyorlardı. Ama, doğrusunu söylemek gerekirse, söylediklerinin çoğu gerçekti. Denizden biliyordum. Oysa oradaki ödevim, ister doğru ister hep yalan söylesin, ortakçıyı sıkıştırmak, önümüzdeki yıl gene sızdırabilecek kadar can bırakmak şartıyla, ondan koparabildiğim kadarını koparmaktı. Yani duvardan pis memeler gibi sarkan, o mahut tohumların topunu bir eşeğe bağlayıp götürmek; bense işte böyle şeyi yapamazdım. Ama yalan söylüyorlarmış, iki yüzlülük ediyorlarmış; içimden, "A canım, koskoca yalanlarla dolu bu yalan dünyaya varsın bu zavallıcıklar da o kadarcık bir yalan katıştırıversinler. Onların yalanları, benden yana anamın sütü gibi helal olsun" diyordum. Zaten bana en kolay gelen de buydu. Onların yalanlarını bağışlayıp hoş görüvermek... Yok kahveymiş, şekermiş diye getirdiğim şeylerin topunu da onlara bırakmak ve onlardan hiçbir şey almadan tez elden defolmak, vesselam!

Evin bıçakla kesilecek kadar koyu sefaleti ve kasvetli havası beni boğuyordu. Herife kısaca:

– Peki, bu yıl bir şey almayacağım, bu getirdiklerimi de alıkoyun, dedim.

Didiş çekişe pazarlığa alışmış olan bu toprak adamı, bana vereceğinin en azını ve en çoğunu içinden hesaplamış olacak ki, hiçbir şey vermeyeceğini, getirdiklerimin de hepsini alacağını duyunca, karanlıkta merdiven inen birisinin, bir basamak daha olduğunu sanarak ona göre adım atarken, önünde hiçbir basamağın kalmadığını görünce şaşalaması gibi, ağzı açık kaldı. Kulağına inanamaz oldu.

Ne dediğimi iyice anlaması için, onu yüksek sesle bir defa daha ve hatta daha yüksek bir sesle üçüncü bir defa gene tekrarlamak zorunda kaldım. İlk önce dilini bulan yaşlı kadındı:

– İnşallah oğlum, paşa olur, kılıç kuşanırsın. Tuttuğun altın olur, diye yaygaralar salarak hayır duaya başladı.

Gitmek üzere ayağa kalkmıştım. Ortakçı ve kızı kızanının,

– A, olur mu hiç! Hele bir ekmeğimizi yiyin. Daha tezdir; gölge daha karşıki duvara değmedi, yollu ısrarlarını yavaşça bir kenara iterek dışarıya çıktım.

Yolda yürürken, yumruk gibi bir yürekle ve balta ile yontulmuş gibi sert çizgili suratla fırtınalara göğüs geren arkadaşlarımı hatırladım. Onlarda ne yalvarma, ne ayaklara kapanma, ne de hayır dua vardı. Kara günlerimizin biricik ışığı olan çayı bize ikram ederken, utanarak, "Bu bir mirasyediliktir. Ama ne yapalım, çocukluktan alışmışız" diyen o tatlı yüzlü Âdem Reisi, Palamut bükünde dünyada sonsuz bir sevginin bulunduğunu, ama bu sevginin dile gelemediğini söyleyen Aliş'i hatırladım da yüreğim onları görmek hasretiyle cızz etti. Hele Aliş'i hatırlayınca, "Hay eşek!" diye elimle alnımı şamarladım. Onu Bodrum'da hiç aramamıştım. Ama orada olsaydı, mutlaka gelir, beni bulurdu. Erkek Fatma işi beni o kadar sarsmıştı ki, Aliş aklımdan çıkmıştı. Hele Erkek Fatma neredeydi? Kim bilir hangi gurbet elinde geziyordu! Onu yolda görenler, "Acaba şu kadın nereye gidiyor?" diyorlar, başkaları da cevap olarak, "Ne olacak, ekmek parası aramaya" diyorlardır diye düşündüm. Böyle düşüne düşüne, akşam üzeri geç vakit eve vardım.

Evde Ayşe'ye ortakçıları ne halde bulduğumu

anlattım. Birdenbire onda hiç beklemediğim bir değişiklik oldu. Öfkeyle kuduran yüzü, güller arasında kuşlar gibi cıvıldaşarak ve kovalaşarak öptüğüm yüz değildi. Bu, tamamen yabancı bir insandı,

– Mal burnunun dibindeydi; elini uzatıp kavrayacağına, avcunu açıp verdin. Onlar ta geçen yıl, iki misli vereceklerine söz vermişlerdi. Hayvan yularından, insan da sözünden tutulur. Senin elin ayağın tutar, onların topunu da eşek sudan gelinceye kadar pataklayacaktın; neleri var, neleri yoksa sıyırıp alacaktın! diyordu.

Bayağı yüzümü tırnaklayacağından korktum. Sesi insan sesliğinden çıktı da, sert bir yılan fısıltısı oldu. Ben:

– Ha, döveydim de, biri cansız düşeydi iyi olacaktı. Biz de dama girerdik, dedim.

– Bu ortakçılar haniden beri kapımızın köpekleridir. Onlara hoşt deyip sopayı çalmalı. O zaman kuçu kuçu dediğin vakit arkadan gelirler. Korkma, ölmezler. Ortakçı kısmı yedi canlı olur. Altı canlarını al, gene biri onlara kalır, dedi.

– Yahu, merak etme. Ben Bodrum'daki evi satacağım; onlardan gelecek zahireyi bu yıl ben veririm, dedim.

Vay sen misin böyle söyleyen!... Büsbütün küplere bindi:

– A budala! diye haykırdı, bu yürek yufkalığıyla aç kalırsın!

Yüzünde apaçık bir küçümseme okudum. Neyse, ben fazla ileri gitmedim; onun da öfkesi geçti. Kimi vakit açık denizlerde güvertenin bir köşesine sıkışakalmış bir taş parçası bulurdum da o taşı üç dört bin kulaç derinliğindeki denize atarken, karanlığa yavaş yavaş gömülen taşa bakarak, "Bu artık oradan hiç çıkmaz" derdim. Ayşe'nin o gün söylediklerini, o günkü halini unuttum. Nitekim deniz de bağrına atılan taşı unutur ama, o taş gene oradadır ve oradan bir daha çıkmaz.

Bu olaydan sonra, Ayşe beni bir daha hiçbir ortakçıya göndermedi. Bana hiçbir şey sattırmaz ve satın aldırmazdı. Çünkü ben, Ayşe memnun olsun diye satın aldığım şeyleri aldığımdan çok daha ucuza aldığımı söylerdim, farkını kendi paramdan eklerdim.

Bu sıralarda evi sattım.

Ayşe bir gün gebe olduğunu söyledi. Ama beş aylıkken çocuğu düşürdü. Rastgeldiğim köylülerin çoğu bana teselli veriyor ve "Allahın emriymiş. Ecel geldi cihana, baş ağrısı bahane. Aldırma! Ne olacak? Çocuk değil mi? Bir gusül aptesi için lazım olan bir teneke su ile dokuz ay sonra bir yenisi dünyaya gelir. Ama yıl, bu yıl gibi aksi gider de ürün olmazsa neye benzer?" diyorlardı.

Küfre yakın hoyratça kahkahalarla edilen bu teselli beni kızdırıyordu. Ama, yıl kötü gitmesine gerçekten kötü gidiyordu. Mayıs ayındaydık. Üç aydan beri hiç yağmur yağmamıştı. Her tarafta harıl harıl yağmur duaları okunuyor, dualar küçük çakıl taşlarına üfleniyor, son taşlar yere serilmiş seccadelerin ve hasırların üzerlerine konuluyordu. Köyün kahvesinde on, on beş kişinin akşamdan sabaha kadar üfledikleri dualı taşlar insan boyunu bulan kurufasulye yığını gibi yükseliyordu. Köy imamı Abdülvahap hoca, dört tarafı dolaşıyor, "Dünya mahvoldu artık. Âhir zamandayız. Tövbe istiğfar edin..." diye herkesi duaya, namaza niyaza davet ediyordu.

Müftü Abdülvahap hoca zıddıma giden, dar yürekli, sağır kafalı bir adamdı. Onu ilk önce Kör Halit'in hanında görmüştüm. Murat dayıyı, süprüntü taşıyan süprüntücü katırıyla mezarlığa götürdükleri halde Murat dayının tabutla taşındığını söylemişti. Söylediği bu yalan dolayısıyla onu ta o zamandan beri mimlemiştim. Bu adam vaktiyle parasız olarak Eskişehir'den müftülükle Bodrum'a gelmiş, ama zenginlerden Hacı Kıranların kızıyla evlenince müftülükten istifa etmiş ve karısının bizim köydeki tarla ve toprağının başına geçmişti. Evlendikten iki yıl sonra ilk karısı iki çocuğuyla Eskişehir'den Bodrum'a gelmişti. Oysa Abdülvahap hoca, Hacı Kıranların kızıyla evlenebilmek için evli ve iki çocuklu olduğunu gizlemişti. İlk karısını ve çocuklarını Hacı Kıranlara, "Dul kalan kız kardeşim ve öksüz çocukları" diye tanıştırmış, onları eve almıştı. Kadın çocuklarıyla evde altı yedi ay sığıntı olarak yaşamış ama, evdeki durum bir gün canına tak etmişti. Hacı Kıranlara Abdülvahap hocayı göstererek, "Ben bunun kız kardeşi değilim" demiş; onlar da, "Ya nesisin?" diye sormuşlar, "Ben nikâhlı karısı, bunlar da öz çocuklarıdır" diye baklayı ağzından çıkarınca bir kıyamettir kopmuş. Hacı Kıranların kızı, "Beni neden ilk karısının üstüne aldı?" diye babasına yakınmış. Bunun üzerine müftü, karısını ve çocuklarını kovmuş ve onlarla bir daha ilgilenmemiş. Aydın'a giden Bodrumlular, on yaşlarında olan çocuğunun birini sokakta yaya kaldırımında oturup elindeki bir tahta tepsiden, baklava baklava kesilmiş susam helvası satarken görmüşler.

Abdülvahap hocanın köyde yaptıklarına gelince, köye mezarlık diye köylülere ateş pahasına sattığı bir dönüm kıraç tarla hakkında oraya geceleri evliyanın inip toplandığını söylemişti. Oysa tarlanın dibi kayalık olduğundan ölüleri ancak diz boyu gömebiliyorlarmış. Geceleri çakallar uluya uluya geliyor ve ölüleri yiyorlarmış. Yazın da çakallar pek yanaşmadıkları için, birkaç gün evvel gömülenlerin mezarlarından yeşilimtrak bir alevin çıktığı görülürmüş. O zaman o ölünün kabrine nur indiği söylenirmiş.

Eskişehir'den parasız pulsuz geldiği halde, gerek karısının malı, gerekse bu köy mezarlığında çevirdiği dalaverelerle eni konu çift çubuk ve sığır sıpa edinmişti.

Eli avcu para tutmaya başlayınca, tıkına tıkına yemeğe koyulduğu için, Eskişehir'den çiroz gibi kuru gelen hoca çarçabuk kat kat katmerli çenelerin ve göbeklerin görkemli sahibi olarak fıçıya dönmüştü. Köylüler hocanın sözlerine âyeti kerimeler kattığına ve pek eski kıssalardan yeni yeni hisseler çıkardığına hayran kalırlar ve onu çok iyi bir adam sayarlardı. Nasıl saymasınlar ki, yetim malına göz dikmemiş, haram yememiş, nâmahreme uçkur çözmemiş ve beş vakit namazını kılarak cenneti peylemek için hoca, kitapta yazılı ne varsa, hepsini yerine getirmişti.

Ramazandı. Köy mescidinde Abdülvahap hoca vaaz verecekti. O köy mescidi ve hocanın işiydi. Mescidin kıblesi batıya bakacağına doğuya çevrilmişti. Çünkü mescit yapılırken mihrabın hangi yöne yapılacağını hocadan sormuşlardı. Kıble diye hoca doğuyu göstermişti. Birkaç kişi hocanın yanıldığını sanarak başlarını kaşıyınca, hoca, "Allah Allah, yedi ay Tanrının her gününün beş vaktini Kâbe'de kıldım. Namazda Beytullah tam önüme düşer, güneş hep Beytullah'ın arkasından doğardı. Biz Hanefilerin sağında Şafiiler, solumuzda da Hanbeliler kılarlardı. Biz elhamdülillah İmamı Âzam Ebu Hanife'nin ümmetindeniz. Kıble işte şu yöndedir" diye işaretparmağıyla gene doğu tarafını göstermişti. Köylüler, köy kuruldu kurulalı, kıbledir diye namazlarını yanlış bir yöne kıldıklarını sanarak, bu kadar upuzun ve bilgiççe sözlerle yanlışlarını düzeltmiş olması dolayısıyla müftü Hacı Abdülvahap hocayı eşarei mübeşşerenin on birincisi saymışlardı!

Neyse, biz de ağa olduğumuz için sallana sallana mescide gittik. Vaazı dinlemek için bütün köylü birbirinin üzerine yığılmışlardı. Yere iğne atılsa düşmeyecekti. "Peki, önümüzdekinin ardına toslamadan bu daracık yerde secdeye nasıl varıp geleceğiz?" diye düşündüm.

Hava sıcaktı. Mescidin içi adamakıllı ter kokuyordu. Abdülvahap hoca başına davul gibi bir sarık sarmış, iki kaşını birbirine kancalayan iki hançer gibi çatmıştı. Yüksekçe bir minderin üzerine kat kat etlerinin bütün görkemiyle kurulmuştu. Boğazını temizlemek için bir iki ehem öhüm ettikten sonra günah işleyenlerin cehennemde neler çekeceklerini sayıp dökmeye koyuldu. Söylerken ağzı kızıştıkça kızıştı. Günahkârlara işkence etmek zevkinden yoksun olduğu için, o işkenceleri hiç olmazsa anmakla nefsinin ihtiyacını kısmen giderdiği besbelli oluyordu. Kendi bir mangırı mendilde yedi bağla bağlarken, vaazında hasisliğe karşı ateşler püskürüyordu. Ona on okka buğdayı ölü fiyatına satmamış olduğu için fıkara şaşı Selim'in yüzüne gözlerini dikerek, "Velfakru fahri" diye bağırdı. "Yani peygamberimiz, fıkaralığımla iftihar ederim demiş, hasislikle değil!" diye gürledi ve gözlerini ondan ayırmadan, dünyada mallarından ayrılmak istemeyen cimrilerin öteki dünyada boyuna başlarına topuz yiye yiye, kilelerce buğdaylar kusturulacaklarını sözlerine ekledi.

Bu sırada, köyün parmakla gösterilen tavuk hırsızı –herkesin tavuğunu çalıp ahını aldığı için– "Ahlı" denen Çipit Memiş'e döndü. Köyde tilkiden, sansardan çok Memiş'ten korkulurdu. Zaten söz de hırsızlığa gelmişti. Memiş içinden, "Eyvah, şimdi topuz sırası bize gelecek!" diye düşünmüş olacak ki; hocanın öfkesini önlemek için, ondan ateş pahasına aldığı En'âmı açıp okuyor gibi yapıyor, arasıra gene hocadan aldığı misvakı çıkartıp dişlerine sürüyordu. Böylelikle öldüğü zaman cehennemde çekeceği azaptan kurtulacağını sanıyordu.

Hoca, sonunda zina konusuna geçti. Herhalde, karısı Hacı Kıranların kızının gözlerinin kimi zaman köy delikanlılarına kaydığı kulağına gelmiş olacak ki, Seyit Battal Gazi'nin seksen bin kâfirin ödünü birden patlatan naraları gibi naralar atarak zina işleyenlere karşı ateş püskürdü. Hocanın bu haykırışları asıl arkada kafes ardına tıkılmış bulunan kadınlar arasında mucizeler yaratıyordu. Çünkü bizimkinin eve dönünce anlattığına göre bazı kadınlar korkularından donlarına salıvermişler.

Sıra artık Elkâsibu Habibullah olanlara geldi. O zaman Abdülvahap hoca köyde kendi müttefikleri saydığı zenginlere ve eşrafa döndü. Dünyada gasbedip para kazananların Allahın en sevgili kullarından olduklarını söyledikten sonra, cennette onlara nasıl ikram ve iltifat edileceğini anlatmaya başladı. Artık dayanamadım. Hemen kalkıp dışarıya yürüdüm. Benim vaaz ortasında çıkıp gitmeme hoca çok kızmış. "Zeynel Kaptan da bu adamı damat diye nereden buldu?" diye mırıldanmış.

Artık taşlar okundukça okunuyor, çoğaltılıyordu. Bu taşlar çuvallara, hararlara konulacak ve eşeklerle develere yükletilerek, dere kenarlarına, deniz kıyılarına taşınacaktı. Taşların suya boşaltılmasıyla yağmurun başlayacağı sanılıyordu.

Rüzgâr batıdan kesik kesik esiyordu. Hatta bir aralık bulut bile topladı. Bütün köyün gözleri bulutlardaydı. "Şimdi altın yağacak!", "Ver Allahım ver!" diyen diyeneydi. Ama iki saate varmadan rüzgâr kesildi. Bulutlar sanki köylülerle alay ediyorlarmış gibi eteklerini toplayarak ufkun ötesine savuştular. Bulutların kaybolmaları üzerine, "Yağmur yağmadığına göre keşke çiy düşse. Zaten biz çokluk yağmur beklemeyiz. Ekinimiz çiyle gelişir. Bu yıl o da yok" diye dövünen dövüneneydi.

Rüzgâr ve havanın nasıl olacağını bu köylülere deniz diliyle anlattım; anlamadılar. Deniz dilini kara diline çevirmeye kalkıştım, herhalde onu da galiba ben beceremedim, köylüler ne dediğimi gene hiç anlamadılar. "Nafile! Gene katı yürekli zamanlara çattık. Ne edelim, alnımızın kara yazısıymış!" diyorlardı.

Pınarlar, akarlar kurudu. Kuyuların suyu çarçabuk çekiliverdi. Suyu en gür kuyu bizim kuyuydu; Mayısta su, kuyunun ağzından dört beş karış aşağı iken, şimdi dört beş insan boyu çökmüştü. Demek ki toprağın ölüsü (toprağın ıslak kalan kısmı ki, bu kısım yaz ilerledikçe dibe doğru çöker), dört insan boyu dibe çekilmişti. Dolaplara koşulan eşekler yarım saat dönünce kuyuları boşaltıyorlardı. Çalılar tozla örtüldü. Saman, yok denilecek kadar kıttı. Hayvanların suyunu, ta uzaklarda üzerleri kükreyen kalın ve yeşil bir kaymakla örtülü sarnıçlardan taşımak gerekti. Kuşların çoğu yiyeceksizlikten uyuzlaştılar, o kirpiksiz tostoparlak gözleriyle topraklara yan yan bakıyorlar, taş kesilmiş toprakları boşuna gagalayıp tırmalıyorlar, sonra bir gölgelik yere oturup, gagaları bir karış açık, soluyorlardı. Köpeklerin bir kısmı da kudurdu. Onları vurduk. Günlerce gökte ne nem, ne çiy, ne buğu, ne de bulut vardı. Tamtakır kuru bakır bir gökte kızıl kızıl yanan güneşin ışığı en karanlık bir kış gününün kasvetine taş çıkartıyordu. Kudurmuş, susamış topraklar, hastalıklı dudaklar gibi yer yer çatladı. Günler cenaze alayı gibi yavaş yavaş geçiyorlardı. Sanki gün akşamı gurubunu yitirmişti de uzuyordu ve bir türlü sonunu bulamıyordu.

Canım çok sıkıldığı için hoşbeş edecek birkaç adam aradım. Arnavut Bayram Ağanın köy kahvesinden başka gidecek yer yoktu. Orada da iki takım insan vardı. Foçalı Subaşı Mehmet Ağa, Kocaşalvar Kır Ahmet ve iriyarı İsmail Çavuş. Bunlar mal mülk sahibi azılı eşraftandılar ve kahvenin birinci mevkii sayılan pencere yanına kurulurlar, nargile fokurdatarak arasıra övünürlerdi. Mescitte Abdülvahap hocanın kıldırdığı namaz zamanı dışında, onların hepsi de kahvenin yere, duvara çakılı demirbaş eşyası gibi yerli yerlerinde bulunurlardı. Öteki takımsa azılı eşraftan olmayan köylülerdendi. Bunların gözleri, sıcakta çift süren öküzlerin gözleri gibi neşesiz ve sönüktü. Çünkü bunlar bir ağaya ortakçı olunca işlerine gönül veremiyorlardı. Eğer toprakları kendilerininse gönülleri vardı. Ama toprakları kıttı. İşledikleri topraklar ister ağalarının ister kendilerinin olsun, ellerindeki kara sabanla toprakların boyunduruğuna vurulmuşlardı. Belki gençlik çağlarında gözleri umutlarla uyanıktı. Oysa toprağa, karı kızana karılıp karıştıktan sonra, umutları da doğup büyüyen ve Yemen'de veya Havran'da ya da Rumeli'nde şehit olan oğulları gibi ölüp gitmişti. İster ağa, ister kul köle olsun, hepsinin yüzlerinde yüzyıllarca aynı biçimde yaşamış olanların durgunluğu vardı.

Neredeydi o gürültülü patırtılı liman ve denizci kahveleri? Fırtınanın sesini yenmek zorundan dolayı bağıra çağıra konuşmaya alışkın, büyük denizlerin denizcileri... O vinçlerin harharası, ince ve kalın vapur düdükleri... Hele o deniz işçilerinin en ufak bir hareketi yapmak için gırtlaklarını patlatırcasına bağırmaları... Herkesin herkese ne yapması gerektiğini avaz avaz haykırması, herkesin bağıranlara kulak asmadan durmamacasına trampet gibi seslerle kıyametler koparması.... Irgat başında olsun, demiri kaldırır ve bocaya alırken olsun, tulumba işletirken, yelken açar ya da söndürürken bir ağızdan heyamola diye gemicilerin şarkı söylemeleri nerede?... Nerede?... Nerede? Buradaki köylüleri, değil megafon, değil çan ve düdük, ama kıyamet günü ölüleri mezarlarından kaldıracak olan İsrafil'in borusu bile derin uykularından uyandıramazdı!

İşte tam bu sıralarda karımla birlikte Bodrum'a bir yolculuk düştü. Zeynel Kaptanın hısımlarından biri kızını evlendiriyormuş... On gün on gece düğün dernek yapılacakmış. Bizi de çağırıyorlardı. Doğrusu, bu yolculuğa sevindim.

GENE DENİZCİLERLE YÜZ YÜZE GELDİK

Artık ata, eşeğe enikonu binmesini öğrenmiştim. Birkaç yolcu olmuştuk. Yanımızda Milas'tan Bodrum'a postayı taşıyan Süvari Mehmet'le jandarma muhafızları vardı.

Hiç unutmam, güzel bir gündü. Eski deniz özlemimin yeniden uyandığı ilk gündü o. Çünkü denize doğru gidiyorduk. O gün gökte, yumuşak bulutlar, mavi yollarında denize doğru kayıyorlardı. Güvercinlik yolunu tuttuk. Çepeçevre ısıyla yanıp tüten dağlarla kapanmış, bir cehennem çukurunun dibinde yürüyorduk. Güneş, ışık ve ateş yağdırıyordu. Kızgın kayalar, kavrulmuş toprakların alevini yüzlerimize vuruyordu. Arasıra bir alaca yılan şimşek gibi parlayarak yolun ortasından geçiyordu.

Koyaktan geçtik. Toz bulutuyla karşımızdaki dağın eteklerine vardık. İşte o zaman önümüze gerilen toprak perdesinin ötesinden denizin tuzlu soluğu, yüzüme serin serin geldi. Dönüp Ayşe'ye baktım. Yüreğimi bir acı burktu. Az kalsın ona, "Haydi, geriye köyümüze dönelim!" diyecektim. Ama dilim tutulmuş gibiydi. Sırtın tepesinden denizi göreceğimi bildiğim halde, birdenbire görünen deniz beni apansızın şiddetli bir tokat yemişim gibi sarsıp şaşırttı. Posta muhafızı jandarmalar bile, "Deniz!" demekten kendilerini alıkoyamadılar. Çelik bir aynaydı o. Tek parça parıltı ve kıpranışı ufuklara kadar dayanıyordu.

Sali Adaları ve Apostol Adası sanki boşlukta sallanıyorlardı. Yolumuz kimi vakit baş döndürücü uçurumları kıyılayarak, kimi vakit de çam gölgeleri altından kayarak denize iniyordu.

Hepimiz attan inmiştik. Ben yere oturmuştum. Kulağımın yanında Ayşe'nin sesini duydum:

– Ne oldun? Hasta mısın?... Birdenbire rengin uçtu, diyordu.

Yüzümü döndürdüm. Kıvrak gövdesini bana doğru eğmişti. Henüz patlayan bir nar çiçeği gibi gülen dudakları, güneşte mavi mavi çakan kapkara gözleri ve saçlarıyla güzeldi. Şaşaladım. Ona karşı ihanet ederken yakalanmışım gibi utandım:

– Hiçbir şeyim yok! dedim.

Gene:

– Hiç... diye tekrarladım, elini ver de ayağa kalkayım... Biraz başım dönüyor.

Bana elini verince ona şiddetle sarıldım. Sanki birdenbire önümde başımı fırıl fırıl döndürerek çeken bir uçurum açılmıştı. Onun soğuk karanlığına devrilmemek korkusuyla Ayşe'nin eline değil, ama kenardaki bir kayaya sıkı fıkı tutunuyor ve irkiliyordum.

Bodrum'a nasıl vardığımızın farkında olmadım. Çünkü denize baka baka geldik.

Kayınbabamı selamladıktan sonra doğru deniz kıyısına vardım. Kumlara yan geldim, başımı çocukluk anılarımın dizine yasladım. Kıyı çığrışan, gülüşen çocukların denize atılışıyla köpürüp çağlıyordu. İç limanın kumsallığı, ta eski tersaneye kadar, kereste ile yontulmakta ya da boyanıp donatılmakta olan seren, direk ve maçolarla, testereyle kesilmekte olan iskarmozlarla, omurgalarla örtülüydü. Havada deniz tuzu kokusu, yeni kesilmiş çam, dut, harup, başka ağaçlar, katran, zift ve çeşit çeşit ip ve halatların kokuları vardı. Ötede beride küme küme zincir ve kayıkların gerek demir, gerek çelik aksamlarının yığınları görünüyordu. Gulet taslakları, skafi iskeletleri, kimisinin de kaburgaları takılmış, su kesimine ya da küpeştesine kadar kaplamaları çakılmış, sürü sürü çeşit çeşit tekneler vardı. Bir denizcinin özleyeceği her alet, her parça orada bulunuyordu. Gemicilerin, "Ah şöyle olsa, vah böyle olsa!" diye çeşit çeşit, sade ve basit dilekleri, ya da azametli ümitleri, becerikli deniz ustalarının ellerinden çıkma gemi yapılarında gerçekleşiyordu.

İrili ufaklı bütün halk deniz kenarına dökülmüştü. Bir kayıktan öteki kayığa gidiyorlar, bilgin tavırlarla şu ya da bu teknenin ötesini berisini yokluyor ve onların niteliklerini ve eksik yanlarını anlatıyorlardı. Yetmiş yıllık ömürlerinin ancak, on, on beş yılını karada geçirmiş öyle eski denizciler vardı ki, bir teknenin önünde durup sancaktan iskeleye, baştan kıça iki çapraz bakış gezdirdiler mi, tonajını, şu ya da bu rüzgârda yapacağı yolu bir çırpıda ölçüp biçiyor ve geminin değerini belirtiyorlardı. Bunlar gemi hâlâ tamamlanmamışsa, deniz ustasına şurasını böyle, burasını şöyle çalımına getir diye salık veriyorlar ve sonunda gemi kaptanlarına, gemilerinin uğur getirmesini dileyerek ayrılıyorlardı.

Eski tanıdıklardan Barka Osman Kaptanın tirhandili yapılmış, çakılmış, boyanmış, yağlanmış olarak kıyıda irkiliyordu. Koca, enginler aşırı seferler yapacak, yakışıklı bir tekneydi. Hemen denize atılacaktı, denize itilince kolay kaysın diye karinenin altına konulan kızakları yağlamışlardı. Tekneye baştan kıçına, sağlı sollu dayadıkları iki sıra destek dolayısıyla gemi gümüş kumsallık üzerinde uyuyan kırk ayaklı bir ejderhaya benziyordu. Pruvası, kınından fırlayan bir kılıç gibi keskin ve parlaktı. Deniz, geminin ayak ucunda, mavinin ruhu ve canı ciğeri olan en saf maviden bir yayılıştı. Dalgacıklar, sanki köpükten diller imişler gibi mırıldanarak geminin ayağına doğru uzanıyorlardı. Deniz ılık çırpıntılarıyla tekneyi nemliyor, saf rüzgâr serinletiyor, sanki geminin can kulağına gizli bir türkü söylüyordu. Belki söylemiyordu da bana öyle geliyordu; ama ben türküyü içim ağlaya ağlaya ta iliklerime kadar duyuyor ve titriyordum: "Gel! Gel de koynuma gir! Öpüşümle sana can vereceğim. Seni kuvvetli kanatlarım üzerinde uçuracağım; niçin orada cansız bir küme kereste gibi yatıyorsun? Ormanda ağaçken bir yerde saplana kalmaktan ve istemsiz bir ömür yaşamaktan hâlâ bıkıp usanmadın mı? Yazıklar olsun sana! Açık hava, açık deniz ve açık ışığa fırla! Gel de dalgalarımla savaş, kılıç pruvanla onları biçip yenerek zaferinle mağrur, üzerlerine bin, rüzgârın gözüne işle, fırtınaları paçavralar gibi yırtarak ileri geç! Deniz ejderinin rakibi, yunus balığının yoldaşı, yoksul martının tesellisi, kaptanın gururu, denizcinin türküsü ol! Gel, benim beyaz sevgilim, gel!"

Koca gemi, denizin çağırışını ta özünden duyar gibi oldu; kızaklarının üzerinde sarsılıp inledi. Karadaki o tembellik, uyuşukluk batağını bırakıp, özgürlüğe fırlayıp boşanmak istiyordu.

Barka Osman Kaptan kayığı için kendisine

yeni ayakkabılar yaptırmış, tıraş olup bıyıklarına çekidüzen vermiş, kızıl kuşak kuşanıp kulağına mercanköşk demeti takmıştı. Davulcu Hüseyin'le zurnacı Kör Hafız'ı da getirtmişti. Sanki düğün vardı da, mutlu olayı davulla, dümbelekle dünyanın bir ucundan öteki ucuna muştulamak istiyordu.

İnanır mısınız bilmem, bu neşe ortasında hiç de neşeli değildim. Ben geminin pruvasına doğru tam denizin eriştiği yerde boynum bükülü bekliyordum. Uzaktan uzağa içimde bir şeyler hıçkırıyordu. Üç yıla yakın bir zamandan beri yüzünü görmemiş olduğum ilk sevgilimle göz göze gelmiştik... Ben büyümüştüm, o ise çocukluğumda neyse gene oydu. Gençti, güzeldi, maviden yeşile kayıp değişen duvağının ardında bana hazin hazin gülümsüyordu. Bana, "Sadakatsiz, aldatıcı" diyordu, "Beni niye bırakıp kaçtın?" diye soruyordu. Sırtımı ona çevirip, kendimi ondan koparıp kaçmak istedim. Ama bacaklarımda sanki takat kalmamıştı. Gözlerim, kulaklarım, gönlüm, tepeden tırnağa bütün varlığım enginin çağrısındaydı. Oysa o hazin sözlerine ara vermiyordu, "Aldatıcı!" diyordu. Gözlerimin yaşlarla dolduğunu duyar gibi oldum. Denize karşı evlenmezden hemen önce beslemiş olduğum kin, onun zulmüne, cinayetlerine karşı duyduğum isyan, denizde çekmiş olduğum cefalar, boşu boşuna harcamış olduğum emekler, geçirmiş olduğum uykusuz geceler, hep uyanınca unutulan kâbuslar gibi aklımdan silindi, gitti. Yalnız ufuktan kanat açışımın, tehlikesine de, fırtınasına da ferman okuyuşumun çıldırtıcı sevincini hatırlıyordum. Canını dişine alarak gözünü budaktan sakınmaz denizci hayatının türlü

türlü cilvelerini, Çömlekçi köyünde, otlakta besiye çekilen inek gibi, ahırlı, kümesli, gübreli bir hayatla değişmiştim.

Çoluk çocuğu ile birlikte bütün halk geminin çevresine üşüşmüştü. Herkes ellerini ve göğsünü kayığa dayıyordu. Kayığı yapan usta:

– Kıç desteğini çıkartın, pruva desteğini de kaldırın. Haydi göreyim sizi... Sancak ve iskele dayaklarını çıkartın! diye bağırdı.

Artık kayık destelere değil, karinesiyle yağlanmış, yatırılmış direklere ve birçok insanın elleriyle göğüslerine dayanıyordu. Yapıcı ustası:

– Aganta! Burina! Burinata! diye bağırdı.

Sanki tepemden tırnağıma bir elektrik akımı geçti. Baktım, denizci ustasının yanında, her zamandan daha yaşlı, ama bu sefer her zamandan daha dik, Halil Usta değneğine dayanmış duruyordu. Yüzlerce insanın birden, "Aganta!" diye bağırmasıyla, kayık gök gibi gürleyerek ve benimle ötede duran denizci ustasının ve Halil Ustanın arasından geçerek, yıldırım gibi denize indi.

Herkes, Barka Osman Kaptana, "Uğurlu olsun, yolun düzgün olsun" diyerek, gülüşe gülüşe üzerine avuç avuç deniz suyu serpiyorlardı.

Gemi denize indiği sırada güvertede koşan bir tayfanın ayağı bir ipe takıldı. Çocuk başını küpeşteye vurarak denize düştü. Ben çocuğun sersemlediğini anladım ve elbiselerimle denize atladım. Çıktım. İkinci dalışta çocuğu yüze getirdim. Çocuğu denizden kurtarmıştım. Ama denizin saçları boynuma dolanmıştı. Artık beni kimse denizden kurtaramazdı. O dakikadan sonra gözüme uyku güç girdi. Artık yerimde duramaz oldum.

Düğün devam ediyordu. Benimse deniz kıyısında denizci kahvelerinden ayrıldığım yoktu. Ne var ki; gemicilerin o el kol kargaşalığı ve ses kasırgalarının içine bir sığıntı gibi sıkıla sıkıla giriyordum. Bana zaten dönüp bakmıyorlardı bile, ya da ne bileyim, bana öyle geliyordu. Ama kör de değildim. Ben onlara göre bir deniz adamı değil, bir kara adamıydım. İçimden, "Toprak ağası" dedim ve acı acı güldüm. Onlarsa denizciydiler. Denizin kıvrak yunus balıklarıydılar. Hiç değilse koskoca çınarın tepesi, rüzgârda gürleye gürleye, gökte uçan bir bulutun hayatını yaşarken, ta aşağıdaki toprağa abanmış uyuz ayrık otuna eğilip bakar mı?

Hepsinin bakışında, "Bu hortlak da acaba niçin aramıza girdi?" yollu bir soru okuyordum. Yaşlıları bile, hal hatırımı sordukları zaman bana, "Sen artık ölmüş, gömülmüş bir insansın, canlılar dünyasına ait değilsin" dermiş gibi oluyorlardı.

Utancımdan, Halil Ustayı gidip göremedim. Aliş'i aradım, o da askerliğe gitmiş. Zavallı Erkek Fatma'dan hiçbir haber yokmuş.

Sonunda düğün, dernek bitti. Biz de, köye dönüş yolunu tuttuk. Güvercinlik'ten yokuş tırmanıp Meşelik sırtının tepesine varınca, denize dönüp dönüp baktım. Ona dönüp bakmak isteğimden kendimi güç kurtarabildim. Yokuşu inerken artık deniz gözükmüyordu. Birdenbire dünya zindan kesildi.

Bittabi tarlaları, bahçeleri, ağaçları nasıl bıraktıysak gene öyle bulduk. Tarlalar, deniz suyu değillerdi ki başka yere kaysın; ağaçlar da gemi değillerdi ki başka kente göç etsinler!

Kuraklık da öyle sürüp gidiyordu. İlk önceleri gözlerime o kadar güzel gözüken asmalar, şimdi kara kuru, örümcek bacaklarına benziyorlardı. Limon ağaçlarının gölgesi ise bana soğuk ve ağır geliyordu. Kendi kendime, "Kara topraklara gömüldün ey toprak ağası" dedim.

Aman efendim, neydi o seyrek, tek tük sözler? Angarya iş görüyorlarmış gibi ayaklarını sürükleye sürükleye geçen sözler!... Konuları hep o bezdirici, usandırıcı mal, mahsul, hava, para ve kaça sattın, kaça aldın, işler... En güzel bir masal bile iki kere dinlenmez, bin kere tekrarlanan kuru söze ne diyelim? Bellibaşlı birkaç demirbaş konu tükenince sıra Dursun Ağanın eşeğinin yaşına gelirdi. Eşek ne zaman doğmuştu ve bugün kaç yaşındaydı? İşte evren bu sorunu çözmek için yaratılmıştı! Anılar ve bellekler tembel tembel eşelenir; biri, "Ben Selanik'ten askerlikten döndükten iki ay sonra anası sıpalamıştı"; öteki, "Hayır, senin o dediğin sene anası hâlâ gebeydi" der; ben içimden, "Allah vere, şu Dursun Ağanın eşeği vaktiyle nalları dikse de, biz de bu konudan kurtulsak!" diye dua ederdim.

Yabancılıklarını duyduğum bu insanlar arasında içime acıca bir gariplik çöküyordu. Kahvede sessiz sessiz oturduktan biraz sonra, başımı alıp kaçıyor, bahçeme dönüyordum.

Kuraklık her yanı kasıp kavuruyor ve berbat ediyordu bostanları, bahçeleri, tarlaları. Bu ara, benim bahçe de zıvanadan çıkarak kudurdu. Toprağa tohumu atıverince, az buçuk çapalayıp üzerine de azıcık su dökünce, çiçeğin ve yemişin hemen eriyivereceğini sanıyordum. Ne bileyim, bahçenin toprağı mı, suyu mu, yoksa attığımız tohum mu huyunu değiştirdi; çapalayıp suladıkça inadına aksileşti. Bakla fidanları yer göbeğinden bakla vermez oldular; hıyarlar, esrarengiz bir biçimde zehir zemberek kesiliyorlardı; aptesanenin lağımını hıyarlara saldım, tatlılaşacaklarına büsbütün acılaştılar... Şalgamlar kelle çevireceklerine boyuna yaprak saldılar; turplarsa hiç yaprak vermiyorlar, inadına şişiyorlardı, ama içleri kof oluyordu... Kızaracaklarına, kavrulup kararıyorlardı domatesler! Göbek bağlasınlar diye tepelerini bağladığım marullarsa hava fişekleri gibi tohuma kalkıyorlardı... Kıştan tohuma kaçmışlar diye bahçede bıraktığım lahanalar zamanın avcunda oturup da kıdem kazanıyorlarmış gibi inadına gebeleşiyorlardı. Asmalara göztaşıyla kükürt serptim; vay sen misin kükürt serpen, köyün ne kadar kedisi varsa hepsi gelip bizim evin içine büyük ve küçük apteslerini bozmaya koyuldu. Sanki ben bostanı, urgan, ayrık otları ve daha başka yaban otlarını beslemek için sulayıp gübrelemişim gibi, bostanın enine boyuna yayılıyorlardı, bütün bu otlar. Birkaç gün onları yolmaya çalıştım, ama başa çıkamadım. Uğraştıkça kızıyor ve kızdıkça, iş inada bindi diye daha kızıyordum.

Bir sabah bahçenin o delirmiş, çıldırmış durumunu görünce, "Defter lahanasını da, marulunu da!" diye bağırarak, çapayı elime aldım. Tohuma kaçan marulların tepelerini uçurdum; balkabaklarının göbeklerini patlattım. "Al sana!" diyerek, bahçeyi, havaya fırlayan, düşen toprak, marul ve lahana parçalarıyla doldurdum. Tam bir kırım oldu. Ama gene toprağa karşı duyduğum hıncı alamamıştım.

Hallaç pamuğu gibi savurmuş olduğum bahçenin ortasına bağdaş kurarak çevreme bakındım. Yamaç, küçük küçük toprak parçalarını çeviren derme çatma kuru duvarlarla kıyım kıyım kıyılmıştı. İşte hep, "Malımız, malımız, malımız!" diye uğrunda yaşadıkları uyuz topraklar bunlardı. Bunların sahipleri, artık oralardan hiç kımıldamayacaklardı. Köpeklerin boğazlarından tasma ile bir yere bağlı kaldıkları gibi bunlar da, barsaklarıyla boğazlarından topraklarına bağlı kalacak, hep yanlarındaki komşuların mallarına göz dikerek hırlayacak, hep malıma göz diktin diye komşularına havlayacak, malım var diye ölünceye kadar mallarının kulu kölesi olarak, evim var diye dört kuru duvarın içine mezara gömülmüş gibi gömülerek yaşayacaklardı. Buna yaşamak mı denir, uzun ölüm mü?

Hey gidi deniz hey!

YAĞMUR DUASI

Sonunda, okunmuş taşlar, develere, beygirlere, eşeklere yükletildi. Kimi köylüler kendi okudukları taşları sevaptır diye sırtlarında taşıyorlardı. Müftü Abdülvahap hoca, ata binmiş, önde gidiyor, ondan sonra eşraf geliyordu. Bunların arkalarında ise, köylü kalabalığı ve sürü sürü keçiler, koyunlar, sığırlar ilerliyordu.

Dualar edilir, kuzular meler, atlar kişnerken akar kenarına varılarak, okunmuş taşlar suya atıldı. Herkesin yüreğinde bir umut uyanmıştı.

Taşların suya atıldığı günün ertesi sabahı kahveye gittim. Havada hâlâ yağmurun yağacağını gösteren bir belirti yoktu. Hava duacılarının ne âlemde olduklarını merak ediyordum. Abdülvahap hoca en imtiyazlı yere geçmiş, geğirdikçe davudi sesiyle "Allah!" diyor, tulum göbeğine bastırarak, "Oh, rahat ettim" diye ekliyordu. Çevresindekilere, "Duaya devam edelim" diyerek, içinden ibadet ediyormuş gibi dudaklarını oynatıyor, tesbihini tıkırdatıyordu. Orada oturan dört beş köylü de onu taklide koyuldular. Ama öyle yorgundular ki, aradan çok geçmeden, başları göğüslerine düştü, horlamaya başladılar.

Kapının çerçevelediği dört köşeli mavi gök parçasından mıdır nedir, Kör Halit'in kahvesinde on beş; on altı yıl önce görmüş olduğum Kristof

Kolomb'un resmi gözlerimin önüne geldi. Büyük sulara açılan o geminin sanki içindeydim. Dalga gelip gittikçe geminin pruvası ta uzakta görünen Atlas Okyanusunun çizgisine keman yayı çekermiş gibi inip çıkıyor, mavi bir deniz havası çalıyordu. Sanki Amerika kâşifi, geçmiş yılların yığını içinden kalkınmış ve bana ta çocukluğumdan o insancıl gülümsemesiyle gülümsüyordu.

İki üç gün sonra şafakleyin, birisinin dışarıda, "Yağmur, yağmur!" diye bağırmasıyla uyandım. Dışarıya fırladım. Gerçekten de yağmur yağıyordu. Bütün köylüler kapılardan sokağa boşanmışlardı. "Rahmet! Rahmet!" diye hoplayıp gülüşüyorlardı. Bazıları da diz çökmüşler, "Rahmet!" diye ağlıyorlardı. Seyrek seyrek patırdayan yağmur birdenbire gökgürültüsü gibi inmeye başladı. Birbirine diş bileyenler kucaklaşıp öpüşüyorlar, dargın olanlar barışıyorlardı. Bütün suçlar bağışlandı. Kötü sözler unutuldu. Hayvanlar bile genel sevince katıldılar. Susamış toprak yağmuru kana kana içiyor, rüzgâr serin serin esiyordu.

Yağmur, ardı arkası kesilmeden bir gün, iki gün, on gün yağdı, hâlâ da yağıyordu. Günlerce koyu bulutlar güneşi örttü. Günün beti benzi uçtu. Dünya sopsoğuk ve yoksul oluvermişti. Birdenbire boy atan otlar yıkıldı, sararıp soldu. Seller aktı, dereler taştı, duvarlar çöktü. Rahmet diye etekleri zil çalan köylülerin yüzleri asıldı, Abdülvahap hocanın etekleri tutuştu. Köylüler onu, İsmail Çavuşu ve Koca Dünlü'yü bulup bulup, "Acaba yağmur duasını fazla mı kaçırdık?" diye soruyorlardı. Deveci Topuz Ahmet göğe yumruk sıkıyor, "Yeter be yahu!" diye bağırdıkça kimileri onun için, "Asi kâfir" diyorlardı. Başkaları da, "Eğer kurak kadar sulak yapacaksa yandık" diyorlardı.

Badibadilerin Hikmet, Subaşı Mehmet Ağaya:

– Yağmurun zıddı kuraktır. Bu kadar sudan sonra bize su gerek değil, kuraklık gerek. Suyu getiren duayı acaba tersine okusak, sulağın tersi olan kurak gelmez mi? diye sordu.

Sonunda, yağmur yağsın diye akara atılan taşların, çocuklar daldırılarak çıkartılmasına ve mangalda ısıtılıp kurutulmalarına karar verildi.

Ne var ki, bu da kâr etmedi!

Günlerde gündüz denecek ışık kalmamıştı. Islak ve batak zaman parçaları halinde gelip gelip geçiyorlardı. Sokakta, kahvede, evde kime rastlasam, ancak, birkaç söz ezberlemiş ve ancak ezberlediği o birkaç sözü tekrar edebilen papağan gibi hep kuraktan ve sulaktan bahsediyorlardı. Bu sözleri işitmemek için, sırsıklam olup donuncaya kadar, başımı alıp ıssız yerlerde bir başıma geziyordum.

Bu gezintilerin birinden döndükten sonra, evde, kahveci Bayram Ağanın karısı Huriye Hanımı, beni bekler buldum. Bittabi köyün bütün tez dilli kadınları ben evde yokken, Ayşe'ye gelip gelip, benim köyde hiç gözüm olmadığını, ne yapıp yapıp denize kaçacağımı söylemişler; bizimki de bana öğüt versinler diye her yana başvurmuştu. Bu arada da, kadınların arasında kurnazlığı ve dilbazlığıyla tanınmış –küçükmüş, çabuk konuşsun, dillensin diye ona bülbül yumurtası yedirmişlermiş– Huriye Hanım, ağzımı yoklamak ve sırrımı kapmak, beni kandırıp köye bağlamak işini üstüne almış! Sürmeli gözlerini süze süze:

– Ah kaptan, galiba gene denize dönmek istiyorsun. Sen elbette ne istersen yaparsın, o bizim üstümüze görev değil amma, insan yediği ekmeği koyuvermemeli. Kuşun kanadı yettiği kadar yuvaya çöp taşıdığı gibi, erkek kısmı da gücü yettiği kadar parasını pulunu artırmaya bakmalı. Bak, kocam Bayram Ağa İstanbul'daki işinden yoksun kaldı da ondan sonra iflah bulmadı. Yenicami'de helalar bekçisiydi. O helalardan gül gibi geçiniyorduk. Orası arı kovanı gibi işlerdi. Bayram Ağanın söylediğine göre aptes bozacaklar, elleri uçkurda, soluk soluğa gelirler, meteliği basıp ibriği kaparlar, itişe kakışa helaların önüne yığılırlarmış. İçeridekilere tepine tepine, "Çabuk olun!" diye bağırırlarmış; öyleki içeridekiler kendilerini dışarıya dar atarlarmış. Bayram Ağa orada on, on iki saat beklerdi, her gün üç dört lira toplardı. Böyle otuz yılını memişanede geçirdi. Bayram Ağa, "Para yapmak için bir bu Yenicami memişaneleri, bir de Galata Köprüsü vardır... Ben bu Yenicami aptesanelerini Dolmabahçe sarayına değişmem" derdi. Bayram Ağa amcanın işinde de hiç güçlük yoktu. Kilim döşenmiş iskemleciğinin üzerine bağdaş kurar, yanıbaşındaki musluktan, müşterilerin getirdikleri ibrikleri doldurur, doldurur verirmiş. Düşün evladım, günde hiç olmazsa üç lira. O zaman paşalar, nazırlar bile bu kadar maaş alamazlardı. Top güllesi gibi Tophane leblebisinin okkası yirmi para, Vefa bozasının okkası iki kuruş olduğu zamanda en az üç lira! Ah, yavrum!

Burada Huriye Hanımın sesi kırıldı. Burnunu çeke çeke ağladı ve gözlerini silerek devam etti.

– Memişaneler pek kötü kokuyor, diye yıktılar. Ah o canım yeri yıkanların evleri barkları da inşallah tepelerine yıkılsın! Biz de kaldık mı açıkta! Elimizdeki, avcumuzdaki paralar rüzgâr gibi uçtu. Bayram Ağa para tutarken, Bayram Ağa aşağı,

Bayram Ağa yukarı diye etrafında pervaneler gibi dolaşıp üzerine toz kondurmayanlar, üzerine sümüklerini bile atmaya tenezzül etmez oldular. Ah, o çamuru bal şeker olan İstanbul'umuzdan da olduk. Açlık bizi ta bu köye kadar kovaladı. Neyse, köyün ağaları sayesinde hiç olmazsa namerde el açmaktan kurtulduk. Ah yavrum, sana öğüt vermek bizim haddimiz değil; Rabbim sana kat kat fazlasını versin, amma elinde avcundakini sıkı fıkı tut, çünkü sonradan gelen pişmanlık para etmez.

Ben, sözün baş tarafını dinlemiştim, ama ötesini değil. Can evimle dinlemekte olduğum bir şey vardı. Neydi? Gece direk tepesinde uçan rüzgârın insan sesine benzeyen mırıltısı, işte o kimi zaman kulağımın içinde bir çınlayış oluyordu, kimi zaman da, uzak ufuklardan çağıran bir türkü. Huriye Hanımı, ham hum şorolop diye başımdan savdım.

O gittikten biraz sonra, köyde her şeye aklı ererliğiyle an san salmış seksenlik Himmet Ağa çıkageldi. Ak sakalını sıvazlarken,

– Ben bu sakalı değirmende ağartmadım, dedi.

Birkaç söz sonra onun da aklımı çelmeye geldiğini anladım. Hoş beşten ve kurağa, sulağa ait sözlerin ardından:

– Bu yıla bakma evlat, yıl çok kötü gitti. Amma bu yıl patatesten ve domatesten zarar gördüysen, önümüzdeki yıl salatadan ve lahanadan yüzün güler. Allah iyisini, doğrusunu denkleştirerek rızkını verir. Bazı kara ağızlılar köyden ayrılmak istiyormuşsun diye ileri geri söz ediyorlar, kulağıma kaçtı. Ben de, "O deli mi ki has mal tarla tokata sırtını dönerek denize varsın? Topunuz da yalan söylüyorsunuz," dedim.

Himmet Ağayı da hayırlısıyla uğurlamıştım ki, gene çat kapı çalındı. Bu sefer Molla Ahmet, o yusyuvarlak gövdesiyle içeri yuvarlanırcasına girdi. Tok sözlülüğüyle tanınmıştı. Damdan düşercesine, yüzüme:

– A sağdıç! Sen elindeki sağlam malı bırak da denizler peşinde koş ha?... Burada insan kuru ölümle ölür; ölünce İslamcasına gasledilir; mezarının başında talkın edilir; insan dinsiz, imansız ve kâfir olarak gitmez! diye haykırdı.

Günlerce bu ayarda öğütler dinledim. Hepsi de dönüp dolaşıp, denizde emin ve selametli bir hayat yaşanamayacağı noktasında toplanıyordu. Oysa benim güvenilir ve sağlıklı bir hayat arayıp aramadığımı soran yoktu. Sonra köydeki hayat sanki güvenli ve sağlıklı mıydı? İşte kurağını da görüyorduk a. Denizinde de, karasında da hayat insanın üzerine bin bir musibet yağdıran bir kazalar belalar yığılışıydı. Bu neden böyle oluyordu, aklım ermiyordu. Amma, bu böyle olagelmiş ve böyle de olagidiyordu.

Duraklayıp "Neden?" diye kendi kendime soruyordum. Aklıma bir cevap gelmiyordu. Ama fırtınalı havalarda, fırtınanın öfkesinde, gemisiz, sınırsız, ölçüsüz bir hayret, fal taşı gibi açık gözlerle şaşakalmış bir bakış vardı. İşte bu, derinden derine hoşuma gidiyordu. Fırtına bir şey kabul etmiyor; o şeyi yıkıyordu. Neyi? Ne gürleyen rüzgârda, ne de çakan şimşekte bu soruya bir cevap yoktu. Bunların hepsi görkemli bir "Hayır!" idi. Neye, "Hayır olmaz!" diyorlardı? Bilmiyordum. Ama gönlümün ta içi bu "hayır"la birlikti.

Günün birinde yağmur durdu. Neredeyse nemden koltuk altlarımız güherçile bağlayacaktı.

"Herhalde gökte yağdıracak su kalmamıştır da onun için durmuştur" diye düşündüm.

Bir iki gün günlük güneşlik olunca, otlar uçlandı. Turfanda yetişsinler diye bahçeye isteksiz birkaç fidan diktim. Vay sen misin diken! Bu sefer sümüklü böcek saldırısına uğradık. Geceleri çıkıp, Ayşe'yle bahçeyi gezip, onları öldürmeye karar verdik. Bodrum'dan gelirken deniz fenerini getirmiştim. Onu elime aldım. Sanki sümüklü böcekler üzerinde değil, yerlere dökülmüş çuvallar dolusu kof cevizler üzerinde çatır çutur eze eze yürüyorduk. Ne cıvık ve iğrenç işti! Fenere baktım. "Kayığın pruva direğinde vardiyapruva feneri olarak, yıldızlar arasında yıldızken, gelip de böyle şeyler mi aydınlatacaktın?" diye düşündüm.

Karım:

- Ne o, fenere bakıyorsun, yanmıyor mu yoksa? dedi.

Ve o ana kadar bende beliren deniz özleyişini bilmemezlikten gelerek başkalarını, öğüt vermeye gönderdiği halde dayanamadı; bildiğini açığa vurdu ve bana çattı. Bana, ödevimin, yanıbaşında kalmak ve para biriktirmek olduğunu pek kesin çizgilerle belirtti. Kendisine karşı kendiliğinden, gönlünden kopan şeylerin, onun tarafından ödenmesi zorunlu bir borç gibi gönderilmesi bana ağır geliyordu. Düşmanım gibi demeyeyim ama, insan kılığında koca bir yasak gibi yolumun ortasına dikilmesi, bende, onu kırıp, çiğneyip geçmek arzusunu uyandırıyor ve denize özlemimi artırıyordu. Açık deniz, bu gibi zorunluluklardan uzak özgürlüğün mavi yurdu olarak gözlerimde tütüyordu.

FIRTINA KABARIYOR

Bir gece, dışarıda esen bir kasırga evi temelinden sarsıyordu. Ocağın önünde bağdaş kurmuş, ocaktaki alevleri seyrederek dalgın dalgın cigara içiyordum. Ayşe, gözlerimde uzak denizlerin yurtsamasını mı görmüştü ne, bana,

– Ne düşünüyorsun? Gene denizi mi düşünüyorsun? dedi.

Ayşe'ye duyduklarımı anlatmayı boşuna sayıyordum. Başımı döndürmeden yavaşça:

– Hayır! dedim.

Uzunca bir susuştan sonra Ayşe'nin hıçkırdığını duydum. Başımı döndürdüm. Yanaklarından aşağı yaşlar akıyordu. Yanıma koştu. Ta neden beri ilk sefer olarak yalvarışlı bir tavırla omuzumu okşadı:

– Sanki derinden derine bir yerin acıyormuş gibi duruyorsun dedi.

Dayanamadım!

– Ayşe! Denizciler derler ki, büyük fırtınalarda karanlığın ortasından bir ses onları adlarıyla çağırırmış. İşte o çağıran ses kendi kaderleriymiş. İnsanın yaratılışı kendisini, "Gel!" diye çağırdı mı durabilen kim! Ben denizcilerin bu sözüne kulak asmazdım, amma bu fırtına yok mu, neredeyse inanacağım. Seni ne kadar sevdiğimi bilirsin. Sen benimsin, ben seninim, anladık. Fakat acaba birbirimizden öte, birbirimizden başka şeylere muhtaç değil miyiz? dedim.

İkimiz de bir süre göz göze sustuk. Yaşları dindi. Fakat bakışı sanki, "Eyvah!" diyen acı bir çığlıktı. İşte o geceden sonra karım, önüme dikilip vazifelerimizin kupkuru kâhyası olmaktan çıktı. Özleyişimin önüne geçmenin ne benim, ne de onun elinde olmadığını üzünçle sezdi. Artık, "Yasak!" diye yoluma set çekmiyordu. Fakat yürüdüğüm yolun üzerine çıplak ve savunmasız uzanıyor, "Geçme!" demiyor, "İstersen beni çiğne de geç!" diye yalvarıyordu. İçin için üzülmekte olduğumun farkında oluyor; gizli gizli, "Soluğu üfürmekte, nefesi pektir" diye Abdülvahab'a, Mollanın Hatice bacıya muska yazdırıyor; gömleğimi okutup üfletiyor; içeceğim suda yazılar eritiyordu. Kendisi de namaz kılıp ayrıca dua ediyordu. Onu kaç kere dalgın dalgın bakarken yakaladım. Yüreğim parça parça oluyordu. Ona acıyordum.

O zamana kadar sevginin ne güçlü şey olduğunu sevmekle anlamıştım. Fakat bu sıralarda acımanın sevgiden kat kat güçlü olduğunu duydum. Yoluma giderken attığım her adımda Ayşe'nin gözlerini, yüzünü ve koynunu sanki demir ayakkabılarla çiğneyecekmişim gibi oluyordum.

Ayşe'ye acıyordum. Dişlerimi, yumruğumu sıktım, kaşlarımı çattım. Kendime, "İşte bundan sonra senin hayatın; ister geber, ister çatla, bu köyde geçecek!" diye bağırdım. Doğrusunu söylemek gerekirse bu hayat, müstahak olduğum bir nimetti. Talih yüzüme gülmüştü ve herkes beni kıskanıyordu. Verdiğim söz de, yani görevim de burada kalmaktı. Fakat neden, "Görevin" dediler mi bütün tüylerim ürperiyor, tepem atıyor ve protesto ederek kaçmaya kalkışıyordum? Ettiğim bir şımarıklık değildi de neydi? İçimde yanan deniz isteğini boğmalıydım.

Bu sıralarda da Ayşe mutlaka benim bir çocuğuma ana olmak istiyordu. Onun gönlünü ana olmak isteğiyle tutuşturan solukla benim içimi açıklar aşkıyla tutuşturan nefesin aynı şey olduğunu, zihnimle anlamıyor idiysem de duygumla seziyor ve kendisine bir yakınlık duyuyordum. Bu durum, denize dönmemek konusundaki kararımı kolaylaştırıyordu. Günler geçtikçe bu kararımı uygulamayı başardığımı görerek, bayağı bir hastalıktan kurtulmuşum gibi bir hafiflik duyuyor ve seviniyordum. Bahçemiz de eski halini buluyordu. Ağaçlar serpilip serpilip, zerzevatlar ilk evlendiğim yıl gibi güllük gülistanlık oldu.

Bu arada Ayşe, ortakçılara istediğim gibi davranmama ses çıkarmıyor değil, bayağı memnun oluyordu. Gerek Güvercinlik, gerekse Gökova kıyıları köylülerine gitmemi yalvarırdı. Oralara giderken bir başıma deniz kıyısında gezer ve tıpkı çocukluğumdaki gibi deniz böceklerinin çeşit çeşit kabuklarını toplayarak, yeni baştan çocuk olmak zevkini duyardım.

Bir gece Çiftlik koyunun ağaçları altında kıpırıyan ay ışığı beneklerinin üzerinden geçtim ve gölgesiz bir ay ışığında karlar gibi apak ağarak geniş ve açık kumsala vardım. Koskocaman bir ay, apak bir ateş küresiymiş gibi önümde yanıyordu. Ufuktan ayak uçlarına kadar göz kamaştırıcı bir şiddetle denizin üzerinde parlıyordu. Bir aralık da, uzaktan bir kayık geçti. Ay ışığının sağ tarafındaki karanlık bilinmezden çıkarak, ışığın içinden kara bir bilinmez parçası olarak kaydı, sonra sol taraftaki karanlıkta muamma içinde muamma oldu.

Böyle kaç saat düşünekaldım, kaç cigara içtim, farkında olmadım. Gün ağarmaya başlarken, uyuyakalmışım. Uyanınca gün doğuyor, yıldızlar sönüyordu. Denizin buğuları içinden birdenbire bir ışık uçurumu göründü. Bir kayık, dolu, yelkenlerle bir kayık, önümden geçiyordu. Dalgalara binip inerken direğin uçları göz üzerinde bir eğmeç (kavis) çiziyor, deniz de pruvasına apak gerdan veriyordu. Küpeşteleri, bordaları, salınan sancakları, tüm ipleri sanki yeni doğan günde ateşlendi. Bütün yelkenleri ve ipleri bir bir seçiliyordu. Floklarını, gabyasını, randasını, papafingosunu gördüm. Ta tepede çemberi bile gördüğüme emindim. Bakışım, itişim sanki insan bakışından daha güçlü oldu da, geminin tahta kesimlerinden, su içinden geçen güneş ışığı gibi geçiyor ve geminin içini görüyordu.

Kaptanın kamarısını, başaltında gemicilerin bangaççalarını hep bir bir görüyor, hatta onların birbirine ne dediklerini işitiyordum. Deniz; değil gönlümü ve yüreğimi, her parmağımın ucundan saçımın her telinin ucundan beni çekiyordu. Gönlüm yabancı yerlerde veya karanlıklarda uçmuş yorgun bir kuş gibi papafingoya kondu. Rüzgârın iplerdeki ıslığını duydum. Bir denizci, yaşamının türküsünü söylüyordu. Açık denizleri, gürültülü limanları, cigara dumanlarıyla ve tambura, cura ve tabakların ince tıngırtısıyla, rakı kadehleriyle dolu koltuk meyhanelerini gördüm.

Birdenbire, önümüzdeki kayığın güvertesinden, sanki bir denizci, parmağıyla beni gösterdi:

– İşte denizden korktuğu için denizden kaçan denizci! dedi.

Deli gibi yerimden sıçradım. Hıçkıra hıçkıra ağlıyordum. Gemiye:

– Korkudan?... Hiçbir zaman! diye bağırdım.

Artık ondan sonra ne Ayşe'nin kolları, öpücükleri ve gözyaşları, ne bağlar, bahçeler, ne tövbeler ve yeminler bağlayabildi beni karaya. Varımı yoğumu Ayşe'ye bırakarak, bir daha geriye dönmemek üzere denize açıldım. İlk limanda kayığın birisine gemici yazıldım.

Aganta!...